一気に読める源氏物語

岡本梨奈

幻冬舎

はじめに

『源氏物語』というタイトル名を一度は耳にしたことがあったとしても、「どういう話なのか、ほぼ知らない」という人や、「高校時代に学校で習った部分以外は、読んだことなんてない」という人もたくさんいらっしゃると思われます。

そりゃそうです。全部で54帖もあり、四百字詰めの原稿用紙で二千枚以上の字数もあるのですから！　そんな長いものを原文で読もうとは、よっぽど古文が好きな方でないと思わないですよね。ですが、『源氏物語』は今や三十以上の言語で翻訳がされており、たくさんの国の人々に読まれています。

『源氏物語』には、五百人ほどの人物が登場し、1帖から54帖までで七十年ほどの年月が流れています。

主人公は光源氏で、「因果応報（＝良い行いをすれば良いことが、悪い行いをすれば悪いことが自分に返ってくる）」という仏教の教えが根底に流れています。

ですが、『源氏物語』といえば、なんといっても恋愛話！　様々な恋愛遍歴が書かれており、正直書けないくらい（いや、書きますけど）寝取り寝取られのドロッドロだったり、未成年誘拐まがいだったりで、けっこうエグイです。「光源氏」なんて名前の主人公ですから、「光り輝くような素晴らしい男性」を想像している人もいるかもしれませんが、実態を知ると現代女性のほぼ全員から「え、この人、大丈夫？」的な、恋愛対象としては危険人物視されるであろうこと、おそらく間違いないかと思われます（少なくとも、私は勘弁願いたい）。

ただし、単にドロドロの恋愛ドラマだけが描かれているわけではなく、貴族の栄華や没落、当時の女性の苦悩なども描かれています。

本書は現代語でとっつきやすくし、また、合間に私のツッコミなどを入れつつ、読むのが難解だと言われる『源氏物語』に楽しく触れられるようにしました。原文では敬語が多すぎて、忠実に訳すとまどろっこしくなるため、あえて敬語を使わずに訳した箇所も多々あります。

世界中で読まれている『源氏物語』。本書で肩の力を抜いて、楽しみながら読んでいただけたならば、とても嬉しく思います。

岡本　梨奈

もくじ

主要人物関係図

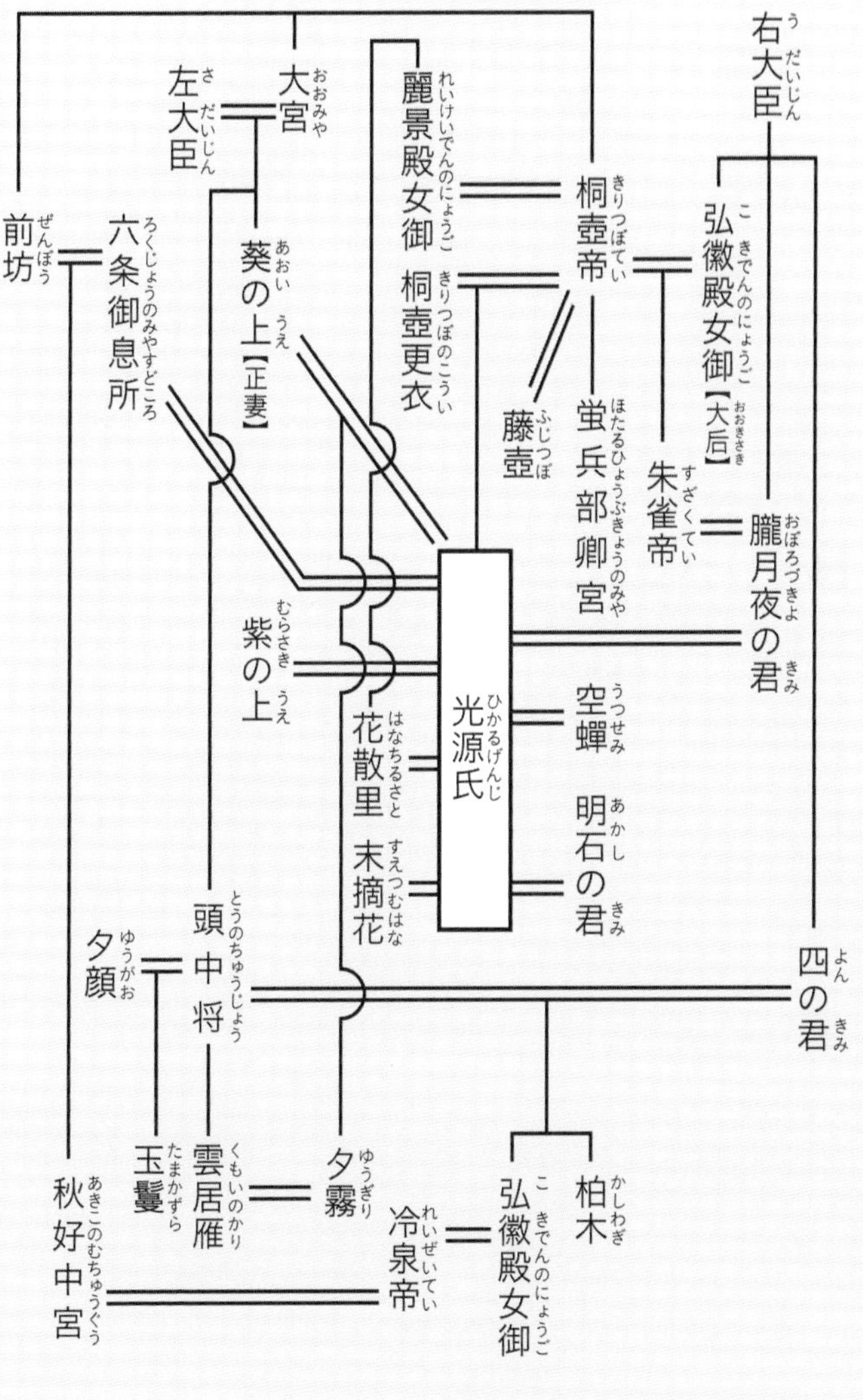

右大臣（うだいじん）
弘徽殿女御（こきでんのにょうご）【大后（おおきさき）】
朧月夜の君（おぼろづきよのきみ）
朱雀帝（すざくてい）
桐壺帝（きりつぼてい）
蛍兵部卿宮（ほたるひょうぶきょうのみや）
藤壺（ふじつぼ）
麗景殿女御（れいけいでんのにょうご）
桐壺更衣（きりつぼのこうい）
大宮（おおみや）
左大臣（さだいじん）
葵の上（あおいのうえ）【正妻】
六条御息所（ろくじょうのみやすどころ）
前坊（ぜんぼう）
光源氏（ひかるげんじ）
空蟬（うつせみ）
明石の君（あかしのきみ）
紫の上（むらさきのうえ）
花散里（はなちるさと）
末摘花（すえつむはな）
四の君（よんのきみ）
頭中将（とうのちゅうじょう）
夕顔（ゆうがお）
柏木（かしわぎ）
弘徽殿女御（こきでんのにょうご）
冷泉帝（れいぜいてい）
夕霧（ゆうぎり）
雲居雁（くもいのかり）
玉鬘（たまかずら）
秋好中宮（あきこのむちゅうぐう）

『源氏物語』と作者・紫式部について

『源氏物語』は、平安時代中期（ちょうど一〇〇〇年くらい）に**紫式部**という女性によって書かれた長編物語です。

紫式部の曽祖父は有名な歌人藤原兼輔で、その血は脈々と子孫に受け継がれました。父為時は和歌だけではなく、漢学・漢詩の才能にも秀でていました。紫式部は中流以下の貴族の娘ながらも、幼い頃から書物に囲まれた環境で育っており、頭脳明晰で9歳頃から漢文がスラスラ理解できたようです。もちろん和歌も得意です。

23歳頃、父が越前守となり、ともに越前（現・福井県）へ行きました。当時、貴族の女性は通常は部屋の中で過ごします。ですから、自宅がある京都から比叡山を越え、船で琵琶湖を北上し、峠や敦賀湾を越えて、徒歩で越前まで移動したことは、貴重な経験となったと思われます。ですが、都育ちの紫式部には、田舎の雪国での生活はつらいものだったようです。

そんな中、20歳ほど年上の藤原宣孝との結婚が決まり、父を残して都に戻りました。翌年には娘賢子が生まれますが、賢子がまだ2歳の頃、宣孝は流行病であっけなく亡くなります。幼い子供を抱えてシングルマザーとなった紫式部は、喪失感の中、物語を書くことによって悲しみを癒やしました。その時に書いた物語が『**源氏物語**』です。

『源氏物語』は、もともと長編だったわけではありません。最初に書いたものを作者に近い人物たちが読んで、その面白さが口コミで広がり、上流貴族たちまでが知るところとなったようです。

その上流貴族の一人に**藤原道長**という人物がいました。一条天皇の中宮（＝后）である彰子の父です。その頃、道長は彰子のもとでお仕えしてくれる、優秀な女房（＝女性の召使い）を探していました。和歌や漢文の知識が豊富で頭の回転が良く、文才溢れる女性を探していたのです。紫式部、ピッタリですよね。道長からのたっての願いで、紫式部は彰子に仕える女房となったのです。

『源氏物語』は、彰子や道長はもちろんのこと、一条天皇も楽しみに読んでいました。貴族たちの間でもとても評判で、紫式部は女房となってからも、続きをどんどん書いていったようです。

彰子が一条天皇に『源氏物語』の冊子を献上することを決め、紫式部を中心に冊子作りが行われました。道長は、当時高級品であった紙や墨などを、彰子を通して紫式部に与えています。紫式部は道長の愛人だという噂もありますが、なにはともあれ、道長というパトロンのおかげで、『源氏物語』はあんなに長編で後世にも残ったと考えられます。

さて、『源氏物語』は「はじめに」でお伝えしたように全部で54帖あり、次のように三つに分ける「三部構成」が通説となっています（国文学者の池田亀鑑が提唱したもので、紫式部が分けたものではありません）。

第一部　1帖「桐壺（きりつぼ）」～33帖「藤裏葉（ふじのうらば）」

主人公光源氏の誕生から、様々な恋愛遍歴と栄華を極める様子が描かれている。

第二部　34帖「若菜（わかな） 上（じょう）」（「若菜」）～41帖「幻（まぼろし）」（「雲隠（くもがくれ）」※）

今までの行いが自分にかえってくる**因果応報（いんがおうほう）**の部で、光源氏が苦悩する様子や老いていく姿が描かれている。

※「雲隠」は巻名のみで本文はなく、光源氏の死が暗示されています。これを1帖と数える場合は、「若菜 上」「若菜 下」を合わせて「若菜」と考えますが、通常は「若菜 上」から「幻」までの8帖を第二部と考えます。

第三部　42帖「匂兵部卿（におうひょうぶきょう）」～54帖「夢浮橋（ゆめのうきはし）」

光源氏の子や孫がメインとなり、恋愛話などが繰り広げられる。

＊45帖「橋姫（はしひめ）」から54帖「夢浮橋」の10帖は、「宇治十帖（うじじゅうじょう）」と言われています。

本書では、光源氏が生存中の「第一部」・「第二部」をメインで扱いますが、「第三部」もダイジェストで54帖すべての内容をお届けします。

父親の影響で培った和歌や漢文の教養を、物語中でもおもいっきり発揮し、宮中で中宮彰子に仕えることによって、宮中行事や上流貴族の人間関係などをよりリアルに描くことができ、さらに、越前までのつらい下向（げこう）や寂しい田舎暮らしでさえ、執筆する際に役立てたのであろう紫式部。そんな一人の女性が書いた長編物語です。

さっそく1帖から見ていきたいところですが、その前に全体を通しての主な登場人物の人間関係の大枠がつかめるように、「関係図」を掲載しておきました。また、**当時の文化など**（＝いわゆる**「古文常識」といわれる知識**）をご紹介します。「令和」と「昭和」でも常識が全然違います。現代と平安時代ならなおさらですね。知らないと意味がよくわからなかったり、びっくりするような不適切な言動も多くあったりしますので……。女性がたくさん出てきますので、「主な女性の人物紹介」もしておきます。

※登場人物の呼び名に関して
人物名が「官職名」の場合、出世の度に表記が変わります（例「頭中将⬇三位中将⬇宰相⬇権中納言⬇大納言⬇右大将⬇内大臣⬇太政大臣⬇致仕（ちじ）の大臣／父大臣」）。さらに、年月の経過とともに、同じ官職名の別人が新たに出てきて、誰が誰だかわからなくなりがちです。よって、本書では、基本的には官職が変わっても「あえて同じ表記のまま」としている場合があります（「頭中将」は「頭中将⬇内大臣⬇太政大臣⬇父大臣」表記としています）。

平安時代の風習・文化

乳母子とその関係性

貴族の子どもは乳母（＝母親の代わりに乳を飲ませて養育する女性）に育てられていました。「乳を飲ませる」ということは、乳母にも貴族の子と年齢が近い実子がおり、その実子が「乳母子」です。貴族の子と乳母子は、同じ乳を飲んで育ったことで、深い絆で結ばれ、親密な主従関係が結ばれます。

物の怪

「物の怪」とは、死霊・生霊などの化け物の類のことです。平安時代、病気や難産になるのは、すべて物の怪のせいだと考えられていました。よって、病気になったり、出産が近づいたりすると、物の怪を退散させるために加持祈禱というお祓いやお祈りを僧や修験者、陰陽師などにしてもらいます。とり憑いている物の怪を、一時的に側の子どもや人形などに乗り移らせて、物の怪の不満を聞いたり慰めたりして、物の怪の怒りなどを浄化するのも一つの方法です。

出家

「出家」とは、俗世間と関係を絶ち、仏道に入り、お坊さんや尼さんになることです。「死後、極楽往生（＝苦しみのない浄土に生まれ変わること）したい」と誰もが本気で思っており、そのために人間関係や地位・名誉などすべてを捨てて出家をして、山や寺に籠（こ）もって修行をします（恋愛も禁止）。周囲の人間にとっては、「出家の懇願をされる＝別れの宣告をされる」ということなので、相手が大切な人であればあるほど、出家することを引き留めてしまうのです。

恋愛

貴族女性は室内で過ごし、父親、同母兄弟、夫以外の男性に姿（特に顔）を見られることは、はしたないことだと考えられており、室内には几帳（きちょう）（＝移動式カーテンのようなもの）や御簾（みす）（＝すだれ）などを備え、姿を隠して過ごしていました。当時の男女の出会いは「垣間見（かいまみ）」という男性の覗（のぞ）き行為です。夜、貴族男性は従者と一緒に出歩き、女性がいる家の部屋を、外の垣根の隙間から覗いて物色します。お目当ての女性を見つけると、男性は懸想文（けそうぶみ）（＝ラブレター）を書いて、従者がその女性の召使い（＝女房）へ届けます。ＯＫなら女性から返事があり、恋文の文通が始まれば、「交際開始」です。

そして、「逢う」約束ができれば、夜、男性が女性の部屋へ行き、深い関係を結びます。二人で夜を過ごした際は、夜が明けきる前に男性は女性の部屋から退出し、男性から「後朝（きぬぎぬ）の文（ふみ）」という手紙をなるべく早く出すのがマナーです（最悪でも翌朝の午前中までには出すべき。当日の午後でも遅めの印象で、帰り道や帰宅後すぐに出すのが通常）。三夜連続で女性の部屋へ通えば「結婚」とみなされました。本気であれば、男性は何が何でも三夜連続で女性のもとへ通おうとします。三日目の朝は、そのまま女性の部屋に残り、女性の親に結婚の挨拶（あいさつ）をしました。

主な女性の人物紹介

桐壺更衣（きりつぼのこうい）

主人公光源氏の母。桐壺帝から寵愛（ちょうあい）され、桐壺帝の他の妻たちから妬まれる。

弘徽殿女御（こきでんのにょうご）

桐壺帝の妻で、父は右大臣。源氏の失脚を常に狙う。

藤壺（ふじつぼ）

先帝の四女で、桐壺帝に入内（じゅだい）。光源氏の母親代わりで、源氏の想い人。

葵の上（あおいのうえ）

光源氏の正妻。父は左大臣。兄は源氏の親友である頭中将（とうのちゅうじょう）。聡明だが気位も高い。

空蟬（うつせみ）

伊予守（いよのかみ）の後妻。源氏と思いがけず一夜限りの関係を持ってしまう。

六条御息所（ろくじょうのみやすどころ）

亡き皇太子の夫人。源氏より7歳年上で嫉妬深く、生霊（いきりょう）として何度も現れる。

夕顔（ゆうがお）

頭中将の元彼女。頭中将との間に娘〔＝玉鬘（たまかずら）〕がいる。はかなげな女性。

紫の上（むらさきのうえ）

少女の頃に光源氏に見いだされ、源氏が生涯愛し続けた8歳年下の女性。

末摘花（すえつむはな）

荒れ果てた邸に住んでいるつつましく不器量な女性。

朧月夜の君（おぼろづきよのきみ）

源氏のライバル、右大臣家の六女。東宮（とうぐう）の妃（きさき）候補として育てられる。

花散里（はなちるさと）

とてもものわかりがよく、源氏から信頼されている優しい女性。

朝顔の姫君（あさがおのひめぎみ）

源氏のいとこ。源氏の良きペンフレンド。

明石の君（あかしのきみ）

明石の入道（にゅうどう）の娘。源氏が明石に退去していた先で出会う知的な女性。

雲居雁（くもいのかり）

頭中将の娘。いとこである源氏の子・夕霧（ゆうぎり）と同じ邸で育ち、夕霧と両想い。

玉鬘（たまかずら）

頭中将と夕顔（ゆうがお）との間の娘。頭中将とは生き別れ、後に源氏が養女として育てる。

女三の宮（おんなさんのみや）

朱雀帝（すざくてい）の第三皇女。とても子供っぽく頼りない性格。

八の宮の大君（はちのみやのおおいぎみ）

薫（かおる）〔＝源氏の息子とされる人物〕に慕われるが、妹と薫の結婚を願う。

浮舟（うきふね）

八の宮（はちのみや）と妾（めかけ）の娘。薫と匂宮（におうのみや）〔＝源氏の孫〕に愛されて、三角関係に悩む。

第一部

1帖～33帖

栄華を極める光源氏
源氏誕生から数多の恋愛模様まで

1帖

桐壺（きりつぼ）

光源氏誕生〜12歳

宮中で繰り広げられる
女の闘い！

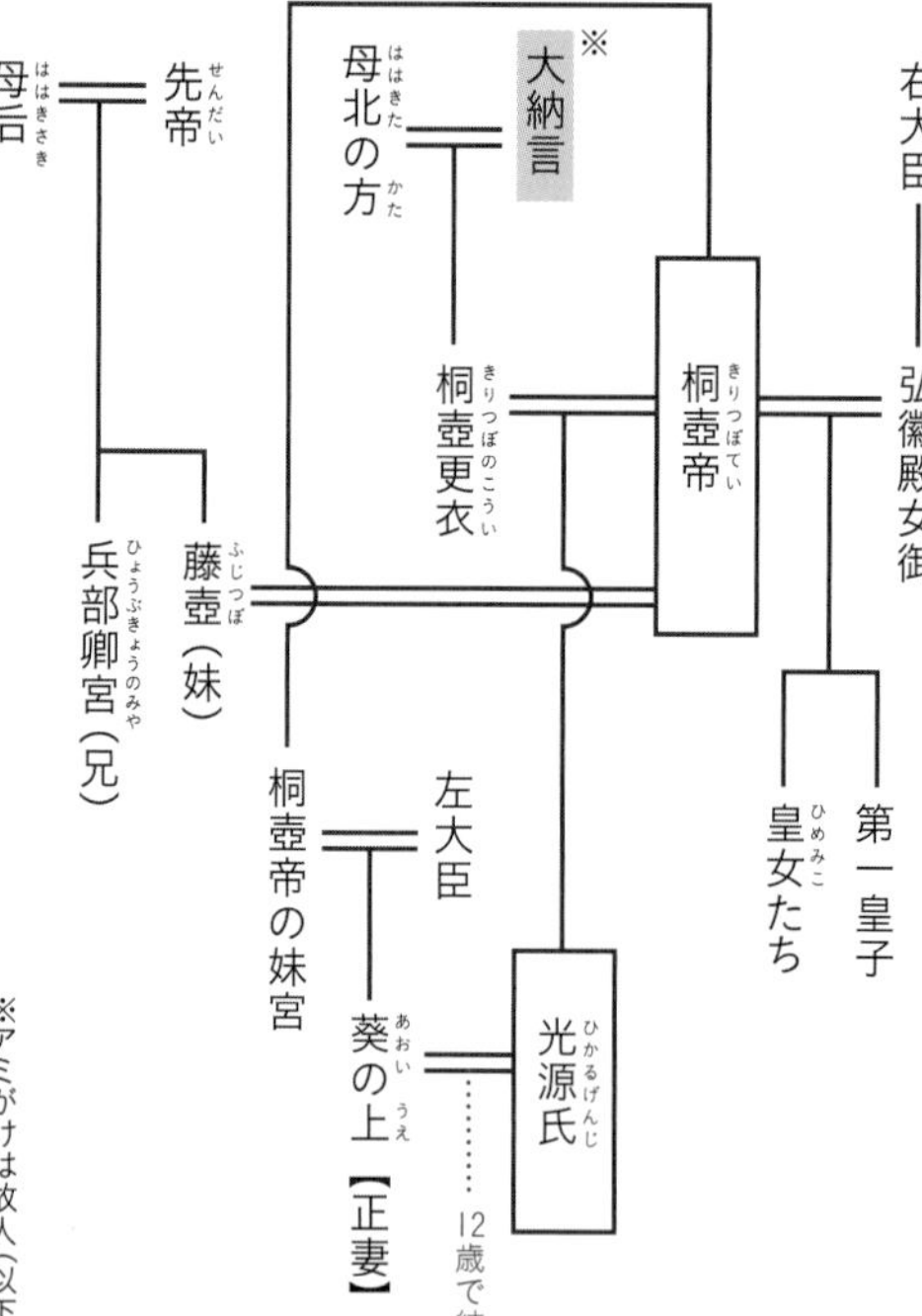

「**いづれの御時にか、女御、更衣あまたさぶらひたまひける中に**（＝**どの帝の御代であっただろうか、女御や更衣がたくさん帝にお仕えなさっていた中に**）……」と、まるで実在したとある帝の頃のような文で幕を開けます。

当時は一夫多妻で帝にもたくさんの妻がおり、「中宮」（＝正妻で現代の「皇后」のイメージ）が基本的には一人いて、「女御」➡「更衣」と位が続きます。「女御」は皇女や大臣以上の上流貴族の娘で、女御の中から中宮が選ばれます。「更衣」は大納言以下の貴族の娘です。国を繁栄させ、平和を保つには、天皇個人の好みなどではなく、妻の実家の権力・財力が何よりも大事で、それが当時の常識でした。

にもかかわらず！　桐壺帝は、たいした身分でもない桐壺更衣に夢中になります。しかも、桐壺更衣の父・大納言は既に亡くなっており、後ろ盾もありません。なのに、桐壺帝は他の妻たちをほぼ放置して、桐壺更衣ばかりを寵愛したのです。他の妻たちが黙っているはずがなく、桐壺更衣は嫉妬された心労から病みがちとなります。桐壺帝は、そんな更衣が気の毒でさらにかわいがり、他の妻たちの憎悪が倍増するという負のループ（これは完全に桐壺帝がダメダメで、「あなたのせいで、大切な桐壺更衣が余計苦しんでいますけど」状態です）。

そんな二人の間に、超絶イケメンの男の子が誕生しました。この子が主人公の光源氏です。

桐壺帝には、弘徽殿女御との間に既に第一皇子や皇女たちがおり、弘徽殿女御の父親は右大臣で家柄も申し分ないため、誰もが「第一皇子が皇太子になる」と思っていました。ですが、光源氏があまりにも美しく、帝のかわいがりようも尋常ではないことから、弘徽殿女御は「光源氏に皇太子の座が奪われてしまうのでは」と気が気ではありません。

桐壺更衣は出産後も、桐壺帝から寵愛されました。帝は毎晩、後宮（こうきゅう）（＝宮中の奥にある皇妃たちが住む宮殿）の中で一番遠い桐壺更衣の部屋を訪れます。他の女御や更衣は、帝が自分の部屋の前を素通りしていく音だけを聞いて、桐壺更衣へのイライラを募（つの）らせます。桐壺更衣が桐壺帝の部屋に呼ばれることも度々あり、その時は通り道に汚物がまかれたり、廊下に閉じ込められたりなどの陰湿なイジメに遭（あ）いました。

心労がたたった桐壺更衣は体調を崩し、源氏が3歳の頃に亡くなります。桐壺帝はこのうえなく悲しみ、部屋に閉じこもり、他の妻たちを近づけずに涙にくれました。

源氏が4歳の時、皇太子を決めることになりました。桐壺帝は「第一皇子ではなく光源氏を」と強く思うも、源氏は第一皇子でもなく、しっかりした後見人もおらず、母の身分が更衣で低いことなど、問題点だらけで世間の人が支持しないでしょうし、「この子を皇太子にすると、かえって心配なことが起きるかも」と思いとどまります。結果、第一皇子が皇太子となり、弘徽殿女御はホッと胸をなで下ろしました。

源氏は7歳で漢文の勉強を始め、とても聡明でした。帝は源氏を一緒に連れ回し、弘徽殿女御の部屋などにも連れて行きます。桐壺更衣に腹を立て、源氏を我が子のライバルと敵対視していた弘徽殿女御も、源氏を目の前にするとついほほえんでしまう美しさで、みんなが源氏の虜となります。源氏は音楽の才能もありました。

さて、その頃、高麗人（＝高麗の国の人）の人相占い師が来朝しており、光源氏を「右大弁の子」として、極秘で占わせました。占い師は不思議がり、「どう見ても帝王の位にのぼるべき人相ですが、帝王としてしまうと、国が乱れることがあるかもしれません。大臣や摂政関白など天皇の補佐役として見てみると、臣下（＝家来）として終わるような人相ではない（＝帝王となるべき）」と言うのです。極秘で占わせたはずが噂になり、第一皇子の祖父・右大臣も耳にして、「孫の地位が奪われるのでは」と疑念を抱きます。

桐壺帝は源氏が政争にまきこまれないように、「源氏」という姓を与えて（＝皇族の身分を離れさせて）、臣下として朝廷の補佐役にしました（ここまでずっと「光源氏」や「源氏」と書いてきましたが、実はここではじめて「源氏」となります。ここまでは正しくは「若宮」や「皇子」です）。

月日が経っても、桐壺更衣を失った桐壺帝の心は癒えませんでしたが、「先帝の四番目の皇女（＝藤壺）が桐壺更衣とソックリだ」と聞き、入内の申し入れをします。

藤壺の母后は、桐壺更衣が女御たちにいじめられたことを把握しており、「娘も不幸になったらたまったもんじゃない」と娘の入内を決心できずでしたが、この母后が亡くなってしまい、藤壺の兄・兵部卿宮（ひょうぶきょうのみや）は、「心細い状態でいるよりも入内したほうがよい」と判断しました。**藤壺は驚くほど桐壺更衣に似ており、桐壺帝は夢中になります。**藤壺は身分もしっかりしているので、桐壺帝が寵愛してもイジメに発展しませんでした。ただし、弘徽殿女御は藤壺を嫌っていたようです（憎き桐壺更衣に似ていますし……）。

源氏は母の顔をほとんど覚えていませんが、周りの人から藤壺が母とソックリだと聞かされていたので、**母を慕うような気持ちで藤壺を好きになります。**また、桐壺帝は藤壺に、「君が母親代わりとなって、この子をかわいがっておくれ」と頼みます。藤壺は優しい女性で、源氏のことをかわいがり仲良くなりました（ただ、この二人、たったの5歳差なので、親子というよりは姉弟のようですね。藤壺にとっては年の離れた夫より、5歳年下のかわいい源氏と接するほうが楽しかったのでは、と思われます）。

光源氏は12歳で元服（＝男子の成人式）をして、今までのように無邪気に藤壺と一緒にいれなくなります。簾（すだれ）越しでしか会話もできず、直接顔を合わせることができません。

源氏は左大臣の娘・葵の上（あおいのうえ）と結婚させられました。葵の上は4歳年上の気位が高い女性です。左大臣の娘なので、本人は「私は将来后（きさき）になる」と思っていたはずですが、年下の「源氏」という皇族でもない人間に嫁ぐことになり、さぞかし戸惑ったことでしょう。そして、これまでみんなからチヤホヤされてきた源氏は、ツンとしている年上女性に対して、どう振る舞ってよいのかわかりません。当時は男性が女性の家に通う結婚形態でしたが、自然と源氏の足は遠のきました。

こんな結婚がうまくいくわけがなく、源氏は、いつも母のように優しくしてくれた藤壺のことが恋しくなり、「藤壺のような人と結婚したかった……藤壺こそが最高の女性だ!!」と、母として以上に藤壺を慕っている自分の気持ちに気づいてしまったのです。

葵の上が優しい女性であれば、藤壺への気持ちは「母親に対する憧れ」だと割り切って、葵の上と幸せな家庭を築けたかもしれませんが、葵の上は隙が一切なく、まったく心を開いてくれないので、藤壺への想いは募る一方です。ですが、藤壺は父帝(ちちみかど)の後妻で、手を出すわけにはいきません。出せるわけがありません、普通なら……(そのあたりのお話はいずれまた)。

イケメンで頭も良く、音楽の才能もあり、幼い頃から周りの人にかわいいと言われ、宮中で父帝の側(そば)で自由に暮らしてきた光源氏。すべてが恵まれているように見えますが、恋愛に関しては、正妻とはうまくいかず、本気で好きになってしまった人は手が届かない相手で、どう頑張っても愛が満たされないという苦しみを抱えることとなるのです。

2帖

帚木（ははきぎ）

光源氏17歳

上流・中流・下流、
どの女性がお好き？

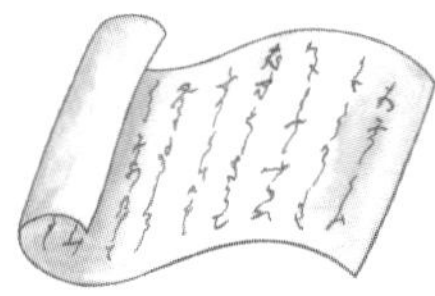

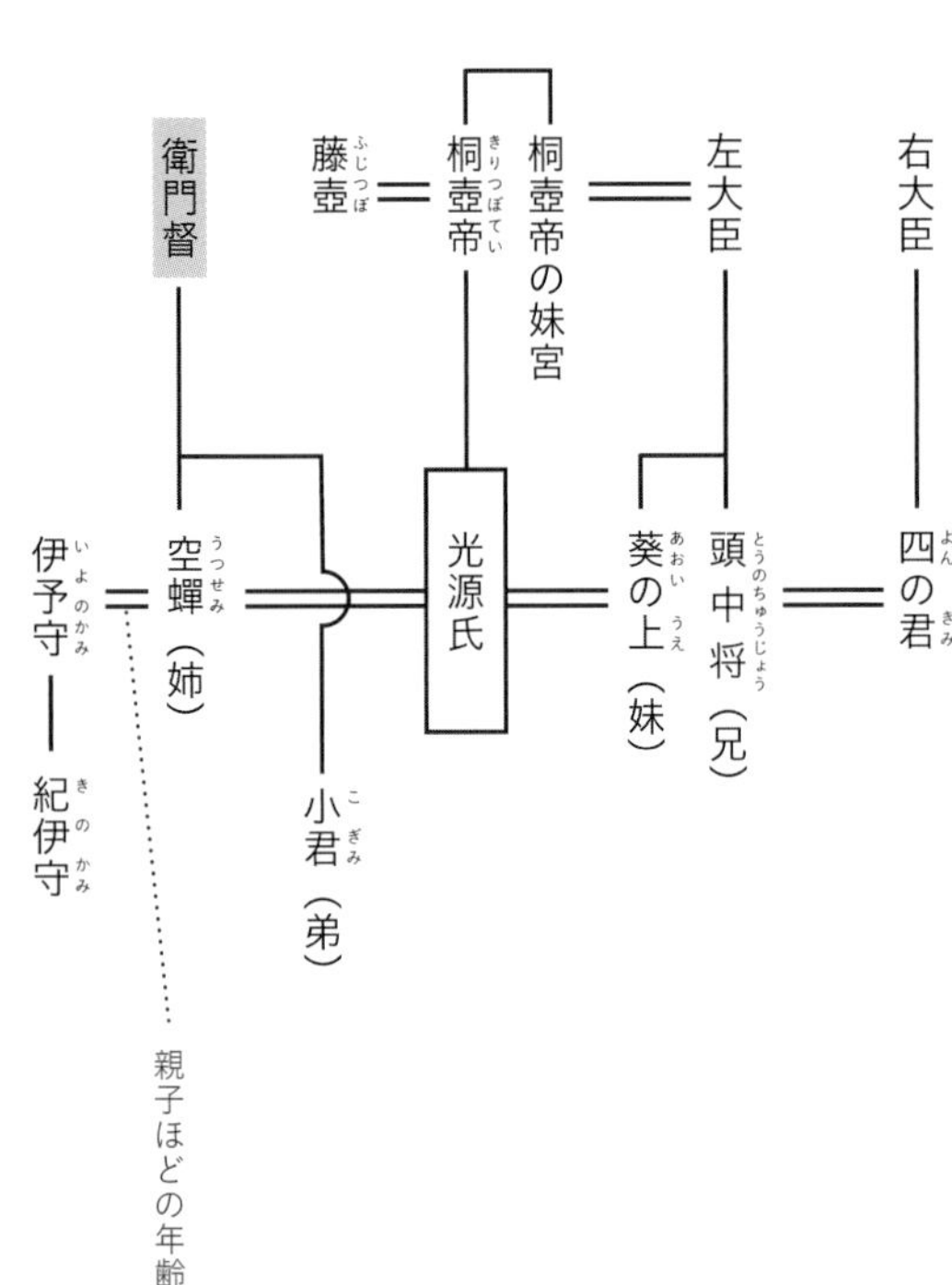

源氏は16歳頃までは、妻以外の恋愛沙汰とはほぼ無縁でした。幼い頃から「帝のイケメン息子」として有名だったため、品行方正に過ごしたのです（現代の人気タレントのようですね）。

葵の上とはうまくいかない源氏ですが、葵の上の兄・頭中将とは大の仲良しでした。頭中将の正妻は、右大臣の四女（＝四の君）です。政略結婚のため、頭中将も正妻のところへはあまり寄りつかず、光源氏とは似た者同士だったのです。ただ、頭中将はかなりの恋愛好きでした。

源氏17歳。梅雨が続く夜に、頭中将、左馬頭、藤式部丞と女性論議をします（俗に「雨夜の品定め」と言われる場面です）。頭中将いわく、「『この人こそは！』という完璧な女なんていない。上流の箱入り娘は、評判倒れで実際に付き合うとガッカリするし、下流の女は論外。中流の女こそ個性がはっきりしていてよい」と。そして、「地方長官の娘の中にも悪くない者がいて、大切に育てられて素晴らしく成長する者も多く、思いがけず帝の寵愛を受けることもあるのだ」と（地方長官の娘で、宮中に出仕し、最高権力者の愛人疑惑のあった人物、それが作者・紫式部です。さり気なく自分のあてはまる階級の女性をアピールしていておもしろいですね。桐壺帝の寵愛を受けた更衣も上流ではないですし、ね）。

さらに頭中将の実体験。以前交際していたおとなしい女性との間に、女の子が生まれました。長く訪れなくても文句を言わない女性で、安心して放置していましたが、実はこの女性には、正妻・四の君から嫌がらせの手紙が届いており、つらさに耐えかねたこの女性は、幼い子を連れて行方知れずとなってしまったのです。

頭中将が言うには、「結局は無駄な僕の片思いだったんだなぁ」とのこと（子どもまで作って放っておいたくせに、「無駄な片思い」とは何を言っているのでしょう!?）。

源氏は話を聞き、藤壺（ふじつぼ）の素晴らしさを再認識するも、叶わない恋なのでブルーになります。

さて、ようやく晴れたある日、源氏は久しぶりに正妻がいる左大臣邸を訪れます。帰り際、方違（かたたが）え（１８４ページ参照）をすることになり、急遽紀伊守（きのかみ）の家に行きました。するとそこにたまたま、紀伊守の父・伊予守（いよのかみ）の後妻である空蟬（うつせみ）がいたのです。

源氏は空蟬の存在自体は知っており、「あの夜、皆が話していた中流階級の女性とは、きっとこういう女性なのだろう」と思い出しました。

世間体を気にしてまじめに生きてきた源氏ですが、「雨夜の品定め」での話に触発されたのでしょうか、皆が寝静まった後に、空蟬が寝ている部屋の中に入り込んだのです！

空蟬は驚いて声が出ません。源氏は「ボクは、ずっとあなたのことを想い続けてきました。その気持ちを伝えたいだけなのです」と優しく言いました（嘘つけーっ！）。

空蟬はやっとのことで「人違いでしょう」と言いましたが、源氏は引き下がりません。

空蟬は、自分の身分が源氏とは不釣り合いだと伝えますが、「身分なんて関係ないし、世間によくある軽々しい遊びと同レベルと思われては心外です。そんなのと同列にするなんてひどいですよ」と返しました（人妻に強引に迫るのも十分ひどいかと……）。

空蟬は必死に抵抗しますが、こうなった源氏を止められず、不本意にも関係を結んでしまいました。とはいえ、相手はあの超絶イケメンの光源氏。空蟬は「もし人妻でなければ、身分不相応でも嬉しかったかもしれない。でも、現実は人妻で、こんなことは許されないから、はかない一時の関係なのはわかりきっている」と苦悩し悲しむのです。

源氏は帰ると、「すぐれたところはなかったが（え？）、見苦しくない中流女性だったなあ。皆が言っていたことは本当だな」と思いました。

空蟬に会いたい想いを募らせた源氏は、紀伊守に「小君（＝空蟬の12歳ほどの弟）を自分の側に仕えさせたい」と申し出ました。小君は喜んで源氏に仕えます。

源氏は小君に、姉（＝空蟬）への手紙の仲介を頼みました。ですが、弟から源氏の手紙を渡された空蟬は驚き、返事を書きませんでした。

源氏は諦めず、左大臣邸から再び方違えで紀伊守邸に行き、小君を頼りに空蟬に会おうとします。しかし、空蟬に逃げられてしまいました。源氏はガッカリして、代わりに小君を側に寝させ、傷心を癒やします。小君は嬉しく思うのでした（小君が嫌がっていないことが幸いです）。

3帖

空蝉（うつせみ）

光源氏17歳

迫られる空蝉、身代わりの小君

一番の被害者は誰？

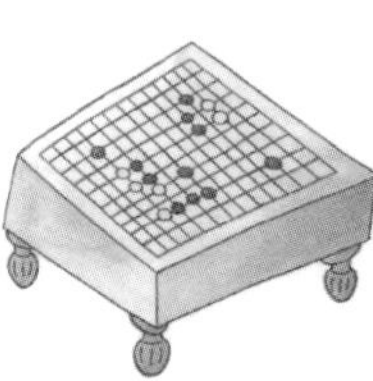

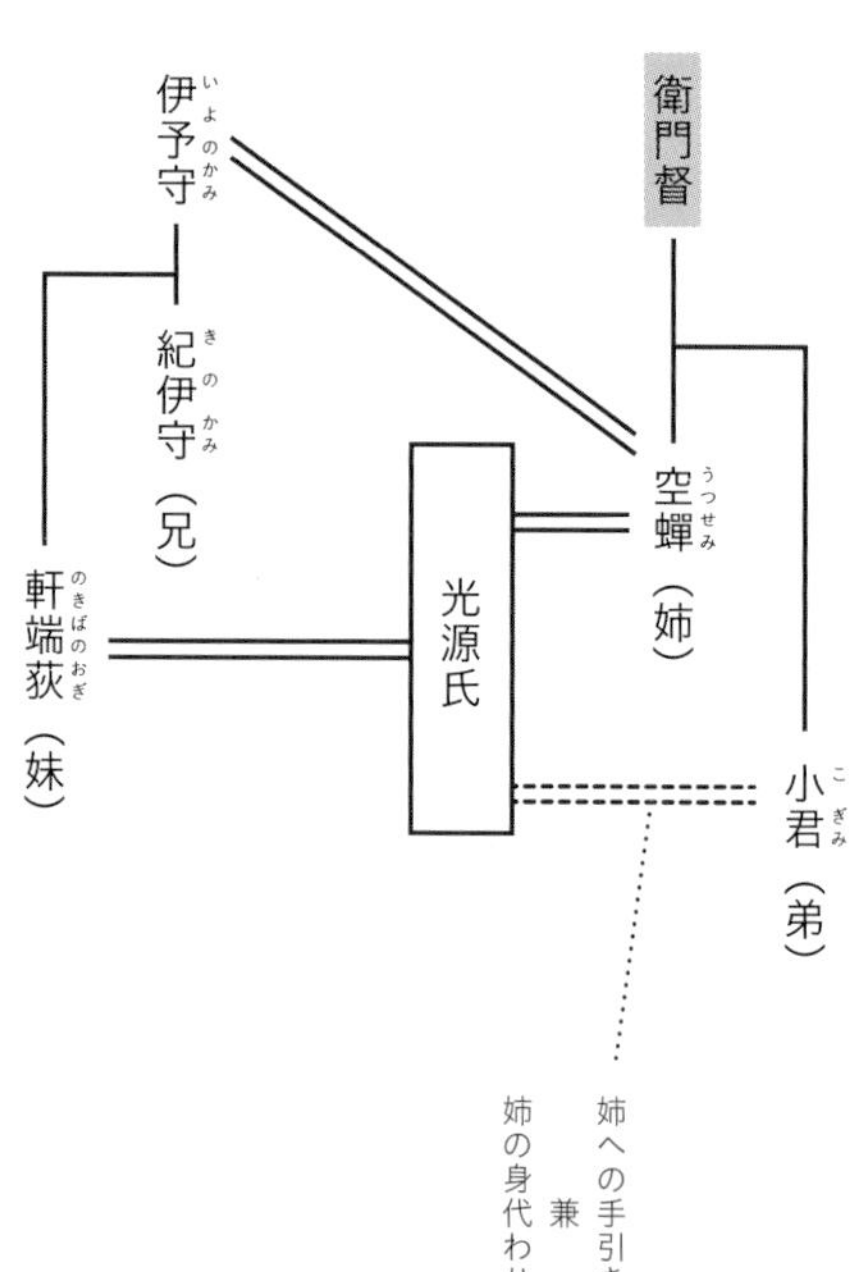

空蝉（うつせみ）の身代わり（?）に、弟・小君（こぎみ）に添い寝をさせた源氏でしたが、結局眠れず「オレ、こんなに人に憎まれたこと一度もないよ。恥ずかしくて生きていけない」と小君に愚痴（ぐち）ります（小君が気の毒ですが、小君は源氏が嫌いではないので〔むしろ好き〕、源氏が苦しんでいるのを見て、涙を流します。なんて優しい子なんでしょう）。そんな小君を源氏はかわいく思います。また、触り具合が細く小柄なことなどが空蝉と似ていて、より愛着がわくのでした。

その後、源氏からの音信が途絶えてしまった空蝉は、「これっきりになるのか」とブルーになったり、一方で「あんな強引な関係は、これで終わりにすべきだ」と思い込もうとしたり、気持ちがブレブレの、不安定な日々を過ごしていました。

実は源氏も空蝉のことを諦めてはおらず、小君に「なんとかして空蝉に逢える機会を作ってくれ」と頼んでおり、小君は自分を頼りにしてくれることを嬉しく思います。

ある日、小君は紀伊守（きのかみ）の留守を見計らい、源氏を自分の車に乗せて邸内に入れました。

空蝉の部屋には紀伊守の妹（空蝉にとっては継子）の軒端荻（のきばのおぎ）がいて、二人で碁（ご）を打っています。暑くて几帳（きちょう）がまくり上げられ、室内の様子がよく見えて、源氏は当然覗（のぞ）き見（み）しました。

軒端荻は、着物がはだけて胸があらわです。色白で丸々と太って大柄で、空蝉とは対照的。目や口元に愛嬌があって派手な容貌です。

一方空蝉は、軒端荻よりも品があるものの、目が少し腫れ、鼻筋も通っておらず老けており、ぶっちゃけ不細工（なんて失礼なっ!・）。軒端荻のほうが美しく、はしゃいだり笑ったり無邪気な娘で、源氏は「この娘も捨てがたいな」と思うのでした。

夜が更けても軒端荻は自室に戻らず、そのまま空蝉の部屋でぐっすり寝ています。一方、人知れず物思いをしている空蝉は眠れません。小君は空蝉の部屋に入り、源氏を招き入れました。源氏は気づかれないように歩くも、高級なシルクの衣ずれの音が響き、高貴な人物が忍び込んでいるのがバレバレ状態に。さらに、なんとも言えない香ばしい匂いもしてくるのです——「っ！　**これは源氏様!!」びっくりした空蝉は、単衣を一枚だけ着て布団から抜け出しました。**

源氏は女性が寝ていたので、その横に寄り添います。「あれ？　なんか大きくないか？」、ですが、別人とは気づきません。「以前はすぐ目覚めて拒否したのに、今夜はやけにぐっすり寝てるなぁ……んっ!?」、**ようやく人違いに気づきました。**「うーわ、やっべー、マジかよ!?」なんてカッコ悪くて言えず、また、別人を置いたまま逃げ去った空蝉のことをようやく諦めます。

挙句の果てに、「このぽっちゃり感は、あの娘だよな……ま、いっか♡」とそのまま最後までいたしたのです。

さすがに途中で軒端荻は目が覚めましたが、抵抗するわけでもなく、うろたえることもありません。源氏は、「君に逢いたくて、方違えを口実に何度も来ていたんだ」と、いけしゃあしゃあと嘘を言います。ですが、内心は一夜の関係にする気満々で、「僕は自由がない身なんだ。君のお父さんやお兄さんも許さないだろうと思うと胸が痛いよ。僕のことを忘れないで待っていておくれ。小君に手紙を託すから、君は何事もなかったようにしておいてね」と言いくるめるのです。

そして、空蝉が脱いで残していった薄衣を手に取って、部屋を出て行きました。

自邸に戻った源氏は、持ち帰った空蝉の薄衣を着物の下に入れて寝ました（うわぁ、ちょっとストーカー的行為ですね）。そして小君を傍に寝かせ「お前はあの薄情者の弟だから、ずっとかわいいとは思えないだろうな」と真顔で言い、小君はショックを受けます。

源氏は懐紙に「**蝉が抜け殻を残して脱皮をして去っていくように、薄衣を残して去って行った人に心がひかれていることよ**」と和歌を書きつけ、小君はそれを自分の懐に入れました。

源氏は「軒端荻は今頃どんな気持ちかな」とかわいそうに思うも、昨夜の様子から繊細な才女ではなく、どこか抜けていたので放置します。一夜を共にした女性に翌朝送る「後朝の手紙」も書かず、何の言づてもしませんでした。そして、源氏は、空蝉の匂いが染みついている薄衣を傍に置いてずっと見ていました（怖い……）。

後日、小君が紀伊守邸に行くと、空蝉からこっぴどく叱られます（源氏と姉との板挟みで、気の毒ですね）。小君は源氏の懐紙を取り出し、姉に渡しました。空蝉は、直接本人に返事を渡すつもりはないものの、懐紙の端に「**空蝉の羽根についた露のように、木陰に隠れて人の目につかないように、私も人目を忍んで泣いているよ**」と和歌を書きました。

ちなみに、小君が来ている気配を感じた軒端荻。源氏からの手紙は届かず、さすがに寂しい思いをしたようです（もらい事故で一番の被害者かと）。

4帖

夕顔

光源氏17歳

女の嫉妬は恐ろしい
取り返しのつかない悲劇発生！

光源氏は、六条御息所（ろくじょうのみやすどころ）という女性とも深い関係になっていました。六条御息所は亡くなった前皇太子（＝前坊（ぜんぼう））の奥様で、源氏より7歳年上です。源氏から熱心にアプローチされるも、年齢差なども気にしてずっと拒否していたのですが、年下の一生懸命な求愛を受け入れたのです。やっと付き合えて、さぞラブラブになるのかと思いきや、源氏は急速に冷めていきます。源氏は上品なお姉様感にそそられていたのですが、付き合っても隙がまったくなく完璧過ぎたため、おもしろくなかったのです。

御息所は「年上らしくかまえていなきゃ」と思い、源氏が来ない夜は不安でいっぱいになるも、源氏に寂しいと言えずにモヤモヤを抱えて、気づけば年下の源氏にハマっていました。

ある日、源氏が六条御息所の家に行く途中、大弐（だいに）の乳母（めのと）の家に寄りました。病気が重くなり尼となった（＝病気のため、髪を剃り落としたり、受戒（じゅかい）したりするだけの「形だけの出家」です）乳母を見舞うためです。むさくるしい大路に、粗末な小さな家ばかりがあるところでしたが、白い夕顔の花が咲いています。源氏は一房折ってくるよう家来に命じたところ、そのやりとりを見ていたのか、隣の家から召使いの少女が香（こう）をたきしめた白い扇を持って出てきて、「これに載せて差し上げなさいませ」と家来に渡しました。

乳母の家では身内が集まっており、源氏の訪問に乳母も起き上がり、泣いて喜びました。

先ほどの隣人からの扇には香がしみ込み、「**あなたのことを当て推量に、あの方かしらと推測しています**」と和歌が書かれています。これは『古今和歌集（こきんわかしゅう）』にある和歌をもじったものです。

卑賤な者たちが住んでいるはずのこの場所で、思いがけず教養のある人物の存在を感じ取った源氏は、惟光（＝乳母子）に「西隣にはどんな女が住んでいるんだ？」と尋ねます。

惟光は内心「またいつものが始まった」と思いつつ、「隣のことは何も知りません」と答えます（「またいつもの」から、空蟬、軒端荻、六条御息所だけでなく、他の女性の影も感じますね）。

源氏は、「**近寄って、どんな女性なのかハッキリ見たいな♡**」と返歌をしました。

それ以降、源氏は行き来で目にするたび、どんな人が住んでいるのか気になります。「あの雨の夜に、頭中将が下の下だと言っていたような人の住まいだけど、思いがけず良い女を見つけたならば……」と妄想が止まりません。

惟光が調べても、なかなか素性がわかりませんでしたが、ようやく正体が判明します。なんと、「雨夜の品定め」の際に、頭中将が話していた行方知れずとなった女性なのです！

その後、惟光の手引きで源氏は無事（？）この女性と結ばれました。ただし、お互いに素性は明かさないままでした。頭中将の元カノかどうかを確かめず、核心はつかない感じを楽しんだのでしょう。この女性は通称「夕顔」と言われています。源氏は夕顔に夢中になるのでした。

途中、こんな記述があります。「こういう恋愛事は、まじめな人も道を踏み外してしまう時もあるが、**源氏は人が咎めるような振る舞いをなさったことがない……**〈以下省略〉」（えっと……三度読み読み間違いですかね？　空蟬や軒端荻にした振る舞いをどう思っているのでしょう!?

はしたくなる記述ですね）。

源氏は夕顔と、人がいない場所でゆっくりと夜を明かしたくなり、明け方近くに夕顔と女房の右近を車に乗せて連れ出しました。荒廃した門に草木も茂っている暗い邸で、自分のお付きの者もつけず、二人（＋近くに右近）で過ごすのです。そのまま一日中イチャイチャと語り合いましたが、夕顔は気味が悪くビクビクしています。このあどけない様子を源氏はかわいく思い、「六条御息所はいつも完璧で、一緒にいると息苦しくなるんだよな～」と内心で比較します。

午後十時頃に少し寝入ったところ、枕元に座った美女が、「私の所に来ないで、こんなどうでもいい女を連れてイチャイチャするとは、どういうことなのかしら」と言いながら、夕顔に襲いかかろうとしたところで、源氏はハッと目覚めました。

右近も変な夢を見たのか、怖がって寄ってきます。夕顔もブルブル震えて正気ではありません。源氏は人を探しに行きましたが、惟光もいません。部屋にもどった源氏がろうそくの明かりで夕顔を見ようとすると、夢で見た枕元の美女が見えたかと思うとフッと消えたのです。夕顔の体はどんどん冷えていき、息は既に絶えていました。源氏は夕顔を抱きしめて「生き返ってくれ！」と言うも無理な話で、右近は半狂乱。

やっとのことで惟光が到着し、源氏は気がゆるんだ瞬間に大号泣します。考えたら、源氏はまだ17歳。頼りにしている惟光を見た瞬間、感情爆発＋涙腺崩壊するのは無理もありません。

その後は、惟光が夕顔の遺体を布団にくるんで車に乗せ、知人の尼の所へ運びます。惟光は源氏の乳母子（めのとご）なのでほぼ同い年ですが、よっぽどしっかりしていますね。
源氏はあまりのショックに重い体調不良に陥りますが、一カ月ほどで快方に向かいました。
源氏は改めて、夕顔が頭中将の元カノであったことを右近から聞きました。

ところで、右近がとある話の流れで、「夕顔は頼りない様子でいらっしゃった」と言うと、源氏は「頼りない女こそかわいいいんだよ。しっかりしていて自分を持っていて、こっちの言う通りにならない女は、本当に気にくわないな。女はただほんわかしていて、人に騙されちゃいそうなくらい遠慮がちで、旦那の言うことを素直に聞く従順なのがいいんだよ」などと言うのです（数多くの現代女性の怒りに触れそうな発言ですね。ただ、フォローをしておくと、当時はこれが理想の女性像でした。右近もまったく怒らずに「夕顔様はアナタの理想にピッタリだったと思います。残念ですわ」と言ったくらいですから。それにしても、「しっかりしている女は気にくわない」なんて、葵の上（あおいのうえ）や六条御息所（ろくじょうのみやすどころ）にケンカ売ってますよね？　葵の上は政略結婚だったのでまだしも、六条御息所は自分から口説いたくせに、手に入れば急に冷たくして。そんなんだから、愛しの夕顔ちゃんがあんな目にあったのです！）

そう、枕元に座っていた美女、それは紛れもなく六条御息所の生霊だったのです！　源氏も正体に気づいており、気味悪く思うのでした。この後、二人はどうなるのでしょうか――。

さて、空蝉との話も。源氏は「素直に自分になびいていたら、『一夜の過ち』としてそれっきりにしただろうけど、冷たくされるから気になるし、こっちが負けて終わったみたいな状態、オレのプライドが許さない」と思い続けます（いますよね、こういう人）。未練がある源氏は、空蝉に手紙を出し、空蝉も振り向かないくせに忘れられてしまうのは嫌なので、ちょいちょい返事をします（空蝉も空蝉ですね。振り向くつもりがないのなら、キッパリ絶てばいいのに）。

そんな中、空蝉の夫・伊予守（いよのかみ）が国司の任期中に上京し、源氏のもとに参上しました。源氏は、「格下の老人なのに、理由もなく目が合わせられず居心地が悪い」と感じます（理由、めちゃくちゃありますよね？　妻を寝取って、娘にも人違いで手を出した挙句、その後放置して……「旦那兼父親」を目の前にして、さすがに罪悪感を抱いたのでしょう）。

伊予守から、「娘の軒端荻を結婚させて、空蝉を連れて下向（げこう）する」と報告を受けました。源氏は「軒端荻は夫ができたとしても、きっと自分に気を許してくるだろう」と、縁談の話を聞いても何も思いませんでした（軒端荻に対する態度、徹底的にひどいですよね）。

源氏は空蝉や女房たちに餞別を送り、さらに空蝉にこっそりといろいろと送りました。その中には、あの夜に持ち帰った薄衣（うすぎぬ）もあり、和歌付きで返却しました。「**また逢える日までの形見だと思って見ていたんだけど、ただただこの袖は僕の涙でぐちょぐちょに濡れて朽（く）ちてしまったよ**」（私なら「ホント気持ち悪いんで、そっちで処分してください」と言いたい）。空蝉は、「**返してくれた薄衣を見て、私も声をあげて泣いています**」との返事を小君（＝弟）に託しました。

「結局、不思議なほど他の女性とは違って、このオレを振り切って行ってしまった」と源氏は思い続け、この中流の人妻とは（やっと）終わりを告げるのでした。

5帖

若紫（わかむらさき）

光源氏18歳

人助け？
それとも誘拐!?

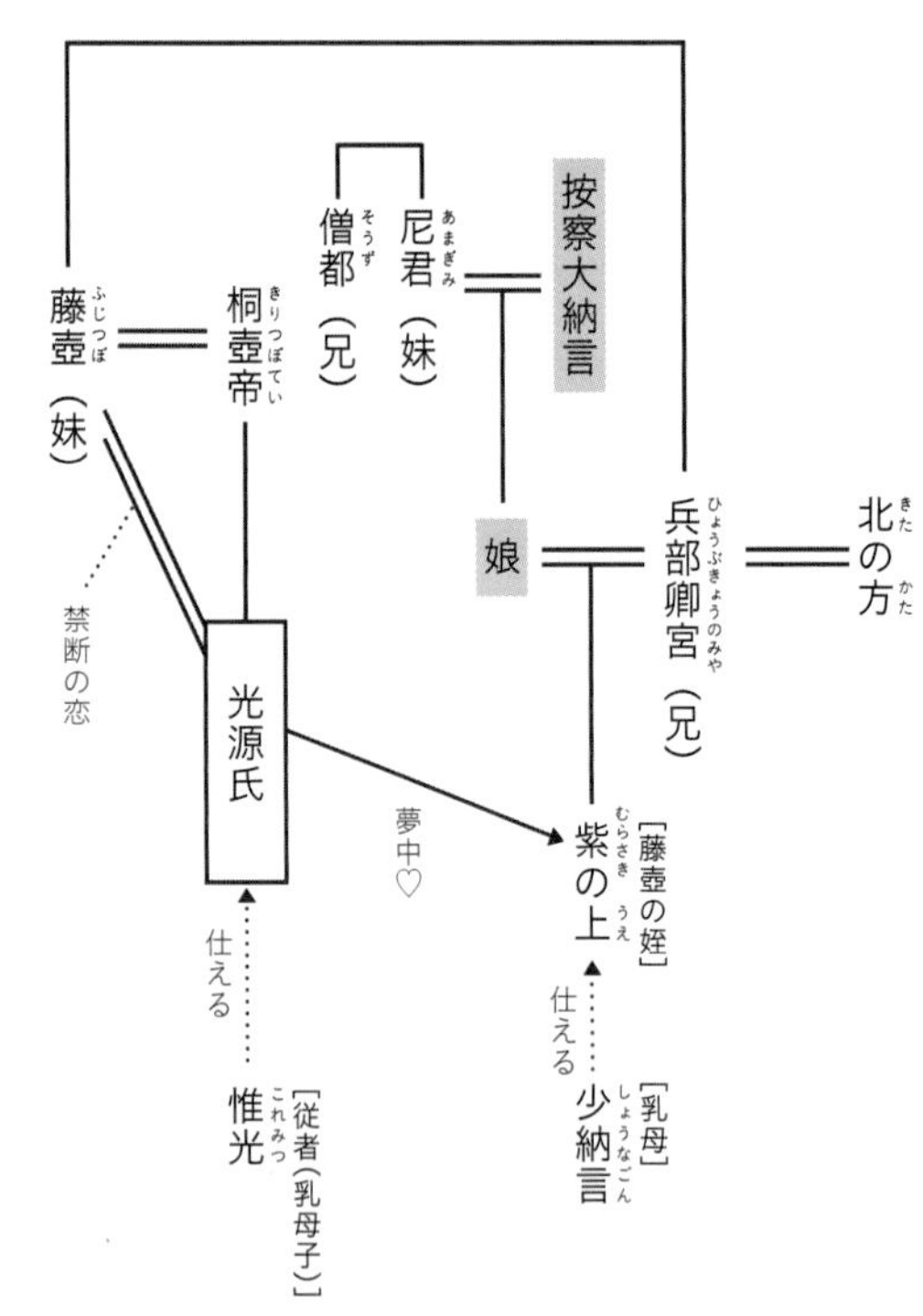

夕顔を亡くしたショックで長らく病んでいた源氏ですが、それとは別にまた病気になり、北山のお寺に病を治す優れた聖（＝僧）がいると聞き、家来を連れてお忍びで出かけました。僧侶の住まいがあちこちある中の一つの庭に、かわいい女の子がたくさんいるのです。

「僧が住む家なのに!?」と不思議に思い、夕方、源氏が霞に紛れて覗きに行くと、四十過ぎの尼と二人の女房がいて、女の子たちが遊んでいる中に、ひときわ目を引くかわいい女の子が走って来ました。この少女こそ、源氏が生涯愛し続ける紫の上です。垣根越しの会話から、四十過ぎの尼は少女の祖母で、少女の母（＝尼の娘）や尼の夫（＝按察大納言）は既に亡くなっており、尼が少女の面倒を見ていることなどを知ります。

尼の兄・僧都が帰ってきて、「丸見えですぞ！　この上の聖のところに、光源氏様が治療のために来ているらしい」と言うので、尼は慌てて簾を下ろします。僧都が「せっかくだから、評判の源氏様に挨拶をしてこよう」と言い、席を立つ音がしたので、源氏は帰りながらも「かわいい子を見つけたなあ。どういう子なんだろう。あの人の身代わりとして、朝晩心の慰めに見たい」と思います（ちょっと待った!!　相手はまだ十歳の女の子ですよ。一体この男は何を考えているのでしょう）。「あの人」とはもちろん藤壺です。どれだけ好きになっても叶わない恋。紫の上は、藤壺にそっくりだったのです。

さて、源氏は僧都に誘われ、僧都の家に行きました。紫の上のことを聞き出し、父親が兵部卿宮（＝藤壺の兄）だと判明します。なんと紫の上は、藤壺の姪だったのです！　源氏はますます紫の上に心を奪われて、「親しい関係になり、自分好みの女性に育て上げたい」と思います（わずか10歳の子になんということを。分別ある大人が自ら、「あなた色に染まりたい♡」と思うのはその人の勝手ですが、源氏のこの発想は恐ろしい）。

兵部卿宮の正妻（＝北の方）は高貴な女性で、紫の上の母に対して威嚇したので、母は心労が重なり、紫の上を出産してすぐに亡くなりました（桐壺更衣と境遇が似ていますね）。

僧都から「自分の死後、孫はどうなるのかと尼君が嘆いている」と言われた源氏は、「私をお世話係に」と名乗りを上げ、「正妻はいるけど冷たくて、独身みたいなものだ」と言います。そして、「『まだ幼くてふさわしくない年齢なのに』と、世の男たちと同列にされたくない」とも（この時代に女性を引き取り世話をするのは、妾（＝愛人）になることを意味しますが、紫の上は幼過ぎるので、そんなつもりではないと言いたいのです）。

僧都は「嬉しいですが、幼過ぎて冗談でも相手になれないでしょうね」とスルーしました。

その夜、諦めきれない源氏は、尼に「**初草の若葉のようなかわいい人をお見かけしてから、旅寝をしている袖も涙に濡れてまったく乾きません**」と歌を送ります。源氏の相手として紫の上は子ども過ぎて不相応なため、尼は困惑し、「何か聞き間違えをしているのでは」と思います。源氏は「自分も似た境遇なのです。すべて事情はお聞きした上で、通常とは違う気持ちからなのです」と説得を試みます。少女に夢中の源氏は、体調不良のことなどすっかり忘れるくらい回復しました。尼君から「四、五年経っても同じ気持ちなら、その時にはどのようにでも」と言われるも、すぐにでも自分の手元に置きたい源氏は不満でたまりません。

ちなみに、紫の上は源氏を奥から見た際に「お父様より素敵」と言い、その後はお人形遊びや絵を描く時も「これは源氏の君♡」と遊んでおり、憧れの対象になっていました（外面だけ見ていればイケメンのお兄さんですものね）。

北山から帰った後も、源氏は尼君や僧都に手紙を出し、惟光を遣わせたりして、まったく諦めませんでした。

一方その頃、藤壺も体調不良で、自邸に里下がりしていました。桐壺帝は心配でたまらず、源氏はそんな帝をいたわしく思いつつ、「この機会に藤壺と♡」とトンデモないことを考えます。女性たちのところにも出かけず、昼はずっと物思いをし、夜になると藤壺の女房・王命婦に取り次ぐように責め立てました。その迫力に負けたのか、命婦は源氏を藤壺に逢わせ「禁断の恋」がとうとう成就してしまったのです。藤壺は自分の宿命を嘆きました。

（強引なことをしでかした源氏が悪いのですが、拒みきれなかった藤壺も悪いのです。桐壺帝との結婚も、「桐壺更衣に似ているから」という理由で決まったもので、かなり年上の帝に嫁ぐことになりました。桐壺帝は藤壺を大切に扱いますが、藤壺には「身代わりとして愛されている」という思いがずっとあったのかもしれません。義理の子・源氏のほうが年齢は近く、しかもイケメンで、熱心に口説いてくれる。帝を裏切るなんてこの上ない罪だとわかってはいるのに、つい流されてしまったのかもしれませんね）。

藤壺に逢った源氏は、やはり藤壺が格別の女性だと再認識し、まったく欠点がないことを逆に恨めしいとすら思いました。こんな完璧な女性だからこそ、ずっと心が囚われてしまい、他の女性ではどうにもならないことをより実感してしまったのです。

その後、藤壺は源氏からの手紙を見ようともしません。嘆き、物思いをすることにより、気分の悪さは悪化しました。

逢瀬から二か月くらいか、ニオイに敏感になり、吐き気が……そういえば月のアレも来ていない――最悪の事態です。周囲の女房も気づき、不審に思います。当然帝との子だと思っているので、「妊娠の徴候、遅すぎない?」と。本当のことは絶対に言えないので、桐壺帝にも「物の怪のせいで、妊娠の徴候に気づかなかった」と報告し、事実を知っている王命婦以外の女房たちもそれを信じました。

藤壺の妊娠を聞いた帝は大喜び。ますます藤壺のことを大切に気遣いますが、藤壺はかえって申し訳なく畏れ多く、自分の罪に恐れおののきます。源氏も藤壺懐妊の噂を耳にして「もしや」と思い当たりますが、どうすることもできません。

さて、北山の尼君たち一行は、今は京にある尼君の亡き夫の家〈=按察大納言邸〉に住んでいました。尼君は体調不良で、自分の死後の紫の上のことが気がかりで、見舞いに来た源氏に「あの子が適齢期になれば、そういう相手の一人として扱ってほしい」と頼みました。源氏は「ああ、いろいろと教え込みたいなぁ♡」と思い、翌日「**手に摘んで早く見たいことだよ。紫草の根につながっている野辺の若草を**」と和歌を詠んでいます（「紫草」は藤壺、「野辺の若草」は紫の上で、「藤壺と血縁関係にある紫の上を、早く自分のものにしたいなぁ♡」の意味です。藤壺とそういう仲になったクセに、そして、藤壺は今、物理的にも精神的にも苦しんでいるのに、源氏は紫の上を自分のものにすることで頭がいっぱいなのです……）。

その後、尼君はあの世に旅立ちました。

落ち着いた頃、源氏は直接お見舞いに伺い、少納言（＝紫の上の乳母）から、紫の上が父兵部卿宮に引き取られることを聞きます。

父宮が来ていると勘違いした紫の上がやって来ました。御簾（みす）越しに源氏は下から手を入れて、紫の上の着物や髪の毛などを探ります（やめてーっ！　ちなみに、御簾の下ではなく、着物の下に手を入れた説もあるのですが、それだとあまりにもよろしくないので、ここでは御簾の下としました）。

探りながら「うわあ、これ絶対かわいいな」と思い、手まで握ります。紫の上は子どもながら「え、キモい」と警戒し、奥へ逃げようとしたところ、源氏が御簾の中に入り込んできて、「今はボクが君をかわいがってあげるんだよ。逃げないで」と言います（紫の上ちゃん、全力で逃げて!!）。少納言が「それはやり過ぎです！」と困惑すると、「さすがにボクもこんな幼い子に何もしないよ」と源氏は言います（が、十分してるし、トラウマ級だと思われます）。

その日は霰（あられ）が降って風もすさまじく、「少人数で過ごすには心細いだろう」と、源氏は泊まりました。何食わぬ顔をして紫の上の寝所の中に入り、添い寝をします。想像を上回る行動に、周りの人間は「!?」状態。乳母も、帝の息子〔＝源氏〕に強く言うことができず座っているしかなく、紫の上は恐怖で震え、鳥肌も立っています。そんな紫の上を源氏はかわいく思い、一方では反省し、優しい声でご機嫌を取ります。紫の上の恐怖心は少しおさまりますが、それでも気味が悪く寝つけません。

夜明け前、源氏は少納言に「僕のほうが父宮〔＝兵部卿宮〕よりも姫君のことを思っている」と言いながら、紫の上の頭を何度も撫でて、振り返り帰っていきました。イチャイチャして過ごせたわけではないため、欲求不満状態の源氏は、ふと思い出した近所にある女性の家に突然行きましたが、家に入れてもらえず自邸に帰っています（少しスカッとするわ）。

父兵部卿宮が来ると、紫の上は心細く泣いており、父は明日引き取ることに決めました。

惟光からそれを聞いた源氏は焦り、「先に内密に自邸〔＝二条院〕に引き取ろう」と決めて、翌朝紫の上がいる大納言邸に行き、寝ている紫の上を抱きかかえて、そのままさらい（？）ました。少納言一人だけが付き添いました。

二条院到着後、紫の上は恐怖のあまり泣くことすらできません。源氏は三日間、つきっきりで遊んだり、習字を教えたりして過ごしました。

兵部卿宮が大納言邸に迎えに来ましたが、源氏が残った女房たちに行き先などを口止めし、「少納言が勝手に姫君を連れて行った」ということにしていたため、父宮は、行方がわかれば知らせるように伝えて、泣く泣く帰ります。父宮の正妻も、とても残念がりました。ただ、この二人、紫の上を本気でかわいがろうと思っていたわけではありません。紫の上が美しかったため、将来、政略結婚で利用できそうだと考えていたのです。さらに正妻は、自分の思い通りに使うつもりでした（突然連れ出された紫の上の恐怖はこの上なかったと思うのですが、源氏のもとで大切にされて、結果的には良かったのかもしれませんね）。

しばらく経つと、源氏がいない夕暮れには、紫の上は尼君を思い出して泣きましたが、父宮のことはまったく思い出しませんでした（もともと一緒に暮らしていたわけではないので当然ですね）。

今は優しく遊んでくれる源氏に、とてもなついています。源氏が外出から帰ってくると、一番に迎えにいき、懐に抱きついたり（それはやめておいたほうが……）、遊び相手、お兄さんとして大好きになったようです（あくまで「遊び相手のお兄さんとして」です！）。

6帖

末摘花（すえつむはな）

光源氏18〜19歳

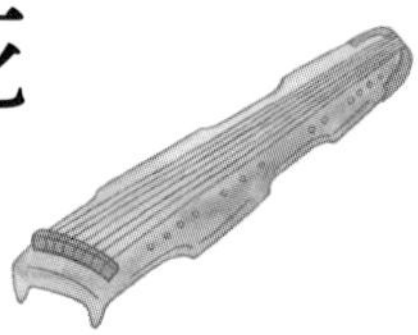

真っ赤なお鼻（おっはっなっ）の〜♪

トナカイさん、ではありません

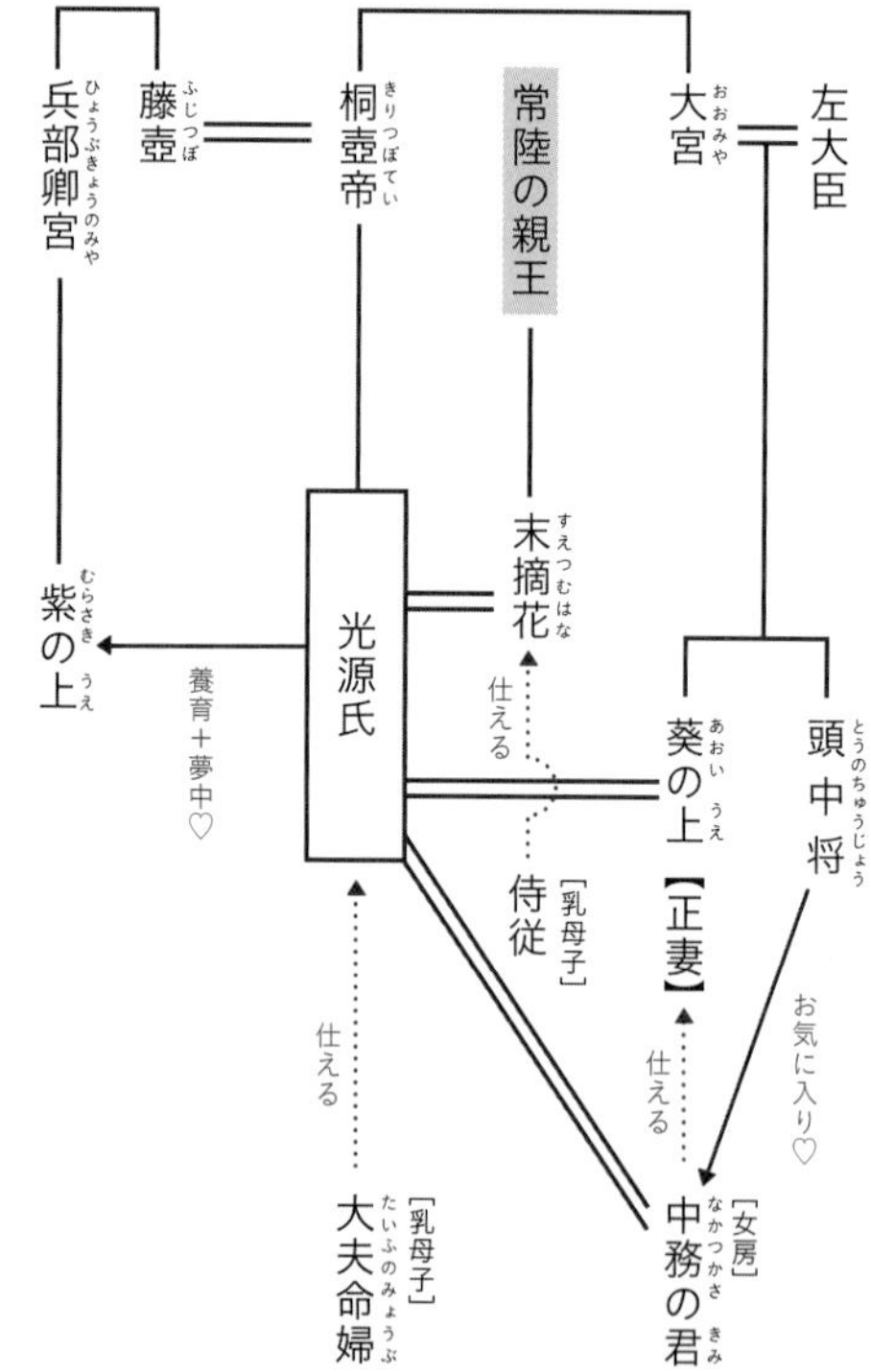

左大臣
大宮（おおみや）
常陸の親王
桐壺帝（きりつぼてい）
藤壺（ふじつぼ）
兵部卿宮（ひょうぶきょうのみや）
光源氏
末摘花（すえつむはな）
紫の上（むらさきのうえ）
養育＋夢中♡
仕える
侍従［乳母子］
葵の上（あおいのうえ）【正妻】
頭中将（とうのちゅうじょう）
お気に入り♡
仕える
中務の君（なかつかさのきみ）［女房］
仕える
大夫命婦（たいふのみょうぶ）［乳母子］

夕顔が亡くなって半年――源氏は夕顔を忘れられません。葵の上や六条御息所がお高くとまっているのも居心地が悪く、「夕顔のように心置きなく接することができる女を見つけたい」と思い続け、空蟬や軒端荻を思い出したりもしていました。

そんな中、源氏は乳母子の大夫命婦から「常陸の親王の娘が、親王の死後、荒れ果てた邸で心細く過ごしていて、琴だけが友達らしい」という話を聞きます。興味を持った源氏は、仲を取り持つように頼みます。ただ、大夫命婦は「姫君がどんな性格なのか、容貌なども詳しくは知らない」とのことではありました（↑はい、これ絶対フラグ）。

ある夜、源氏は故常陸宮邸に部屋をあてがわれている大夫命婦のところに行き、「姫君の琴をこっそり聞かせてほしい」と言います。命婦は姫君のいる寝殿に行き、姫君に弾かせますが、お世辞にも素晴らしいとは言えない演奏です。「源氏にこれ以上聞かせられない」と思い、演奏をストップさせました。後で源氏に「聞き分ける間もなく中断されてしまったぞ」と言われましたが、下手なのがバレる前でよかった（?）ですね。

源氏が「寝殿のほうに行けば姫君の気配を感じられるのでは」と部屋を出たところ、物陰に男が立って中の様子を見ています。「姫君に思いを寄せるライバルか?」と、源氏も隠れて様子を伺うも誰かわからず、自分が見つからないように立ち退こうとしたところ、その男がサッと寄ってきたのです！　なんと、頭中将でした。

夕方、源氏と一緒に宮中を出た時、自宅と違う方向に行くので後をつけてきたのでした。

その後、二人は左大臣邸へ。「中務の君(なかつかさのきみ)」という葵の上の女房は、源氏の愛人です（正妻の召使いともデキている！）。頭中将も中務の君を気に入っているのですが、中務の君は源氏に夢中でまったく相手にしません。

こういう噂は自然と広まるので、大宮(おおみや)（＝頭中将・葵の上の母）はカンカン。「私のかわいい息子の想いに応えないなんて、どういうつもり!?」と（「そっち？」と思った女性は少なくないのでは。「娘の旦那が、娘の実家で、娘の召使いとそういう関係なのはいいんだ……」と）。

頭中将は、常陸宮邸の姫君のことも「どんな女性なのだろう」と気になり出します。姫君のところに、源氏からも頭中将からもラブレターが来ましたが、姫君はどちらにも返事をしません（手紙を書く能力がないからなのですが）。

頭中将は「スルーなんてひどい」とやきもきし、源氏は「遊びの恋と疑われているのか？」と命婦に訴えますが、命婦は「姫君はとても遠慮がちで、びっくりするほど内気なの」と言います。源氏はいつものような思い通りの展開にならないため、イライラしてきました。

命婦は、自分が姫君の情報をちょっと漏らしただけで、こんなに夢中になられるとは予想外で厄介にも思い、「物越しで対面させて、タイプじゃなきゃそのまま終わればいいし、もし深い関係になっても、姫君には保護者もいないし、ま、いっか♪」と考えました（うわぁ、適当）。

ある日、命婦が姫君に、物越しで源氏と話すように言うも、姫は奥に逃げようとします。

源氏に「手引きが悪い」と散々愚痴られていた命婦は、ヤケクソなのか「親がいて後見もしっかりいるなら、大人げない振る舞いでもいいけど、こんな心細い状況で、いつまでそんな消極的なの!?」と姫君を諭します。

こうしてなんとか物越しでの対面にこぎつけましたが、手紙の返信すらできない姫君が、対面での受け答えなどできるはずがありません。源氏はあの手この手の話題をふり頑張りますが、姫君からは返事もなく、手応えゼロです。

このまま引き下がるのもしゃくにさわった源氏は、部屋に入り込みました（またこのパターン！）。側で様子を見ていた命婦は、後でゴチャゴチャ言われるのが嫌で、自分の部屋へサッサと逃げました。

突然のことで、男性経験ゼロの姫君は何が何だかわからず、縮み上がっています。

源氏は「初めてっぽいな。箱入り娘だったようだし」と思うも、暗闇の中、姫君の様子が通常の女性とは違う気がして、違和感を覚えます。ようやく手に入れるも、男女が過ごす熱い夜とは程遠い感じで終わり、まだ明るくなる前に源氏は帰りました。

「こんな女にラブレターを送り続けていたのか……」と源氏はガックリ。かと言って、親王の娘という高貴な身分の姫君を、一夜限りでポイするのも気の毒で、源氏はどんよりと沈みます。

後朝の手紙も、夕方になってやっと出しました。常陸宮邸にいる命婦は、後朝の手紙がなかなか届かないので、「自分のせいで気の毒なことになった」とつらく思いますが、姫君本人は幸い（？）昨夜のアレで頭がいっぱいで、後朝の手紙のことなんて考える余裕などありません。

やっと来たのは「**今夜は来ない**」という和歌だったため、女房たちは絶望します。返事をすべきだと周囲から急かされて、姫君は書きましたが、自力で書けるわけがなく乳母子の侍従が助けます。手紙の色や筆使い、字の配置など全部がダサく、源氏は心底ガッカリしましたが、「どんなに残念な女性でも、一度関係を持ったなら気軽に捨てることはできない」と考えます。

源氏は「明るい時に見れば意外とイケてることもあるかもしれない」と思いました。

雪が激しく降る夜、やっと夜が明けてきて「雪景色を一緒に見よう」と誘います。雪明りでハッキリ姿を見ようという魂胆です。横に来た姫君を横目でチラっと見たところ！

あぁぁ……。座高が高くて猫背。なんといっても鼻！　長くて先っぽが少し垂れて赤色です。顔色は青白く、額が広く、扇に隠れてよくわかりませんが、顎も長そうです。痩せこけて骨ばっていました。なぜ見たのか後悔するも、逆に目が離せません（ただし、頭の形と髪の毛は美しかったとか）。もう帰ろうと和歌を詠みかけるも、返歌などできない姫君は「うう…」と変な声を出して笑うだけ。源氏はショックのあまり、急いで邸から出ました。

夜明けに邸を見ると予想以上に荒れ果てており、女房たちもボロボロの服を着ていました。世間並の姫君であれば、自分が見捨てても他の誰かがまたお世話をするでしょうが、この姫君は正直自分以外にはムリそうです。ハッキリ見てしまった今となっては、同情心からかえって放っておけず、以後、源氏は使者を遣わして、女房たちの服などの贈り物もしてお世話をきちんとし続けました（今までディスってごめんなさい。「いい男じゃないか！」と今だけは思います）。

年も暮れ、姫君から命婦を介して、源氏への晴れ着と手紙が渡されました。晴れ着は古めかしく、手紙は相変わらず紙も内容もセンスなし。そもそも元日の晴れ着を準備するのは正妻格の仕事なので、センス云々を通り超えたあきれた行動です。ただ、和歌は姫君が頑張って自力で書いた（＝内容がいつもよりひどく、侍従が添削していないことがわかる）ものでした。ヘタなりに頑張った姿勢がなんだかいじらしく、源氏は正月七日に（やっと）姫君のもとへ伺いました。常にお世話はしていたので、邸は世間並に整っていました。

帰宅後、源氏は紫の上とお絵かきをしました。源氏はロングヘアの女の絵を描き、鼻を赤色に塗りました。鏡で顔を見て、鼻に紅粉をつけます。イケメンでも鼻が赤いとみっともなく、紫の上は爆笑。「ボクがこんなのになったらどうする?」と聞くと、紫の上は「イヤーっ!」と言い、染み込まないか心配します。源氏は紅粉を拭くふりをしつつ、「あれ? 白くならないな」と言うと、紫の上はかわいそうに思い、寄ってきて拭き取りました。

（なんてかわいらしい光景なのでしょう。冷静に考えれば、人の容姿を笑いものにしているひどい行為ですけどね。紫の上は何も知らないので無実です）。

この常陸宮の姫君は「末摘花」と言われています。末摘花とは「紅花」のこと。その名の通り、赤い花が咲きます。「赤い花」⬇「赤い鼻」ですね。（『源氏物語』には美しい女性がたくさん出てきますが、末摘花は珍しく不器量キャラとして描かれています。だからこそ、光源氏にも読者にも、強烈な印象を残すキャラとなっているのではないでしょうか。ならば、末摘花の勝ち♡ですね。）

7帖

紅葉賀（もみじのが）

光源氏18〜19歳

ついに若宮誕生！

恋する気持ちは何歳（いくつ）でも♪

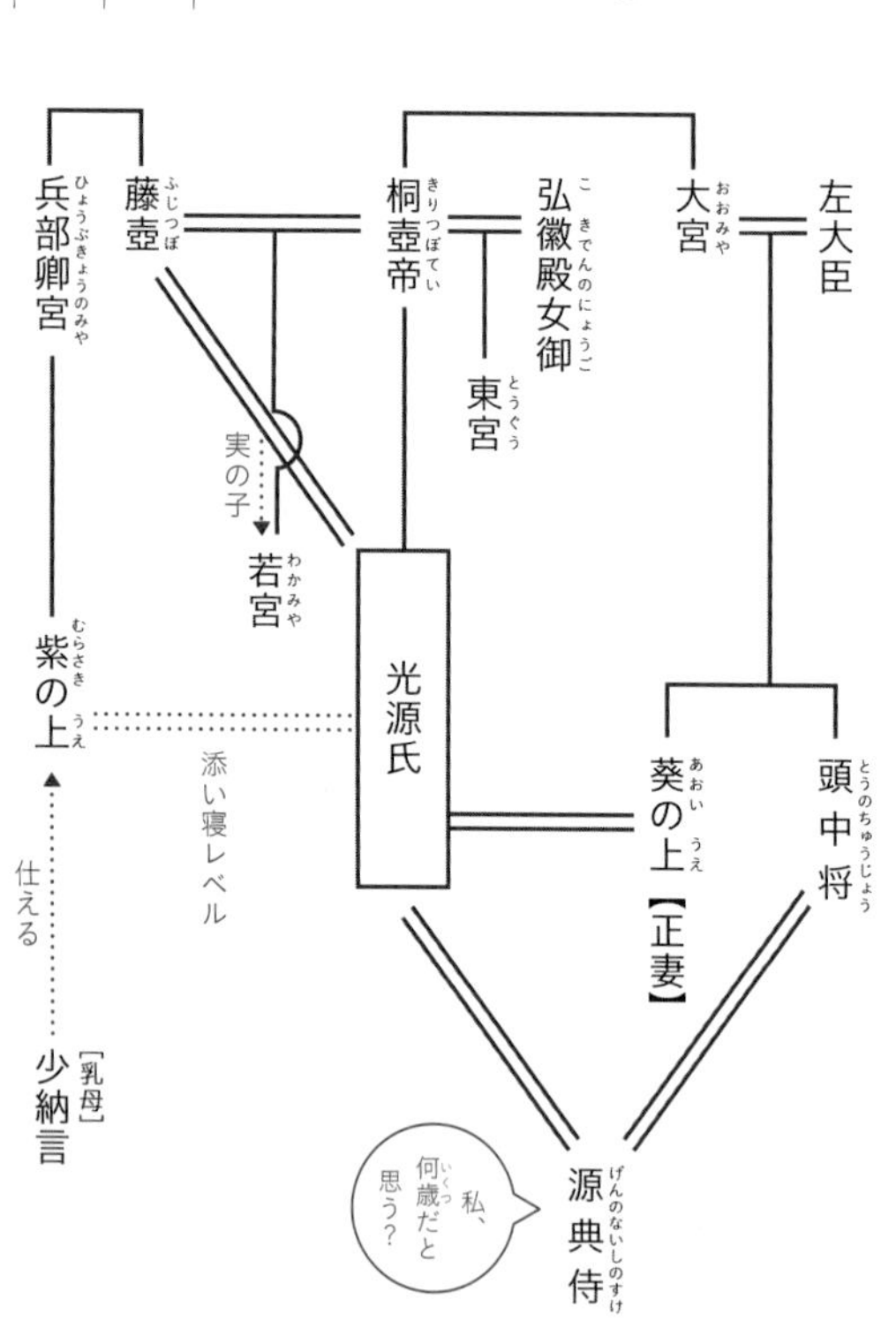

朱雀院に住む先帝のお祝いのための舞「青海波」を、源氏と頭中将が舞うことになりました。宮中の女御や更衣は、宮中外でのイベントには参加できず、また桐壺帝は、懐妊中の藤壺に見てほしく、予行演習を宮中の庭で行うことにしたのです。

この世のものとは思えない素晴らしい二人の舞に、見物人たちは感動の涙です。ただ、源氏を敵視する弘徽殿女御は、「神が舞を舞う幼い皇子を気に入り、神隠しにした」という伝説になぞらえ、「神様が隠してしまいそうね。ああ、不吉だわ、気味が悪い」と嫌味を言います。

藤壺も「あの間違いさえなければ、心の底から感動して見られたのに……」と、ブルーになっていました。翌朝、源氏から藤壺に「**物思いをしていて舞うことなどできない僕が、あなたのために舞ったんだ。この僕の心をわかってくれる？**」と和歌が届きました。

いつもは無視していた藤壺も、さすがにこの時は「**しみじみと見ました**」と返歌をしました。

後日、藤壺は出産のため、里下がりをします。源氏は「またチャンスがあるかも！」と、ますます葵の上のもとへ行かなくなりました。

左大臣邸では、「源氏が二条院に女性を迎え入れたらしい」と、紫の上のことが「正体不明の女性」として噂があがり、葵の上は直接文句は言いませんが、おもしろくありません（源氏を愛しているからではなく、自分の立場上からでしょうね）。源氏は、不機嫌そうな葵の上のことを、「恨み言でも言ってくれれば、隠さずに事情を話せるのに」と考えますが、「俺の初めての女で、大切には思っているのになぁ」と、他の愛人たちとは違い、別格には思っていました。

紫の上はどんどん源氏に懐き、夜、源氏が出かける日にはとても寂しがりました。

とはいえ、

「優しいお兄さん」の域は越えておらず、**添い寝も本当にただの「添い寝」**。元日にお人形遊びをしていた紫の上は、乳母の少納言から「今年からはもう少し大人のふるまいを。夫もいる身なのだから」と言われ、それではじめて「え!? 私って夫がいたんだ！」的な認識なのです。

藤壺は予定日になっても、出産の気配がありません（そりゃそうです、帝の子じゃないので）。「物の怪のせいではないか」と騒がしくなってきた頃に、**無事男の子が誕生しました。**

桐壺帝も女房たちも大喜び。帝は早く若宮を見たいのに、「今はまだちょっと……」と会わせてもらえません。**若宮が源氏にそっくりだったのです。**とはいえ、ずっと会わせないわけにもいかず。帝は父親がまさか源氏だとは思わずに、源氏に「幼い時はみんなこんな感じなのかな。本当にそなたとよく似ているよ」と言いました。

（藤壺も源氏もドッキドキでしょうね。素なのか、疑いつつ素を装っているのか、この秘密に桐壺帝が気づいたのかどうかは、作品中では断言されていません。気づいていないっぽく書かれていますが、妊娠の徴候が現れるのも、生まれるのも時期がおかしく、源氏に瓜二つ――本当は気づいているんじゃないか、とも思います。ただし気づいてしまうと、藤壺も源氏も生まれた子も破滅するしかなく、気づいていないフリを生涯し続けたのかもしれませんね）。

その後、**藤壺は中宮となり、源氏は宰相の君になりました。**桐壺帝はもうすぐ譲位し、この若宮を皇太子にするつもりなので、母親の位をしっかりさせておきたかったのです。

若宮が成長するほど源氏に生き写しで、藤壺は気が気じゃなかったのですが、それでも若宮の出生の秘密に気づく人はいなかったようです（気づいても言えないのかもしれませんが……）。

こんな話の中に、源氏と頭中将が年配の恋愛好きな女性・源典侍を取り合うような話が紛れ込んでいます。源氏が「あの年で、なぜあんなに男好きなのか」と興味を持ち、冗談で言い寄ったのが始まり。典侍は冗談とも「自分なんて不釣り合い」とも思いません。あまりにも年が離れており、「噂になっても困る」と考えた源氏は、言い寄るだけ言い寄って適当にあしらいました（それはそれでひどい）。

典侍は若者風の衣装を着て、「誰も相手にしてくれなくて、最近ご無沙汰」と書かれた派手な扇を持ち、瞼は落ち窪んで黒ずみ、髪の毛はキューティクルもなくボロボロです。流し目をして色っぽく迫るも、源氏はどうにか逃げようとします。

頭中将は「源氏が心を寄せるなら」と、目にも止めなかった好色年増女に興味津々になり、源氏に内緒で典侍と男女の関係になったのです。典侍は「頭中将を源氏の代わりにしよう」と思うも、心は源氏を求めました。

ある夜、しつこい典侍に少し合わせてあげた源氏を、頭中将がからかおうと、正体を明かさずに二人のいる部屋に押し入りました。源氏は面倒事に巻き込まれたくなく、屏風の後ろに隠れようとします。頭中将が笑いをこらえて刀を抜くと、57、8歳（！）の典侍は、源氏を斬りつけるのかと大慌て。そこで源氏は、男の正体が頭中将だと気づき、頭中将もバレたかと爆笑。男二人はふざけて服を引っ張り合い、ヨレヨレになった服で一緒に帰ったとか。

置いてけぼりの典侍は、立場がなく気の毒ですが、ドタバタコントなみの印象的な場面です。

8帖

花宴（はなのえん）

光源氏20歳

源氏版

ロミオとジュリエット（!?）

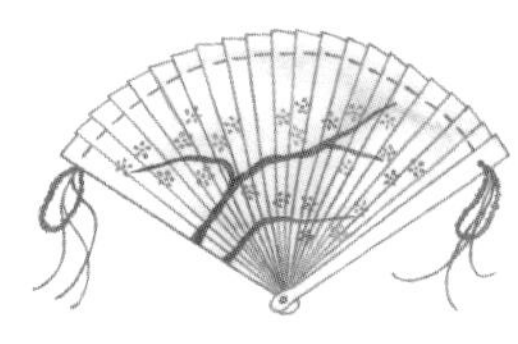

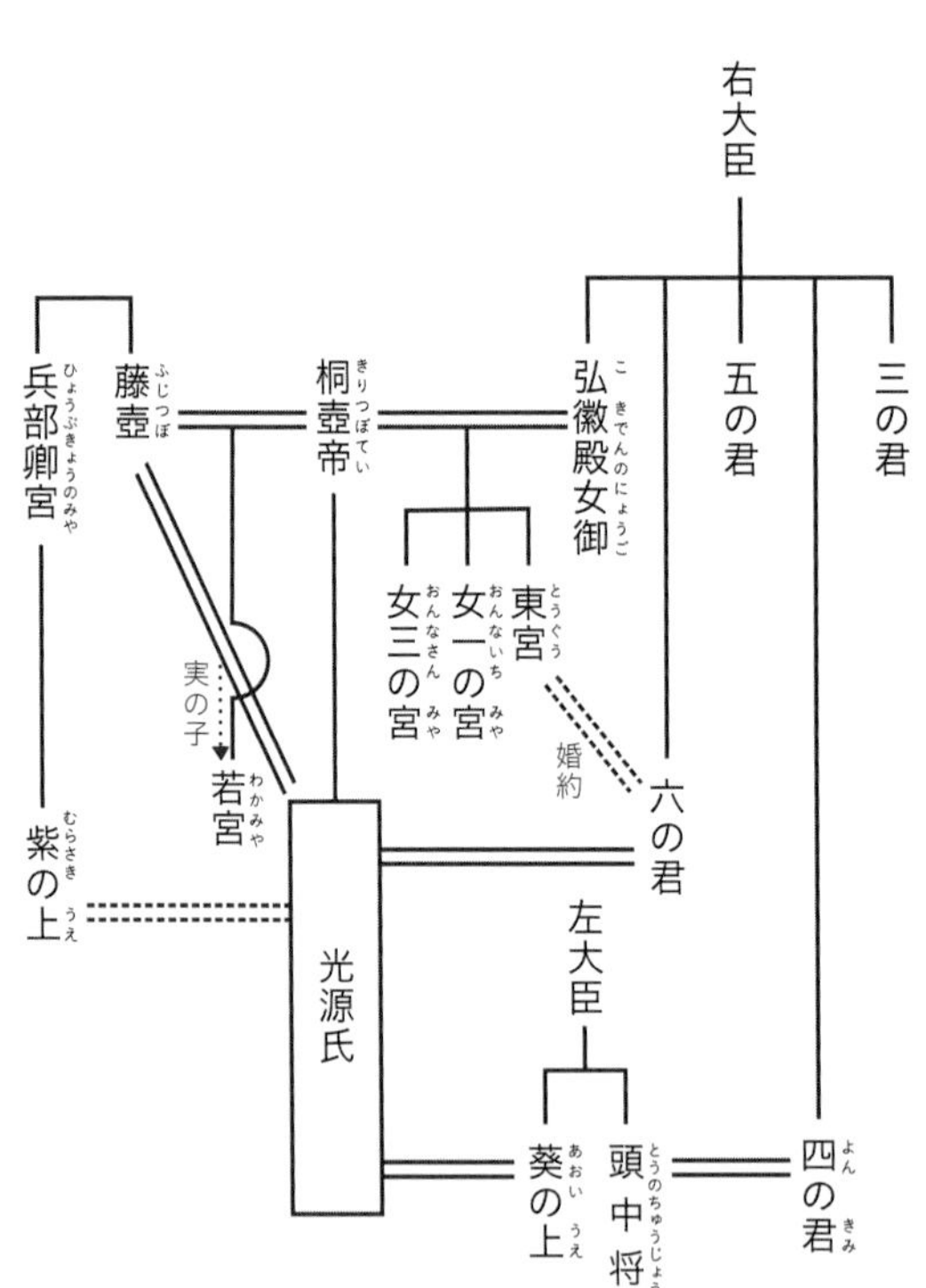

若宮誕生から一年ほど経った日、紫宸殿（ししんでん）の「左近の桜」の宴が開催されました。
光源氏と頭中将の漢詩の才能や態度、舞の上手さが際立ち、特に源氏の素晴らしさは格別です。
藤壺はつい見惚れてしまうほどで、そんな自分に苦しくなり、「人並みに源氏を見られる立場なら、もっと称賛・感動できたはずなのに」と、またブルーになるのです。

夜更けに終了し、酔っている源氏は「藤壺の部屋に入れるのでは」と、こっそり行きましたが、ぴっちり閉まっています。ガッカリした源氏は、弘徽殿側のほうをさらにうろつきました。

すると、なんと開いた戸口があり、しかも人が少ない！　これは不用心。源氏も「こんなだから男女の間違いが起こるんだ」と思いつつ、部屋を覗きます（間違い起こす気満々では!?）。

人が寝静まっている様子の中、若く美しい声の女性が「**朧月夜（おぼろづきよ）に似るものぞなき**」と口ずさみながら歩いてくるので、源氏、ロックオン！

袖をいきなりギュッと捕らえられた女性は「きゃっ、誰!?」とパニック状態です。

源氏は「**朧月夜に誘われてやってきたボクと出会うのは、運命だったんだよ**」と詠みかけ、そっと抱き下ろして戸をぴちっと閉めました（怖すぎる）。

女性はブルブル震えて「ここに、人が……」と言うも、源氏は「ボクは誰からも許された立場だから、人を呼んでもどうしようもないよ。静かにしようね」と言うのです。

ただ、この声を聞いた女性は「これは源氏だわ」とホッとするのです（いやいや、うーん、でも素性がわかり「あの源氏」となると、ホッとするのかな……）。

女性は困惑するも、「不愛想な固い女と思われたくない」と思ってしまいます。源氏はかなり酔っていたのでしょう（と、作者はフォローしていますが、たぶん酔っていなくても同じかと思います……）。密室で若い男女が二人きり。もちろんそういう流れになりました。

ただし、女性は名前を明かしませんでした。女房たちも起き出したので、源氏は扇を取り替えて出ていきました。扇は二人の関係の証であり、お互い見つけるための印です。

源氏は部屋に戻ってから、「美しい人だったなぁ。弘徽殿女御（こきでんのにょうご）の妹たちの誰かだよな……。今日が初めてっぽいので、五の君か六の君だろう。人妻の三の君や、頭中将の奥さんの四（よん）の君（きみ）ならおもしろかったのにな。六の君は、右大臣が東宮妃にしようとしているそうだから、あれが六の君なら東宮に気の毒だなぁ。俺に夢中になっちゃったはずだからね。それにしても、俺、右大臣に敵対視されているから厄介だぞ」などと考え、なかなか寝付けなかったようです。

イベントの翌日、小さな宴会がありました。昨夜の女性が気になりながらも、寂しがっているであろう紫の上のことも気がかりな源氏。さらに、ずっとご無沙汰している正妻・葵の上に対してもちょっと申し訳なく思うも、結局紫の上のところへ。ますますかわいらしく成長し、聞き分けのよい女性に育っています。夜、源氏が葵の上のところへ行く時に、紫の上は内心は寂しくても、もう源氏の後を追いすがったりしません。「他の女性のところに行くとわかっていても、堪えて送り出す」。源氏が理想通りの女性に育てあげたのです（都合の良い操り人形ですが、当時は一夫多妻なので、そうするしかなかったのでしょうね）。

一方、思いがけず源氏と深い仲になった扇の女性は、あの夜のことが頭から離れません。「東宮への入内が決まっているのに……」と苦悩します（ここで、この女性の正体がわかります。六の君（＝通称「朧月夜の君」）ですね）。

源氏は、まだ正体がつかめないままで、どうやって見つけ出そうか考えていたところ、右大臣邸での弓の競技会に招待されました。夜、源氏は酔い覚ましを口実に部屋を出ます。狙いは当然あの女性。寝殿には女一の宮と女三の宮がおり、源氏はその戸口に座りながら、「無理やり飲まされて困っています。かくまっておくれ」と、妻戸の御簾を上げて上半身を入れたのです。一の宮が「困ります」と拒否するも、源氏はこのチャンスを逃しません。「**高麗人に　帯を取られて　からき悔する**」という催馬楽（＝歌謡の一種）をもじって、「**扇を取られて　からきめを見る**（＝つらい思いにあっている）」と言って座りました。

事情がわからない人は「扇？　帯じゃなくて!?」と言いましたが、何も返事をせずに、嘆いてため息をつく女性がいます。「見つけたっ！」――直感でそう感じた源氏は几帳越しにその女性の手を取り、「**あなたがいるであろう所をうろうろ迷っちゃったよ。あの夜チラッと見たあなたに会えるかと**」と詠みかけます。朧月夜の君は、「**気に入ってくれたのなら迷うかしら、いえ、迷わないわよね**」と返歌をしました。

間違いなくあの時の声！　源氏は大喜びですが――。

（こんな、とっても意味深な逆接で8帖は終わります。さて、どうなる!?）

9帖

葵（あおい）

光源氏22〜23歳

葵の上vs六条御息所

そして、紫の上の悲劇

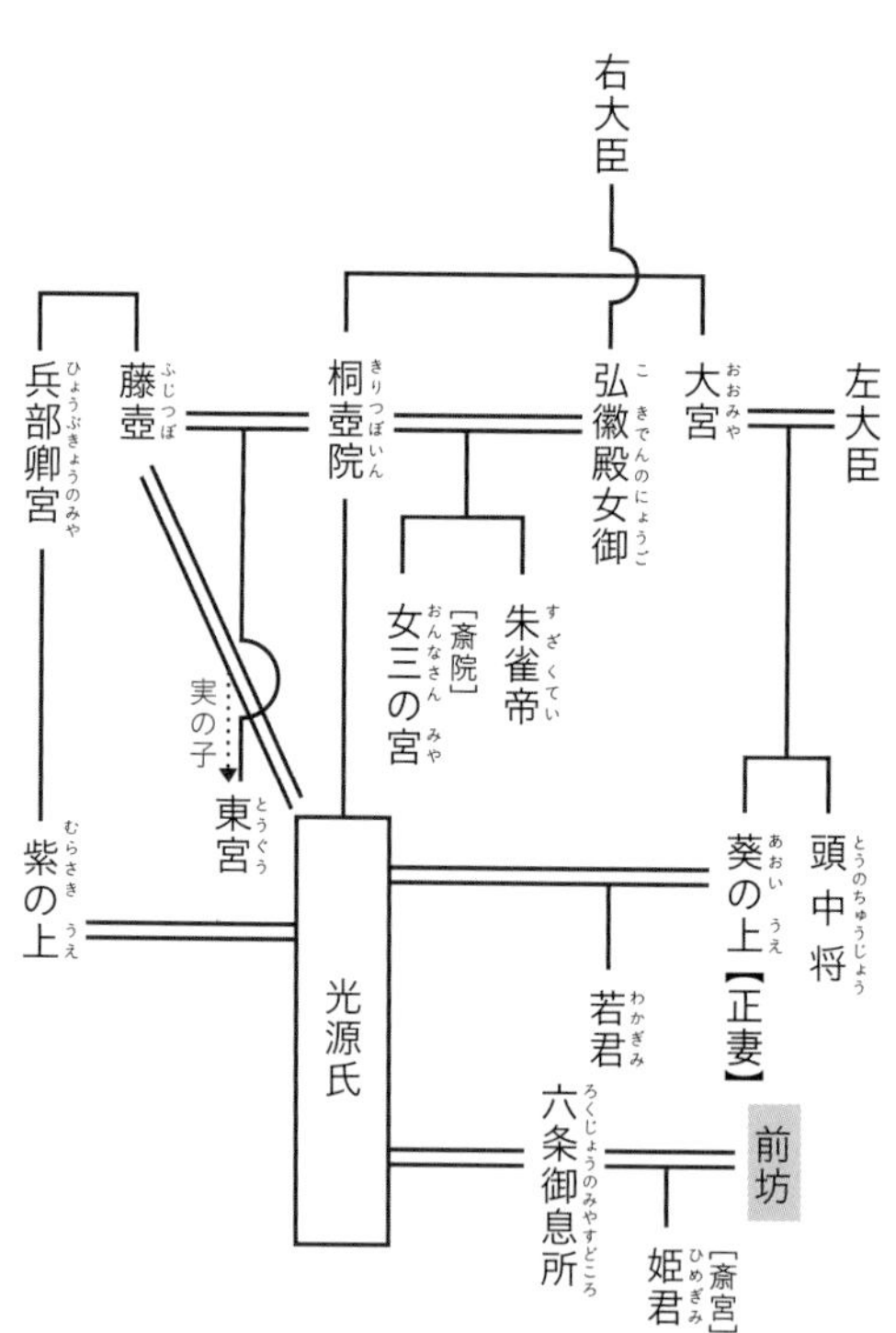

桐壺帝は譲位して桐壺院に、東宮は即位して朱雀帝（すざくてい）となりました。その結果、右大臣側が栄え、左大臣側は衰退します。

藤壺の子・若宮が東宮となるも、後見役がおらず気がかりに思っていた桐壺院は、源氏に依頼しました。源氏は、父を裏切ってできた我が子の後見は気が引けますが、大役を任され我が子を支えることができ、藤壺との距離が縮まる気がして、嬉しくも思います。

さて、久しぶりに登場の六条御息所（ろくじょうのみやすどころ）。死別した夫（＝桐壺帝の御代の前皇太子）との姫君が、伊勢神宮に奉仕する斎宮となったので、御息所は一緒に伊勢へ下ろうかと考えます。

源氏22歳、御息所29歳。源氏にないがしろにされたままで、この年齢差＋御息所の年齢では、当時なら「終わり」は見えています。その上なんと、葵の上が懐妊したのです！

その頃、女三の宮が新しい斎院（＝賀茂神社に奉仕する未婚の皇女）に決まりました。禊（みそぎ）をする日に源氏もお仕えすることとなり、「その行列を見たい」と遠い国から来る人もいました。

葵の上も母親にそそのかされ、急遽見物へ。

既に車がたくさん立ち並んでおり、その辺の車をどかせていたところ（現代なら反感買いまくりでしょうね）、その中に、こっそり見物に来ていた六条御息所の車がありました。しかもそこで「愛人ごときの車がエラそうに」とどかされ、後方に追いやられてしまいました。

そんな時に行列が来て、御息所は隙間からチラッと源氏の姿を見たのです。

源氏は葵の上の車には気づいたのに、自分には気づいてくれません。御息所はみじめな気持ちでいっぱいになるも、「素晴らしい源氏の姿を見られて良かった」とも思うのです。この車争いの日から御息所はふさぎ込むことが増え、すべてが嫌になります。

一方、葵の上には手強い物の怪がとり憑いており、祈禱をしても効果がありません。桐壺院からも何度もお見舞いがあり、皆から心配されている葵の上。それを耳にして、嫉妬に狂う六条御息所。しかも、冷めた夫婦関係だったはずなのに妊娠まで！ 御息所の心はズタボロです。

源氏は御息所のお見舞いに行き、「葵の上の容態がよくなくて放っておけないんだ。嫉妬せずにいてくれたらとても嬉しいな」と言うのです（弱っている時に、このセリフはキツイ）。

御息所はより物思いをすることになり、葵の上は物の怪にさらに苦しめられます。

葵の上は泣いて苦しみ、源氏に伝えたいことがあるので祈禱を少しゆるめるように言います。源氏が葵の上の手を取り、「夫婦は必ず来世で逢えるらしいから、絶対また巡り逢えるよ」と慰めると、「いや、違うわよ。この身がとっても苦しいから、祈禱をゆるめてよ。もの思いをしすぎると魂って本当にさまようのね」と親しそうに言う声や様子は、どう考えても六条御息所でした——源氏、絶句。

葵の上はなんとか男の子を出産し、それを聞いた御息所は嫉妬心がどうにも止まりません。

それはそうと、自分の服や髪の毛に祈禱の際の芥子の香りが染み込んでいて、洗っても着替えてもとれない御息所は、「もしや自分が生霊に……」と、誰にも言えずに悩みます。

一方、産後の肥立があまりよくなかった葵の上は、急に胸の苦しみを訴え、宮中にいる父や兄たちに知らせる余裕もないほど突然息を引き取ったのです。物の怪のしわざでした。

御息所から「**人の世は無常で、奥様が亡くなったと聞いて涙が出ますが、あなたの悲しみがどれほどかお察しします**」と手紙が届きました。返事をしないのもよくないので、源氏は返歌をし、「恨めしいと思ったとしても、一方ではその恨みを忘れてください」とも書きました。これを見た御息所は、自分が生霊であったこと、源氏がそれをわかっていることを悟ります。

その後、源氏は久しぶりに紫の上がいる二条院に帰りました。恥ずかしがって横を向く紫の上にそそられます。「藤壺にそっくりになっていくなあ」と嬉しく思い、すべてが理想的で大人っぽくなった紫の上を見て、源氏は我慢できず実行しました。結ばれた翌朝、紫の上はショックのあまり起きることができません。悔しくて悲しくて、お昼近くに源氏が来た時も、布団をひきあげて顔を隠しました。源氏が何を言っても完全無視。そんな紫の上を、源氏は「ますますかわいい」と思います。父親の兵部卿宮に知らせ、裳着（＝女子の成人式）も格別にしようと考えますが、紫の上は別人のようにふさぎこんでいます。

源氏23歳の新年。葵の上の実家・左大臣邸に行くと、源氏の訪れで悲しい思い出などがよみがえり、左大臣や大宮たちは涙、涙です。葵の上が生んだ若君の目や口元が、藤壺との子・東宮とそっくりなので、「人にあやしまれるのでは……」と源氏は心配になるのでした。

10帖

賢木（さかき）

光源氏23～25歳

狂気の源氏

とうとう秘密もバレる!?

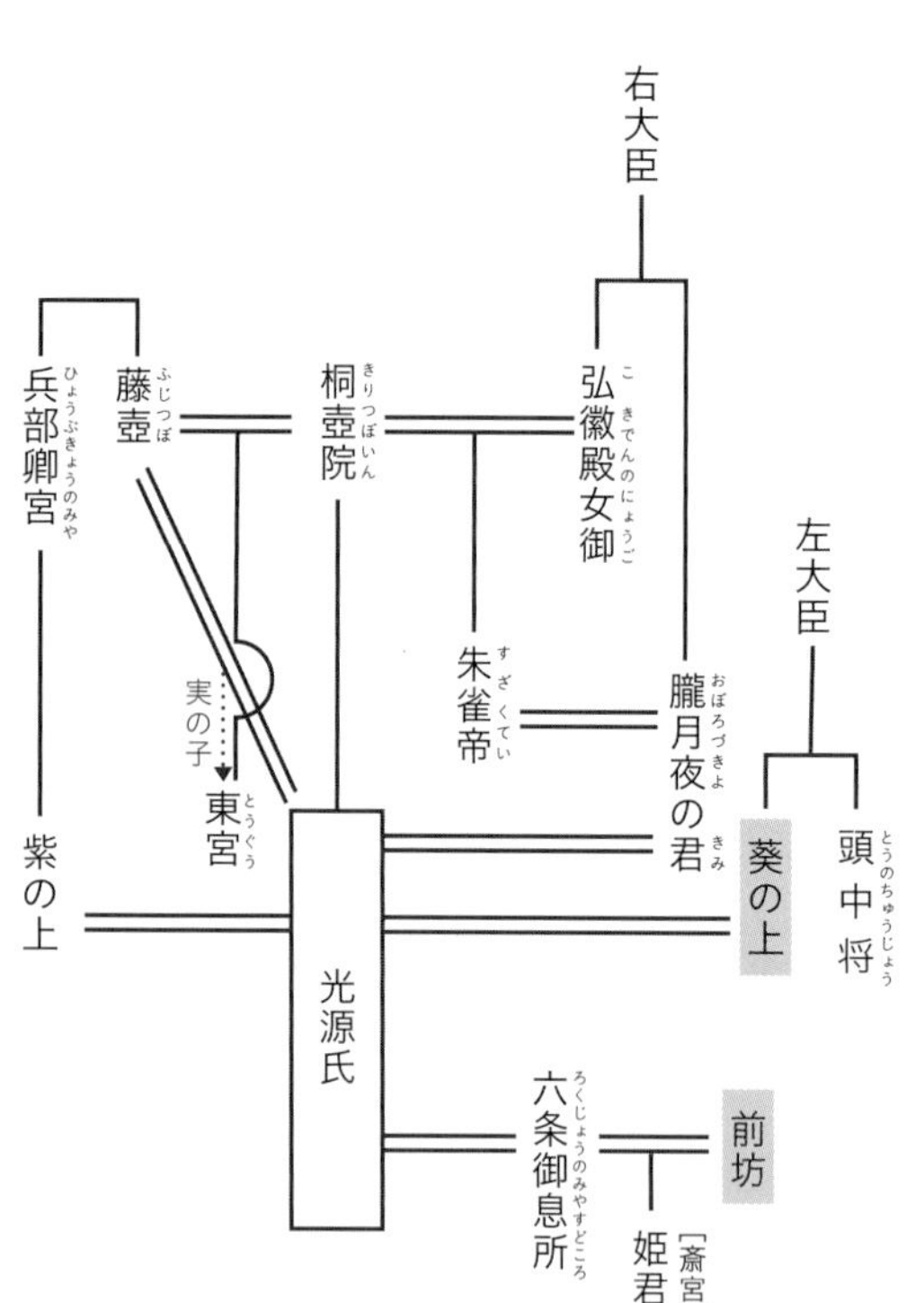

六条御息所の娘が伊勢へ出発する日が近づいてきました。葵の上が亡くなり、世間の人は「六条御息所が源氏の正妻になるのでは」と噂をしましたが、事情を知らないからこその噂ですね。御息所の生霊が葵の上を取り殺したことを、源氏や御息所本人も知ってしまった以上、以前のようにつき合えるはずがなく、御息所は「やはり娘と一緒に伊勢へ下ろう」と決心します。

源氏は、御息所が自分を恨んだままなのも気の毒に思い、御息所に会いに行きました。逢うと昔を思い出して源氏は泣いてしまい、御息所もせっかくの決心がにぶりそうになります。

いよいよ伊勢への出発の日。源氏は母娘に手紙を出しました。14歳の姫君（＝娘）からの返歌がなかなかのもので、「娘ちゃんを見る機会なんていっぱいあったのにしまったなぁ。いつか対面できるかな♡」と思うのです（ドン引きです。斎宮・斎院は「神の妻」のような扱いなので、未婚の皇女がなります。そんな斎宮を恋愛対象として見ていることもですが、あんなゴタゴタがあった六条御息所の娘ですよ！　本文では「訳ありな恋愛に夢中になる性癖なので」とフォローされていますけど）。

少し前から体調を崩して悪化した桐壺院は、朱雀帝に何度も東宮のことを頼み、源氏のことも「今と変わらず後見だと思いなさい。必ず世を保てる人相だと言われたからこそ、臣下にして朝廷の後見をさせようと思ったのだ。この遺言を違えるな」と告げ、帝は「絶対に守る」と誓います。弘徽殿女御もお見舞いに行きたいと思うも、藤壺が側にいるのが気にくわないのでためらっているうちに、桐壺院は息を引き取りました。

朱雀帝はまだ若く、母方の祖父・右大臣は性格が悪いので、上達部（かんだちめ）や殿上人（てんじょうびと）（244ページ参照）などは、「この先どうなってしまうのか」と思い嘆きます。

朧月夜（おぼろづきよ）の君（きみ）は尚侍（ないしのかみ）（＝天皇のすぐ近くでお仕えし、取り次ぎをする役所の長官）になり、朱雀帝から大切にされましたが、こっそり源氏と文通しています。帝のお気に入りに手を出すなど大それたことですが、源氏は訳ありに燃える癖が……。

ですが、何があってもかばってくれた桐壺院はもうおらず、ライバルの右大臣側が勢力を増しています。弘徽殿女御も「今までの恨みを晴らそう」と、目を光らせていました。

藤壺は源氏がいまだに自分に未練があることに困惑しつつも、裏切りの秘密を知られることなく桐壺院が天国に旅立ったことには胸をなで下ろしました（本当に気づいていなかったのかは謎ですが、表面上は露呈していません）。とはいえ、まだ安心できません。万一、事実がわかれば、本当は源氏との子である東宮は廃太子となってしまいます。

藤壺は気をつけていましたが、思いがけず源氏が部屋に入ってきてしまいます。源氏はこれまでの想いを一気に話し出すも、藤壺は返事もできず胸が苦しくなり、周囲の女房は焦ります。源氏は夜が明けきっているのに、出て行こうともしません。人の出入りも激しくなるので、女房たちは、納戸へ源氏を押し込めて隠します。

藤壺はあまりの辛さに興奮状態となり、周囲の人たちは「僧をお呼びせよ」と大騒ぎ。藤壺の容態が少し落ち着き、人が少なくなった折を見計らって、源氏は部屋に出てきました。

元服以来でしょうか、明るい時にハッキリ藤壺を見た源氏は、懐かしくて嬉しくてたまりません。藤壺が顔を伏せるので、「こっちを見て」と言いながら藤壺の衣を引き寄せます。

しかし、藤壺は服だけ脱ぎすべらせて逃げようとしました。ですが、源氏に髪の毛もつかまれてしまい逃げられません。源氏は泣きながらこれまでの想いを訴えますが、藤壺は答えません。

こんなに嫌がっている藤壺に無理強いはできず、側近の女房たちが「いいかげん帰ってください」と言い、最悪の事態は逃れました。

源氏はここまで拒否されて生きる屍のようになり、自邸に引き籠ってしまいます。「もう出家しようか」と思うも、紫の上を捨てることはできません。そんな源氏の様子を聞いた藤壺も悩み苦しみますが、源氏を受け入れる気はさらさらありません。

ですが、右大臣が勢力を握っている今、右大臣側は東宮を引きずり下ろしたいと考えているはずで、東宮の後見は源氏です。源氏が出家したら、誰が東宮を守ってくれるでしょう。「こうなったら自分が出家するしかない」と藤壺は決意を固めるのでした。

さて、源氏に朝顔の姫君といういとこがいました。恋愛関係になることを朝顔の姫君は拒否していて、何かある度のペンフレンド的な立ち位置の女性です。

源氏は斎院となった朝顔の姫君に「**当時の秋を思い起こすね。あの時を今に取り戻せないかな**」と、元カノに言うような手紙を出し、姫君からは「**当時の秋って何？　あなたとは何もないはずですが**」としっかり訂正された返歌がきます。とは言いつつ、たまにこうして返事をしてあげる朝顔の姫君。源氏とはずっとつかず離れずな感じの絶妙な距離にいる女性です。

源氏はようやく宮中に行き、朱雀帝と話します。父の桐壺院に似ていて、父より少し優美さもあり親しみやすい穏やかな人です。朱雀帝は、朧月夜と源氏との噂も耳にしていたのですが、「僕との前からそういう関係だったし、仕方ないよね」と咎めませんでした（人格者！）。

朱雀帝は、母・弘徽殿女御とは違って、桐壺院の遺言もあるでしょうが、腹違いの弟・源氏のことをまったく疎（うと）んでいないのです。ですが、立場としては右大臣側の人間です。源氏と朱雀帝、お互いいろいろな心労があるでしょうね。

藤壺が主催した法会で、藤壺から突然「本日出家します」と発表があり、兄・兵部卿宮も源氏も絶句。兄は法会の途中だろうが席を立って藤壺のところへ行くも、藤壺の決意は固く、翻（ひるがえ）すことができませんでした。

源氏は藤壺の覚悟を考え、「自分は東宮を見捨てるわけにはいかない」と思います。藤壺への気持ちを忘れることはできませんが、出家してしまった今は諦めるしかありません。

左大臣は、政界にいる意味がわからなくなり辞表を提出しますが、朱雀帝は「いつまでも左大臣を大事にするように」という桐壺院の遺言もあり、受け取れません。何度も受取拒否をするも、結局左大臣は辞退して邸に引き籠ってしまい、右大臣の一族だけが栄え、左大臣の息子・頭中将（この頃は三位中将）も昇進リストから漏れました。

しかし、頭中将は「源氏ですら不遇の時期だしね」とあまり気にしておらず、いつも源氏と勉強や管絃の遊びなどを一緒にして、宮中にはほぼ行きませんでした。

この頃、朧月夜が病気で実家（＝右大臣邸）に帰っており、源氏は「この機会を逃してたまるか」と、毎晩朧月夜のもとに逢いに行きました。

ある夜、突然の雷雨で右大臣邸内も大騒ぎとなり、夜明け近くなのに源氏は出て行くタイミングを逃してしまいました。右大臣がずかずかと朧月夜の部屋に入ってきて、御簾を上げて「大丈夫か？　○▽％×〜※」と早口でまくし立てます（源氏大ピンチ！）。朧月夜の顔が赤いので、右大臣は病がぶり返したのかと心配したその時、男性の帯が娘の服にからまっているのを発見します。

右大臣は「!?」となり、さらによく見ると、書き交わした手紙が几帳の下に落ちています。「おいっ、それ誰のだ!?」と、手紙を取って几帳の中を覗き込むと、ゆったりと遠慮もなく横になっている男がいるのです！

ようやくそっと顔を隠す源氏に、その場で何かするわけにもいかず、右大臣は手紙だけ取って寝殿に戻って行きました。

右大臣は短気で後先考えずに発言する性格で、このことを長女・弘徽殿女御にも報告して、「男の性かもしれないが、源氏は本当にけしからん！」と言うと、女御はさらに激しく非難し、その矛先は妹の朧月夜にまで及びます。あまりの女御の勢いに右大臣はかえって冷静になり、報告したことを後悔します。

右大臣は「しばらくはここだけの話にしよう」となだめるも、女御の機嫌は直りません。敵の陣地（？）に堂々と乗り込んでくる源氏に対して、「なめてんのか」と怒りがおさまらない弘徽殿女御なのでした。

11帖

花散里（はなちるさと）

光源氏25歳

一度逢ったら忘れないよ。
ずっと行かなくても、ね。

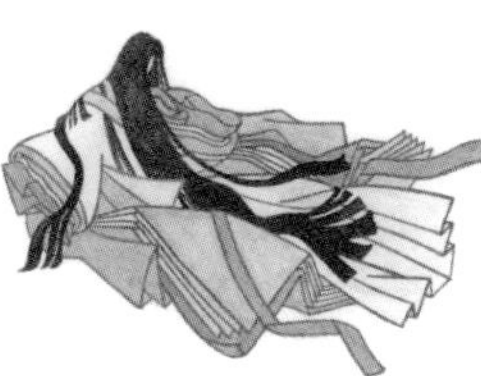

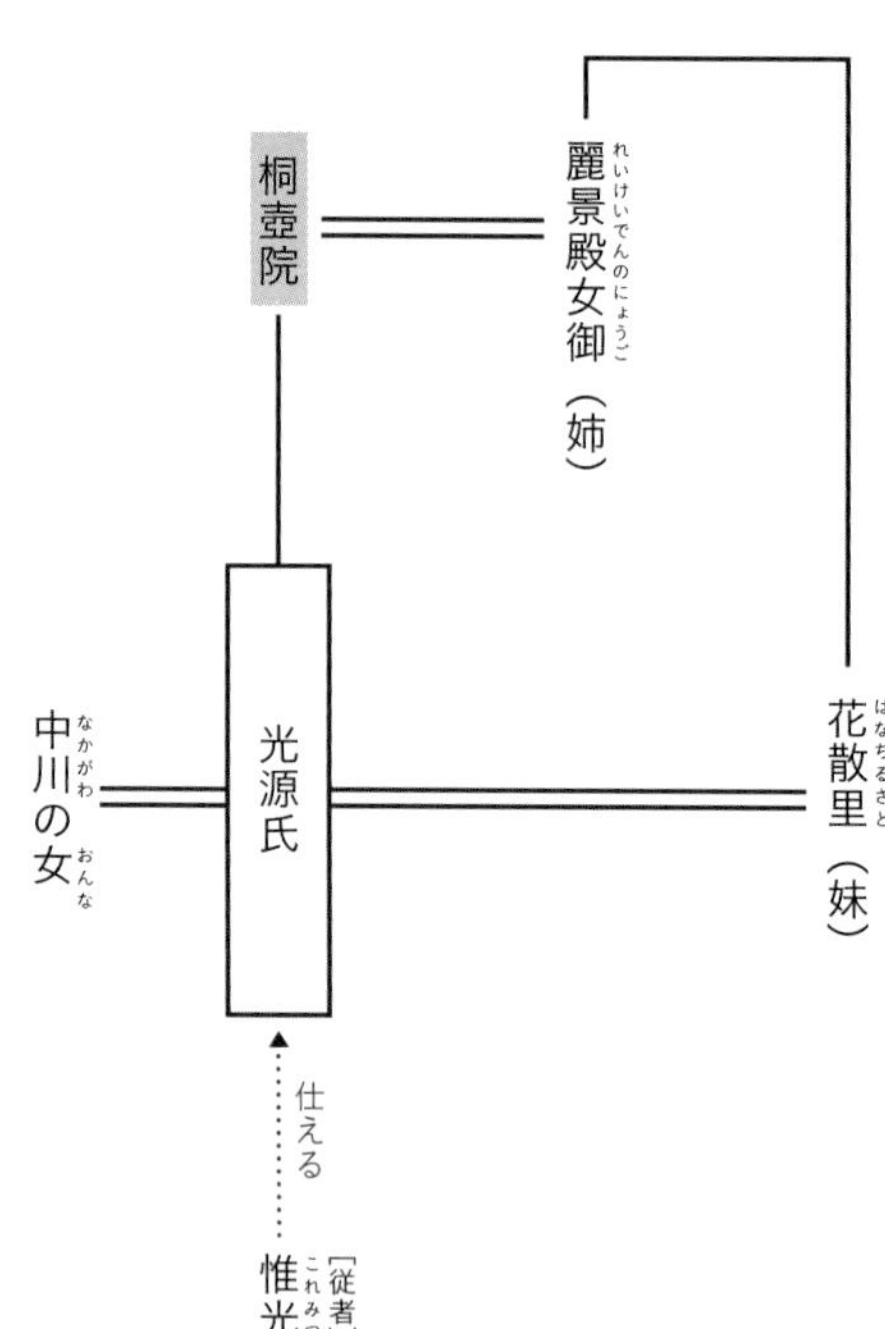

源氏は、人知れず自分が原因での物思い（＝藤壺や朧月夜など深い仲になるには何かしら問題がある相手や、嫉妬心にとりつかれた六条御息所との恋愛）に加えて、自分に不利な今の時勢のため、世の中のすべてのことが嫌になります。

しかし、紫の上や東宮を捨てて出家をすることはできません。

さて、桐壺院が帝だった頃の女御の一人に、麗景殿という女性がいましたが、桐壺帝との間に子どもはできませんでした。

桐壺院が亡くなった後、麗景殿女御は落ちぶれていくしかなかったのですが、源氏がこの女御に経済的援助をしたので、みじめな思いをすることもなく生活ができていました（こういうところは素敵なのに……）。

女御の妹の三の君（＝通称「花散里」）と源氏は、実はフワッとした恋愛関係にあったのです。

源氏は一度関係を持った女性のことは忘れないのですが、かといって、通い続けることもしないタイプだったため、花散里も昔は悩み尽くしたようです。

源氏は、ふと花散里のことを思い浮かべて、久々に逢いに行くことにしました。

道中、中川のあたりを通り過ぎた時に、昔たった一夜の関係を結んだ女の家があることに気づきました。

素通りができず、いつものように惟光に伺わせました。

「**昔ちょっとだけお会いした時の恋しさに堪えがたく、戻って来ました**」と詠みかけるも、「**声は聞いたことがあるけれど、さあ、どなただったかしら。ちょっとよくわからないわ**」と返事があります。

本当はわかっていたのですが、「一夜限りでずっと訪ねて来なかったくせに」と、恨んでとぼけたのです。

惟光も負けてはおらず、「あ、家を間違えたかもしれません」と言って出て行ったので、女は内心恨めしくなるのでした。

たった一度の関係で途絶えた人を頼りにするわけにもいかず、もう新しい彼氏もいるのでしょう、そうであればどうしようもありません（ですが、このように源氏は一度でも関係を持つと、忘れることはないのです。来ないくせに。だから急にこんなことをしたりして、かえって多くの女性の心をかき乱しているのです。罪な男だこと）。

麗景殿女御と花散里の邸は、訪れる人もおらず静かな様子でした。

源氏は、まず女御と桐壺帝の御代（みよ）だった頃のことなどの昔語りをしてから、その後、花散里の部屋を覗きに行きました。

本当に久しぶりで、源氏のあまりのイケメンぶりに、花散里は今までの恨めしく思っていたことすら忘れてしまいそうでした。いつものように親しみをもって話しかけてくるのも、どうやら口先だけではなさそうです。

源氏のお眼鏡にかなう女性は、身分や人柄などすべてにおいて並一通りの女性ではなく、長く訪れなくても嫌味な態度や文句なども言ったりせず、お互いを大事に思い合って過ごしているのです（……そうかなぁ？）。

訪れが途絶えることが耐えられない女性は、心変わりもするのでしょうが（そう、あの中川の女のように）、源氏はそれも当然だとも考えるのでした。

12帖

須磨（すま）

光源氏26～27歳

ボク、須磨に行きます。

許してね

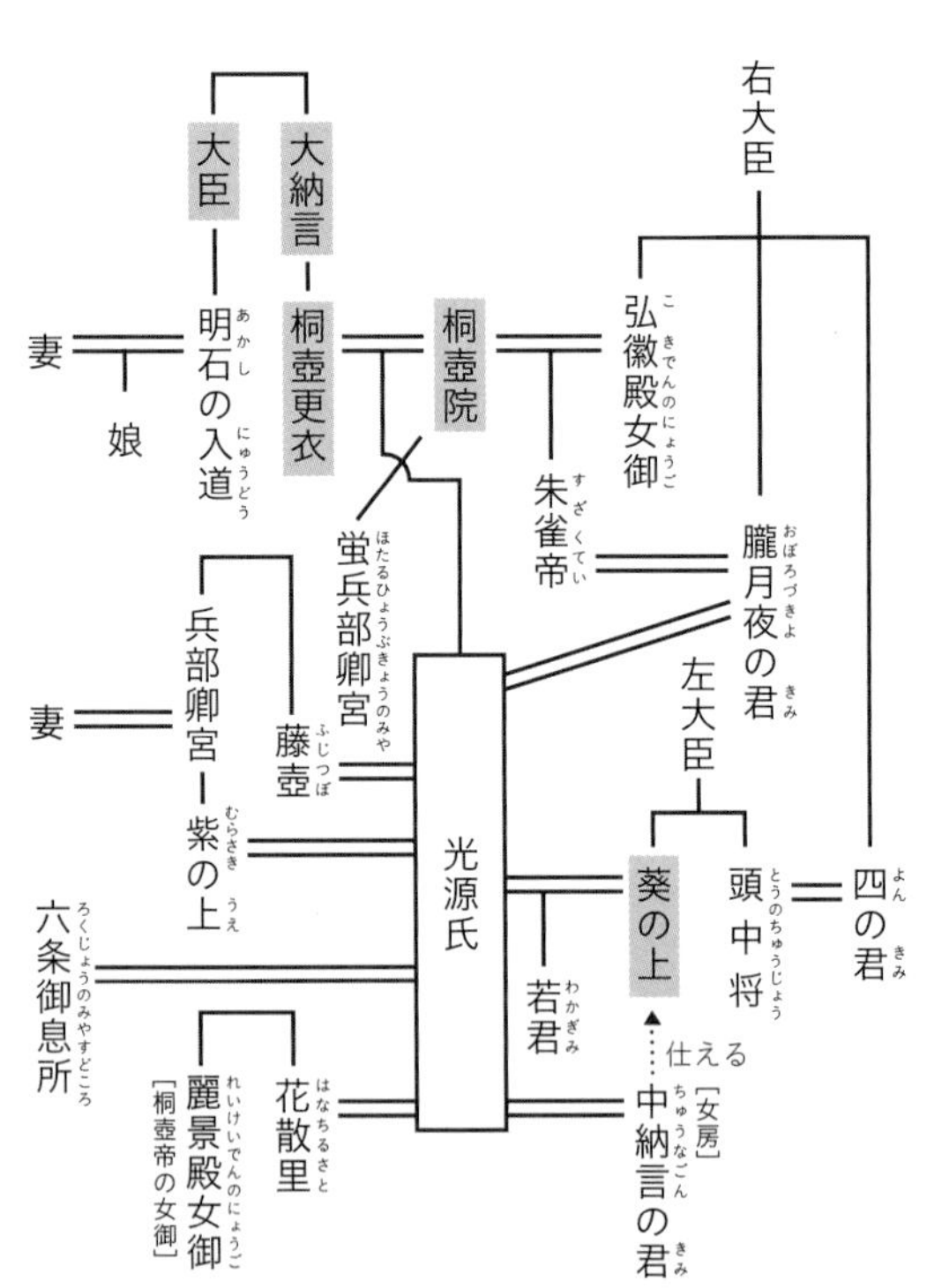

朧月夜とのことが右大臣と弘徽殿女御にバレた源氏は、謀反の罪を着せられ、官位をはく奪されました。

右大臣側の勢力が強大で、源氏にとってわずらわしいことばかりです。ポーカーフェイスでやり過ごそうとしても、今以上の罪、たとえば流罪にされるかもしれず、そうなる前に自分から須磨に退去することにしました。

紫の上が毎日嘆くので、こっそり連れて行こうかと思ってしまうほどです。源氏の援助で生活している花散里たちも嘆き、あの藤壺からも内密にいつもお見舞いがありました。

三月二十日に出発しましたが、人には知らせませんでした。弘徽殿女御に伝わると、それよりも先に「流罪」とされるかもしれず、とにかくこっそり都を脱出！　です。

出発の二、三日前に左大臣邸に挨拶に行きました。頭中将や息子の若君にも会え、葵の上の女房で源氏の愛人・中納言の君と、出発前に最後の一夜を過ごしました。

二条院に帰ると、紫の上に外泊の弁解をします。紫の上の父・兵部卿宮は、右大臣側の目を気にして手紙やお見舞いもしません。

紫の上は父宮の妻から、「突然源氏に寵愛されるという幸運が慌ただしく逃げていくわね、うわ〜不吉。実母に、祖母に、今度は源氏まで！　かわいがってくれた人と何かにつけて別れなきゃいけない人ね」と言われてしまいます。

さすがに傷ついた紫の上は、父宮の妻とは連絡を取らないようにしました。

源氏は、「世に許されないまま年月が過ぎれば、その時は迎えにくるからね」と紫の上をなだめます。

翌朝、蛍兵部卿宮（ほたるひょうぶきょうのみや）（＝源氏の腹違いの弟）や頭中将が来ました。紫の上は目にいっぱい涙を浮かべながらも、涙を見せまいと柱に隠れて座っています。源氏はそんな様子を見て、「やはりたくさん逢った女性の中で格別だな」と思い知るのです。

源氏は花散里にも逢いに行きます。花散里は、まさか来てくれるなどと思ってもおらず、明け方まで話し込みました。そして、源氏はなんと、朧月夜にまで無理に手紙を届けたのです（チャレンジャーですね、こうなった原因なのに）。朧月夜からも、泣きながら書いたのであろう乱れた文字の返歌が届きました。

出発の前日には藤壺のところと、桐壺院のお墓参りへ。

藤壺は既に出家した身ですが、御簾（みす）近くに座らせて、藤壺本人が直接言葉を交わしました。その後、桐壺院のお墓の前で、源氏は泣いてすべてのことを話します。返事はあるわけがありませんが、ただ、拝んでいると、生前の面影がはっきりと見えたのです。思わずゾクッとしてしまうほどに……。

いよいよ出発の日、悲しむ紫の上と和歌を交わし、急いで出発しました。

須磨に到着すると、わびしい景色で、源氏は昔在原行平（ありわらのゆきひら）が住んだとかいう家の近くに住むこととなりました。

梅雨の季節になると、藤壺、朧月夜、左大臣や若君の乳母など、様々な人に手紙を書き、使者を遣わせます。

紫の上も、源氏からの手紙を読んだまま起き上がれないほどで、周囲の女房も心配がつきません。源氏は女性たちからの返事を見て泣いてしまいます（不遇なのは苦しいと思いますが、こんなに複数の女性と手紙のやりとりができているなら、まだマシですよね？　と思ってしまう私もいます。複数の女性から心配されて、連絡ももらえて、頼りにし続けてくれている人がいる。そんな源氏はまだ幸せなのだろうな、と。そして、それは今まで源氏が女性たちを大切にしてきたからなのかな、とも思います。現代の私から見ると、ツッコミたくなること満載の源氏の恋愛観ですが、そんな源氏だからこそ、かもしれませんね）。

そうそう、あの六条御息所とも手紙を交わしています。あと花散里とそのお姉さん（＝麗景殿女御）とも（……やっぱり、多すぎでしょう）。

朧月夜は七月に参内しました。源氏との件で人から笑われていたのですが、朱雀帝が「朧月夜は『正式な妻』という立場でもないし、別に他の男性と恋愛をしたってかまわない」と言って、許したのです。

朱雀帝は朧月夜を気に入り、いつも側に控えさせますが、朧月夜の心には源氏がい続けていました。帝は「源氏がいないのは本当に寂しいね。すべてにおいて光がないような気分だ」と言い、「源氏を大切にするようにという桐壺院の遺言を破ってしまった」と気に病んでいます。

そして、朱雀帝は朧月夜に「きっと私は長くは生きていないだろう。そうなったら、あなたはどう思ってくれるのだろう。源氏との生き別れよりは辛くないんだろうな、悔しいな」と親しみやすい様子でしみじみと言ったとか。

本当に優しい帝なのです。ただ、優しすぎるから祖父（＝右大臣）や母（＝弘徽殿女御）に反発できないのです。**腹違いの弟（＝源氏のこと）を嫌いではないのに、こんな状況になってしまい、心を痛める朱雀帝です。**

須磨の近くの明石（あかし）に、元播磨国（はりまのくに）の国司（こくし）で出家をした明石の入道が、妻子とともに暮らしていました（在俗生活のままの出家です）。明石の入道は大臣の子孫でしたが、かなりの偏屈者でこの国の人に見下されてしまい、「面目なくて都に帰れるかっ！」とそのまま出家したのです。**明石の入道には高い望みがあり、源氏に我が娘を娶（めと）ってもらおうと考えます。**

入道の妻は、源氏には既に高貴な身分の妻たちがたくさんいること、帝の妻（＝朧月夜のこと）とまでも過ちを犯し、騒がれていることなども挙げて、「田舎娘が相手にされるわけない」と取り合いませんが、入道は「女は志を高く持つべきだ」と反論します。

この入道、実は桐壺更衣の父親が叔父にあたるので、「自分は田舎人だけど、源氏は我が娘を見捨てないはずだ」と言いました。肝心の**娘は、超絶美女ではないけれど、慕わしい上品さがあり、高貴な人にも劣らない女性**でした。

ですが、「自分ごとき女を相手にしてくれる高貴な人なんているわけがないけど、だからといって、妥協して身の丈に合う相手となんか結婚するつもりもないわ。両親があの世に行ったら、尼になるか海の底にでも入ろう」と決心しています。

入道はとても大切に娘を育てていて、神のご加護があるように、年二回住吉神社に参詣させていました。

源氏、須磨二年目。頭中将は左大臣の子ですが、正妻が右大臣の娘なので今は宰相になり、人柄もよいので重用されました。ですが、頭中将は世の中がつまらなく、源氏が恋しくて、「罪になろうがどうにでもなれ」と突然須磨に行き、涙の再会を果たします。楽しい時間はあっという間に過ぎました。短い時間でも、会うとかえってつらくなるものです。源氏はこの後、ますます物思いに沈みながら暮らしました。

三月の穏やかな日、源氏が陰陽師を呼んで海辺でお祓いをしていると、突然風が出てきて空が一瞬で暗くなり、暴風雨に見舞われました。波も荒々しく、雷まで鳴り響き、雨も突き刺すほどの勢いです。周囲の人は「この世の終わりか」と戸惑うも、源氏は平静で読経をしており、どんな時も慌てません。明け方、皆が眠っており、源氏も少し寝入ると、得体の知れない者が「どうして宮が呼んでいるのに参上しないのか」と歩き回っている——という夢を見ます。源氏は「宮？　海の中の竜王のことか？」と気味悪く、このまま須磨の地には住みづらく思うのでした。

13帖

明石（あかし）

光源氏27〜28歳

恋愛のいざこざで退去したはず

なのに……また!?

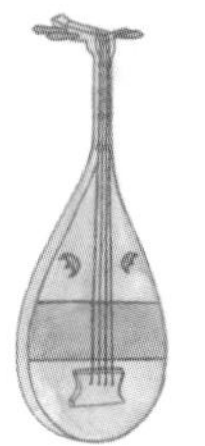

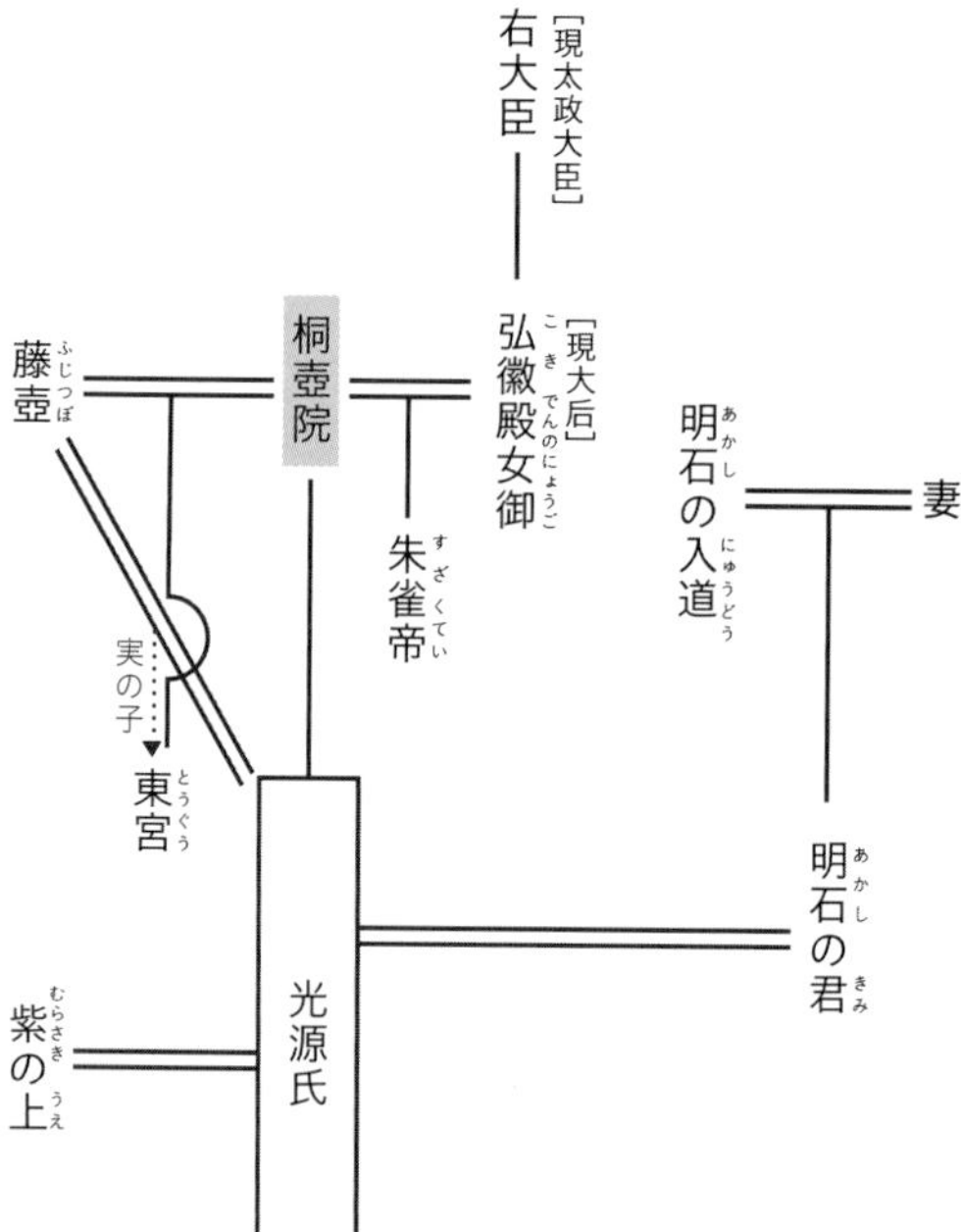

荒天がまったくおさまらず、例の得体の知れない者の夢もまだ見ます。

強風が吹き荒れ、高潮も押し寄せ、源氏は住吉神社の神に祈ります。しかし、雷は激しくなるばかりで、源氏の住まいに落雷。廊が燃え、皆で台所に避難しました。

ようやく風も弱まると、なんと亡き桐壺院が立っていました！　院は「こんなみすぼらしい所にいないで、住吉神社の神の導きどおりに、早く船で須磨を立ち去りなさい」と言うのです。

源氏は嬉しくて、「お別れしてから悲しいことが続き、この渚に身を捨てたいと思っています」と言うと、院は「あってはならないこと。そなたが沈み込んでいるのが見るに堪えなくて、会いに来たのだ。朱雀帝にも言うべきことがあるから、急いで京に行くよ」と去りました。

源氏が「お供として一緒に！」と泣いて見上げるも、月だけがきらきらとしています。

源氏には夢とも思えず、桐壺院がいた気配を感じたのでした。

渚に小さな船を寄せ、二、三人が源氏の住まいに来て「明石の入道が直接お話ししたい」と言いました。桐壺院のお告げもあり、源氏は会う気満々です。

入道いわく、「夢で『船を準備して雨風がやめば、必ず須磨に漕ぎ寄せよ』とお告げがあった」とのこと。そこで源氏は、四、五人の従者と入道の船に乗り、明石に行くことにしました。

船の進路にのみ追い風が吹いて、飛ぶように明石に着きました。

噂で「明石の入道の娘は上品な人」と聞いていたので、源氏は「ここに来たのも運命なのでは」と思います。ですが、今は恋愛絡みが発端で退去の身の上。自分から興味があるそぶりはできません。入道もさすがに、思いのままに源氏にお願いすることはできずにいます。

ある夜、源氏が琴(きん)を弾き、入道も琵琶(びわ)や箏(そう)〈＝十三弦の琴〉を弾きました。かなりの腕前で源氏が聴き入ると、ここぞとばかりに「娘の演奏を聴いていただきたい」とアピールします。

ようやく具体的に口に出せた入道は、涙を流しながら、娘を高貴な人に嫁がせたいこと、源氏がこんな田舎に来たのも、一心に祈る自分を神が憐れんでくれたと思うことを話しました。

源氏は、自分が須磨に来たのは罪の報いではなく、前世からの運命なのだと合点し、翌日さっそく娘に手紙を送りました。

しかし、娘〈＝明石の君(あかしのきみ)〉は身分差をわきまえ、見もしません。入道はいてもたってもいられず代筆します（通常、代筆は女房や母親がすることが多く、入道の必死さが伝わりますね）。なんとか文通は始まるものの、直接逢うことはありませんでした。

話は少し戻り、源氏の夢に桐壺院が見えた日、京の朱雀帝の夢にも桐壺院が現れました。夢の中で、機嫌の悪い桐壺院に睨(にら)みつけられたためか、朱雀帝は目を患(わずら)います。

そのうえ祖父の右大臣〈＝現太政大臣〉が亡くなり、母の弘徽殿女御〈＝現大后〉が体調不良と悪いことが続くので、帝は、無実の源氏が須磨に退去したことの報いと考えます。そこで「源氏を許し、元の位を与える」と母に言うも、母は大反対！　帝は押し切ることができません。

源氏と明石の君の仲も進展なし。

埒(らち)が明かないと感じた入道は、源氏に「娘と逢わせたい」とほのめかし、意図を汲み取った源氏は、夜、明石の君の部屋に行き、とうとう結ばれました（明石の君の気持ちはガン無視で、父親によってこんなことに。娘の幸せを本気で考えているのですが、現代なら大問題ですね）。

さあ、こうなると源氏も紫の上に黙っているわけにはいかず、「**かりそめの相手がいるんだ、遊びなんだけど**」（え？）と報告します。「**うっかり安心していたわ。浮気なんてするわけないと**」と返歌が届き、気が引けた源氏は、明石の君のもとへは長らく通わなくなりました。

明石の君はつらくて身投げしたいくらいでしたが、源氏には穏やかに応対します。源氏はそんな明石の君を慕わしく思うも、紫の上のことを考えると途絶えがちとなりました。

源氏が京を去って三年目。帝の目はよくならず、帝は母に背いて源氏の赦免(しゃめん)を決めました。帰京が決まると、源氏は毎夜明石の君のもとへ通うようになります。なんと明石の君は、一カ月半ほど前からつわりに苦しんでいます！　身重(みおも)の明石の君を置いて帰らなければいけない源氏は心が痛く、「必ず京に迎える」となだめました。

帰京した源氏は、紫の上に明石の君のこともすべて話しました。恨み言をほのめかす紫の上を、源氏はかわいらしく思います。

源氏はもとの官職に戻され、世間にも許されました。朱雀帝や東宮、藤壺にも久しぶりに対面し、源氏、京での生活再スタートです！

14帖

澪標（みおつくし）

光源氏28〜29歳

東宮が冷泉帝として即位

オレの時代が戻って来た

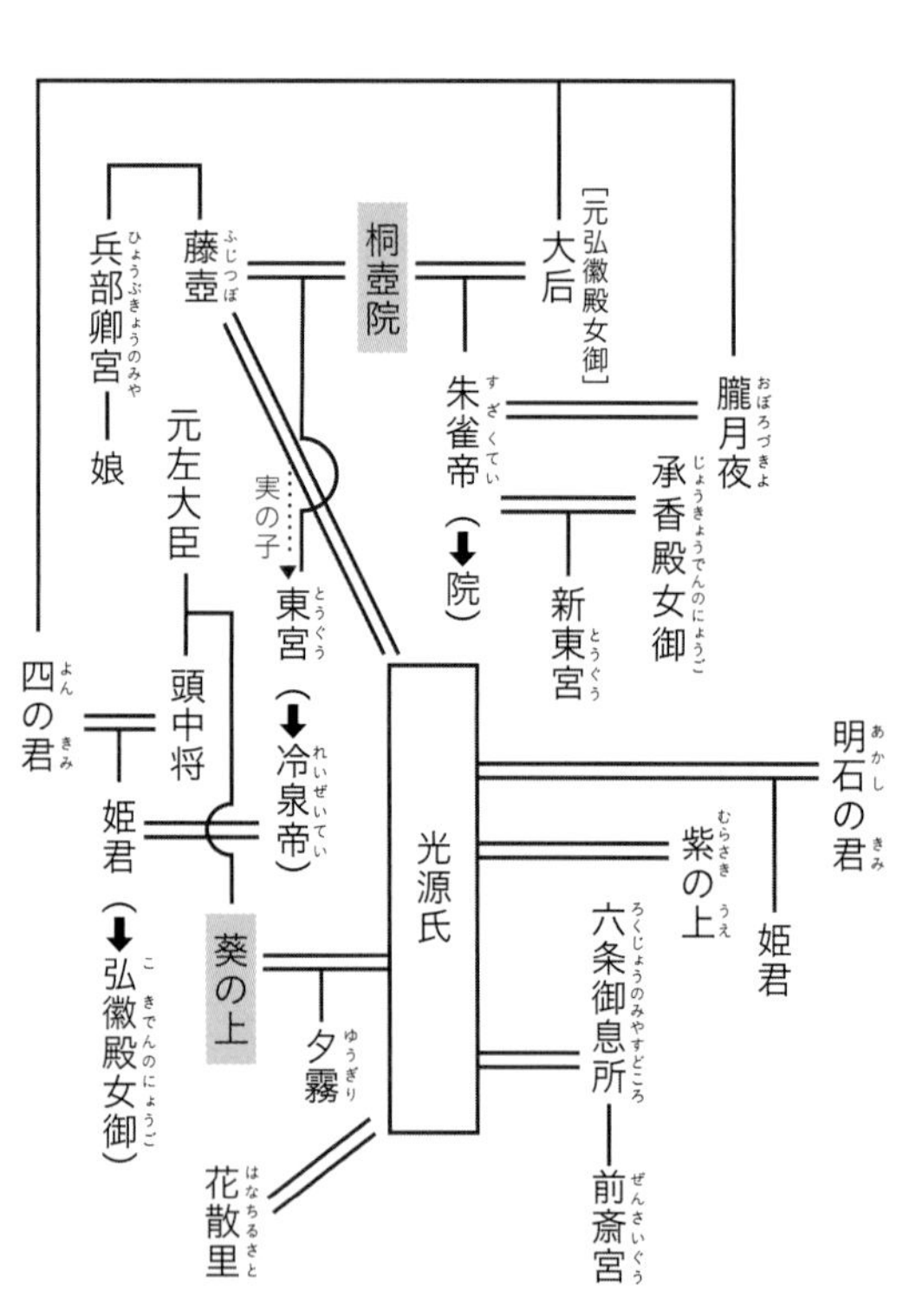

大后（＝元弘徽殿女御）の病気は悪化していきました。源氏を政界から葬り去れなかったことが悔しく、息子（＝朱雀帝）が自分に背いたこともショックだったのでしょう。

一方、朱雀帝は心がスッキリしました。親の意見ではなく、自分の意見で動いたからか、目も良くなっていき、政治のことを源氏に相談しました。桐壺院の遺言を守ったのです。

朱雀帝は自分は長く生きられないと考えており、朧月夜のことが気がかりです。帝が朧月夜に「昔から誰かさんほど僕を愛してくれてないだろうけど、僕は君のことをとても大切に想っているよ」と伝えると、朧月夜は涙を流します。帝は「どうして子どもさえ生まれないのだろう。運命の相手だったあの人となら、すぐに子どもができたのだろうね、悔しいな」とも言います。朧月夜は、過去の過ちを許して大切にしてくれる朱雀帝と比べて、「源氏はこんなにも私を大事にはしてくれなかった」と思い、反省したのでした。

翌年、東宮は元服。朱雀帝は譲位して朱雀院に、東宮は冷泉帝になりました。新東宮は、朱雀帝と承香殿女御の皇子です。

源氏は内大臣になり、政治も取り仕切るべきでしたが、義父（＝元左大臣）にその役を譲ります。63歳の義父は太政大臣となり、これまで不遇だった息子たちも出世しました。

頭中将（＝現権中納言）は四の君との間の姫君を、入内させようと大切に育てています。

源氏は桐壺院の遺産で二条院の東を改築。女性たちを同じ邸内に住まわせることにしました。

「明石の君の出産もそろそろかな」と思い、使者を遣わすと、女の子が無事生まれたとのこと。

昔、源氏は星占いで「子供は三人。帝、后が生まれ、劣るものも太政大臣となる」と言われたことがありました。「藤壺との子が冷泉帝となったのなら、今生まれた女の子は后、太政大臣になるのは葵の上との子・夕霧か。明石の君と出会ったのも宿命なのだ」と源氏は思いました。「将来后となる人を田舎にいさせるわけにはいかない。必ず都に迎えよう」と源氏は考え、ひとまず乳母を明石に遣わせます。

明石の君は源氏の帰京後、心が沈んでいましたが、この気遣いに少し慰められました。

源氏は紫の上に「明石で姫君が誕生したようなんだよね。うまくいかないよね、僕たちにも子どもができたらと、待ち遠しいのに……。まあ、でも、姫君らしいからつまんないけどね。放っておいてもいいんだけど見捨てられないし、いつか会わせるね。嫉妬するなよ」と言いました（世の女性を敵にまわすセリフですね。「つまんない」はもちろん本心ではなく、紫の上を気遣ったセリフでしょうけど。その前からひどいですね。紫の上がどれほど傷ついたでしょう。不妊の原因は紫の上でしょうから、いろいろ残酷すぎるセリフです）。

さらに、「明石の君の人柄が素晴らしく感じたのも、田舎だったからだな。珍しく思ったんだよ」とも言うのです（明石の君にも本当に失礼！　のらりくらりと調子のよいことを……）。

秋、源氏は住吉神社に参詣しました。折しも、明石の君も去年と今年、毎年の参詣ができなかったので、お詫びに船で参ったところ、ものすごい騒ぎです。明石の君が誰の参詣か尋ねると、「光源氏」だと。「よりによって今日!?」と、そして、知らなかったことも情けなくなりました。

明石の君は、夕霧が大切に扱われているのを見て、我が娘を不憫に思います。源氏は明石の君が来ていたとは知らず、夜に従者から聞き、とても気の毒に思いました。

そうそう、斎宮は御代が変われば交代するので、六条御息所と娘〈＝前斎宮〉は帰京しています。下向する際に気になった娘ちゃんが、どんな風に成長したか、源氏は見たく思いました（源氏よ、さすがにやめましょうね）。

御息所は突然重病になって尼となり（＝形だけの出家）、源氏がかけつけます。娘を心配した御息所は、源氏に後見役を頼み、源氏は承諾しました。御息所が「後見役から変な目で見られたら、たまったものじゃないから、決して娘のことをそんな対象にしないで」と釘を刺すので、源氏は、「さすがにそんなことは……。昔の恋愛好きのように言うなんて」と言いました。

一週間後、御息所は息を引き取りました。娘のもとにお見舞いに行った源氏は、「斎宮にはさすがに手は出せないけど、今はもう違うよな」と思うも、御息所の遺言を考えると手を出すわけにはいかず、清い心でお世話をし、「冷泉帝が大人になれば入内させよう」と考えました。

前斎宮のお世話係として、譲位した朱雀院が名乗りをあげました。目の病のこともあり、また死別の悲しみを味わわせたくない源氏は、藤壺に相談したところ、「朱雀院には気の毒だけど、御息所の遺言を口実に、知らなかったことにして冷泉帝に入内させちゃいなさい」とのこと。

この時、冷泉帝（10歳）には既に頭中将の娘（12歳）が入内しており、弘徽殿女御となっていました。兵部卿宮も同い年くらいの娘を入内させたいようなので、藤壺は「しっかりした『大人のお世話役』〈＝前斎宮20歳〉のほうが嬉しい」と考えていたのです。

15帖

蓬生（よもぎう）

光源氏28〜29歳

私はいつまでもいつまでも待ちます。

いつかきっと――

常陸の親王
妻
叔母
地方国司
?
娘たち
禅師の君（ぜんじのきみ）（兄）
末摘花（すえつむはな）（妹）
光源氏
花散里（はなちるさと）
甥
侍従［乳母子］
惟光（これみつ）［従者］
仕える
仕える

源氏が須磨でわびしい生活をしていた頃、都でも嘆いている人はたくさんいましたが、それでも経済的に頼りにするところがある人たちはまだいいのです。源氏にのみ頼っていた女性たちは悲惨でした。女性側から手紙を出すわけにはいかず、困窮していくしかありません。

そんな女性たちの代表者（？）とも言えるのが、末摘花でした（きっと「赤い鼻の……」と言えば、すぐに思い出していただけるかと思います）。どんどん生活苦になり、女房たちは次々と離れて行き、命が尽きてしまった者もいました。

もともと邸内は荒れていたものの、ますます狐の住処になり、木立からは梟の声が朝晩聞こえてなんとも不吉な感じなので、残っている女房たちは気味悪がりました。

末摘花は訪ねてくれる人のいない身でしたが、兄の禅師の君だけは、京に来れば訪ねてきました。ですが、この兄も無頓着なタイプで、雑草がぼうぼうの邸となったのです。

末摘花は、古歌や物語などで退屈を紛らわすようなことにまったく興味がなく、故父親の教育方針（？）で恋愛じみたことは禁止されていたので、同性同士の文通さえしませんでした。

末摘花の叔母は地方の国司の妻で、娘たちを育てていました。

末摘花に仕えている若い女房たちは、そこへ時々行っていましたが、姫君（＝末摘花）は人と関わるのが好きではないので、叔母たちとの付き合いはあまりありませんでした。

叔母は「あの姫君の母親は、私を見下していたの。姫君のご様子がつらそうだけど、経済的援助はできないわ」と言い、侮辱された仕返しを末摘花にしているのです。

「なんとかして、あの姫君を私の娘たちの召使いにしてやりたいわ」と考え、「時々こちらにいらっしゃい。あなたの琴（きん）の音を聞きたがっている娘がいるの」と、優しく誘います。

ですが、末摘花は根っから人と関わりたくないタイプで、誘いも遠慮します。

そうこうしているうちに、叔母の夫が大宰大弐（だざいのだいに）（＝大宰府の次官）になり、叔母は娘たちを都で嫁がせてから筑紫（＝北九州）へ行こうと考えました。そして、やはり末摘花を自分の召使いにするために連れて行こうと考え、表面上は親切を装って誘います。

しかし、末摘花はその気がなく、叔母は「本当に憎たらしい女ね」とイラつきました。

そんな中、源氏が許されて帰京したのです！　ですが、すっかり忘れられてしまったようで、訪れもなく月日が過ぎて行き、末摘花は「もう終わりね」と人知れず泣きました。

叔母が「ほら、言わんこっちゃない♪」と思い、「決心なさい。田舎は不快だと思っているだろうけど、悪いようにはしないから」と言葉巧みに誘います。

乳母子の侍従は、大宰大弐の甥と結婚して同行することとなり、都に留まれなくなったので、末摘花に一緒に行くことをそそのかしましたが、末摘花は源氏を待つことを選びます。末摘花は「いつか、いつかきっと」と信じ、泣いて過ごしていました。

四月になると、源氏は花散里（はなちるさと）のことを思い出し、こっそりと通うことにしました。

道中、木立が茂った森のような家を通り過ぎた際、「見たことがある木立だな」と思ったのが末摘花の家でした。

源氏はお供の惟光（これみつ）に確かめに行くよう命じます。惟光が邸の中に入るも、まったく人の気配がないので帰ろうとした時、簾（すだれ）が動く気配がしました。

「あなたは誰？　何者？」と問うその声は、聞き覚えのある年配の女房でした。

こうして、源氏は久しぶりに末摘花と再会するのです。あまりの邸の荒れ具合に、ずっと訪れなかったことがさすがに申し訳なく、ひたすら自分のことを信じて待ち続けた末摘花の奥ゆかしさに感動し、「もう忘れまい」といじらしくも思うのでした。

源氏は二条院に近いところに邸を作り、そこに末摘花を迎えることにしました。末摘花の女房たちの喜びようは相当だったようです。末摘花を見限って出て行った女房の中には、噂を聞きつけて、我先にと出戻ってくる人間がいました（手のひらを返すように去っていき、厚遇されるならば舞い戻るというこの変わり身の早さ。昔も今もこういう人がいるのですね）。

二年後、二条院の東に立てた東院が完成し、そこに迎えました。

とはいえ、源氏はしょっちゅう末摘花のもとを訪れるわけでもないのですが、たまに様子を見に行ったりして、軽々しくは扱いませんでした。

あのいじわるな叔母が上京して、姫君が厚遇されている様子を聞いてびっくりしたことや、侍従が、姫君が幸せになり嬉しく思うものの、あともう少し一緒に待っていなかった自分を恥ずかしく思ったことなどは、また気が向いた時にでも――（と、紫式部はここでこの巻の筆を置いています）。

16帖

関屋（せきや）

光源氏29歳

あの人妻とまさかの再会。

やはり運命!?

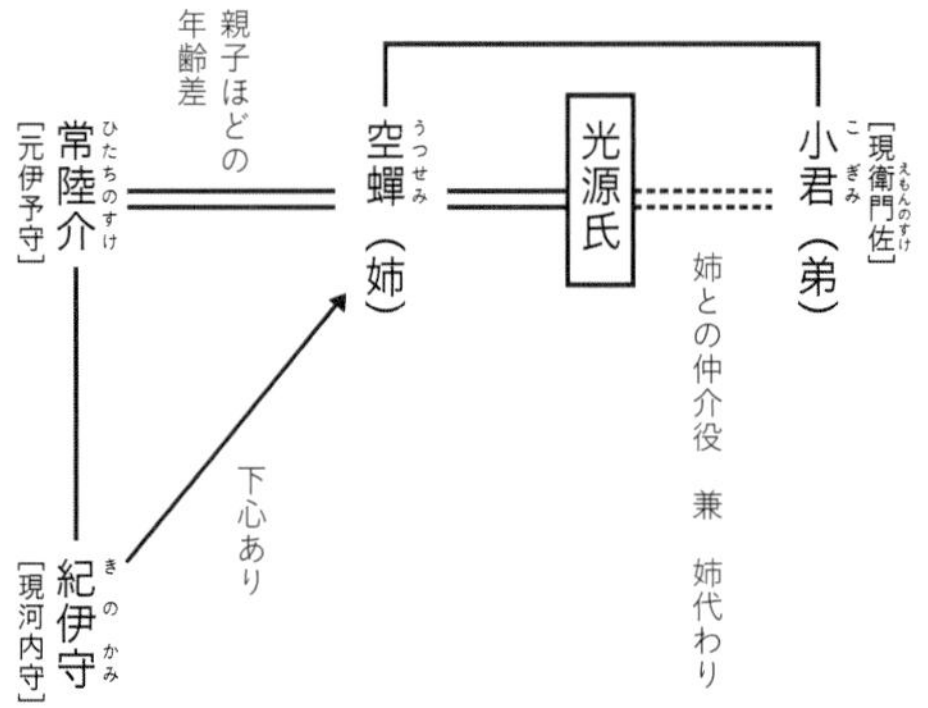

突然ですが、空蝉という人妻を覚えているでしょうか？

2帖「帚木」で、源氏が一度の逢瀬で夢中になるも、夫が常陸介になって一緒に下向したため、諦めるしかなかったあの人妻（33ページ）です。

夫の赴任先の常陸にも、源氏が須磨に退去した噂は流れてきたのですが、遠く離れているため、空蝉は手紙を出すこともできず、そのままになっていました。

そして、源氏が帰京した翌年の秋、常陸介も任期を終えて帰京しました。

帰京の際、常陸介一行が逢坂の関（＝京都と滋賀の間にあり、都を出たり入ったりする際に通る関所）に入るその同じ日、源氏は石山寺に参詣しました。

石山寺は滋賀県大津市にあるので、源氏も逢坂の関を通ることになります。

常陸介の息子・紀伊守たちが、父親のお出迎えに来ました。しかし、源氏の参詣を聞いて「絶対に混雑する」と思ったので、未明から急いだのですが、既に日も高くなってしまいました。

そうこうしている間に、源氏の行列がやって来ました。

源氏も常陸介の帰京だと聞いたのでしょう。空蝉との仲介役であり、空蝉の代わり（？）にかわいがっていた弟の小君（＝今は衛門佐）を呼び寄せました。

空蝉への伝言として、「今日、僕は関所までお迎えにきたんだよ。この気持ちを、さすがに無視はできないよね」と、偶然だったにもかかわらず、いけしゃあしゃあと言います。

石山寺からの帰り道、小君が源氏のお出迎えに参上しました。

小君は昔、源氏にかわいがってもらったにもかかわらず、須磨の退去に際して世間の評判をはばかり、身内を頼りに常陸に下向したのでした。

そのため、源氏はちょっと小君に心を隔てていましたが、顔色には出さずに、昔ほどではないけれど親しく接しました。そして、また空蟬への仲介を依頼するのです。

小君はうしろめたさもあり、姉に返事をするように言います。

久しぶりの手紙なので、空蟬もたまらず返歌をしたところ、ちょいちょい源氏から手紙が来るようになりました。

常陸介はもういい歳で体調もよろしくなく、心配なのは、この若い後妻〈＝空蟬〉のことでした。

そこで息子たちに、「空蟬のことをちゃんと面倒見るように」と遺言をします。そればかり心配して、常陸介はあの世へ旅立ちました。

常陸介の息子たちは、しばらく表面上は空蟬の面倒を見ましたが、行き届かず情けないことも多く、空蟬は嘆き暮らします。

紀伊守〈＝今は河内守〉だけが、昔から年の近い継母に下心があったため、空蟬に少し親切にしました。

空蟬はそれも嫌で、人に知らせずに尼になったのです！

空蟬の女房たちは嘆き、そして、河内守も「俺を嫌って、まだ若いのに出家するとは……。まだまだ寿命はあるだろうに、どうやって過ごしていくつもりなんだ?」などと言っているとか。

運命の再会かと思いきや、源氏が夢中になった女性がまた一人、手の届かない尼(ひと)となってしまうのでした。

17帖

絵合（えあわせ）

光源氏31歳

紅白歌合戦ならぬ、左右絵合戦！

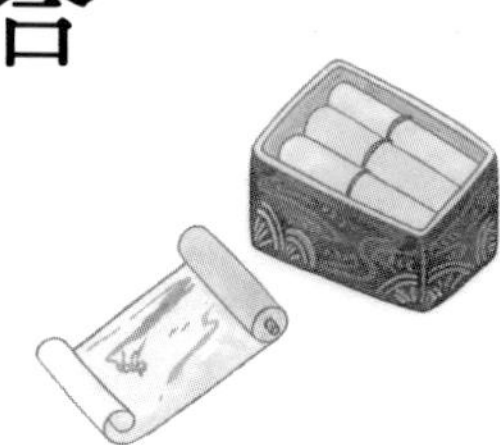

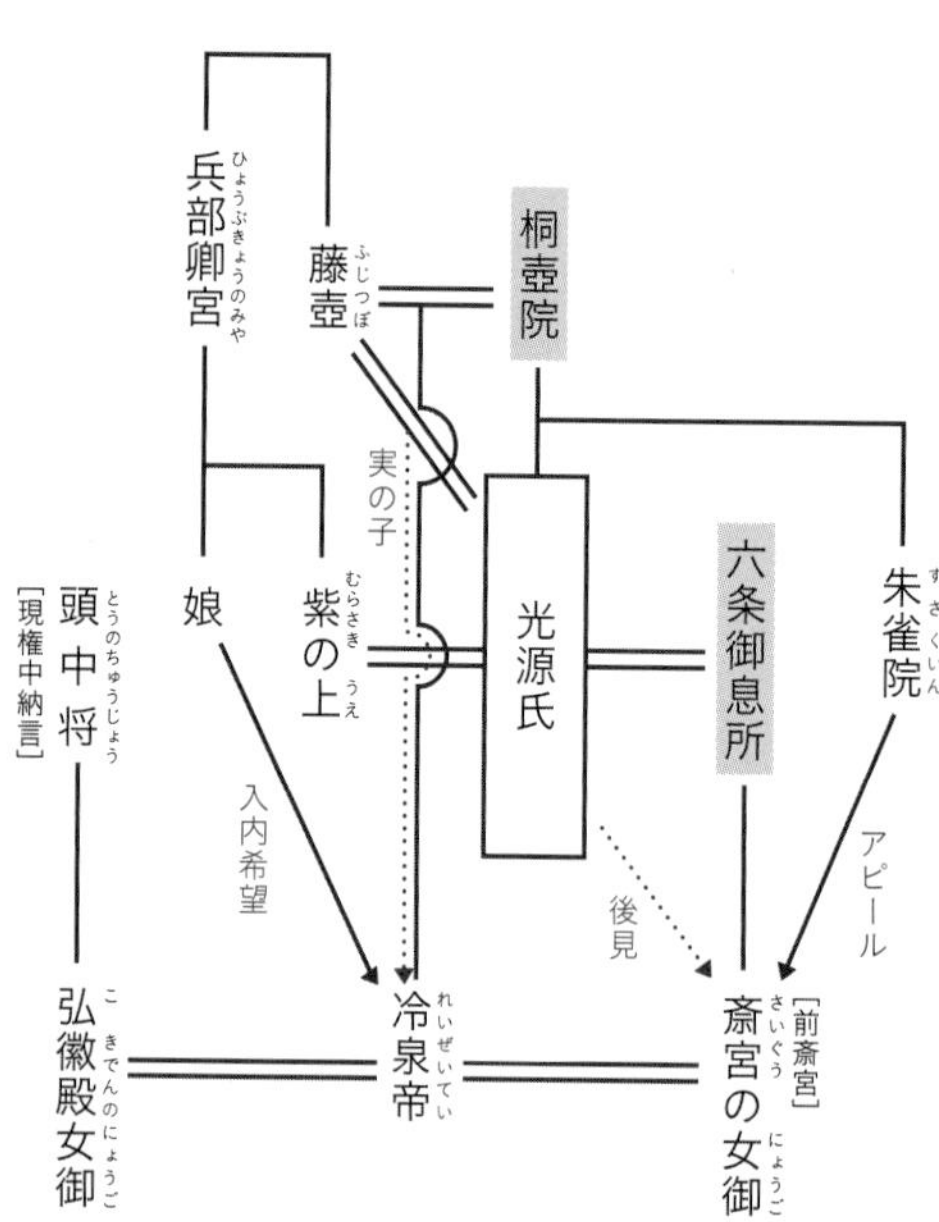

六条御息所の娘（＝前斎宮）が、いよいよ冷泉帝へ入内することとなりました。

冷泉帝にはまだ決まった中宮はおらず、母の藤壺はノリノリです。前斎宮のお世話係としてアピールしていた朱雀院は残念に思うも、こうなっては仕方がないので、当日はいろいろな心を尽くした贈り物をしました。

源氏は朱雀院に申し訳なく思い、「自分が院の立場なら、この結末は耐えられないな」とブルーになるのです。

前斎宮は冷泉帝より九歳年上のため、藤壺は帝にないがしろにしないように言い聞かせます。冷泉帝は少し気が引けていたものの、前斎宮（＝斎宮の女御）は実際に逢うと、とても素敵な女性だったため感激します。落ち着いた大人の魅力があり、源氏もとても大切に扱っているようなので、軽々しくはできない方だと感じました。

既に入内していた元頭中将（＝現権中納言）の娘・弘徽殿女御（桐壺帝の妃とは別人です！）は、冷泉帝と年が近くてかわいらしく、帝は気兼ねなく接せられます。

冷泉帝はどちらの妻も等しく接するようにしましたが、娘を入内させた頭中将は新しい女御に内心穏やかではいられません。そして、もう一人、娘を入内させようと考えていた兵部卿宮は、この状況を見て、もう少し帝が大人になるまで待つことにしました。

冷泉帝は絵が大好きで、斎宮の女御も絵がとても上手だったため、自然と斎宮の女御のところに行く回数が増えました。それを聞いた頭中将が黙っているわけがありません。すぐれた絵描きを呼び、このうえなく素晴らしい絵を描かせます。それを、頭中将は弘徽殿女御のところでしか見せませんでした。

このやり口を聞いた源氏は、「相変わらずアイツは大人げないな」と笑うのでした。源氏は冷泉帝に「頭中将ときたら、もったいぶってよくないよね。私も二条院に古い絵などを持っているので、それを差し上げましょう」と言い、二条院に戻ると、紫の上と一緒に選び出します。

その際に、源氏が須磨や明石にいた時に描いた絵があり、紫の上に初めて見せました。源氏が絵を収集していることを聞いた頭中将も、負けじと集め出します。それを聞いた源氏はさらに集め、宮中では絵のブームが巻き起こります。

藤壺が参内した時に、『竹取物語』や『宇津保物語』、『伊勢物語』などを題材にした絵物語で、左組〈斎宮の女御側〉と右組〈弘徽殿女御側〉に分かれて、絵を競って遊んでいます（これらの物語が現存していることも奇跡のように感じます。彼女たち、いや、紫式部もまさか千年以上後に残っているなんて、思ってもいなかったでしょうね）。

源氏が参内して、この対決をおもしろく思い、「どうせなら、帝の前でこの対決を！」となったのです。

そして、当日。冷泉帝のお召しで、源氏と頭中将も参内します。源氏の異母弟の蛍兵部卿宮〔＝現帥宮（そちのみや）〕が絵をたしなむ人だったので、本日の対決の判定者となりました。

左〈斎宮の女御側〉（＝源氏側）と右〈弘徽殿女御側〉（＝頭中将側）のどちらも本当に素晴らしく、なかなか優劣が決まりません。勝負がつかないまま夜になってしまいました。

残り一つとなった時に、左組から例の源氏が描いた「須磨」の絵が出されたのです。頭中将は「これはまずい！」と心が騒ぎます。

あの当時、皆が源氏の不在を悲しみ、気の毒に思い——その頃の気持ちに一気に引き戻されました。そして、須磨で源氏が描いた絵を目の当たりにして、源氏がどんなふうに思って過ごしていたのかがひしひしと伝わってくる気がして、判定者も含め、みんな涙を止められません。

当然、左組の勝ちとなりました。

頭中将は、「冷泉帝の寵愛を得て中宮になるのは、やはり斎宮の女御なのか」とヒヤヒヤしますが、それでも、冷泉帝が弘徽殿女御も大切にしてくれていることを頼りに、まだ希望は捨てません。

さて、このような新しいイベントなども開催される盛りの御代ですが、源氏は「冷泉帝がもう少し大人になれば出家しよう」と、無常のこの世に別れを告げることを真剣に考えています。

昔から若くして高官で突出してしまった人は、どうやら長生きできないようであること、自分は既に身の程を過ぎるほどに栄えたこと、今後の栄華は命の危険がありそうなことなどを思うと、「それなら出家して来世のことを考えて静かに勤めたい」と源氏は考え、山里に御堂を造らせたり、さまざまな準備をするのでした。

18帖

松風（まつかぜ）

光源氏31歳

調子のいいホラ吹き男が
ここにいます！

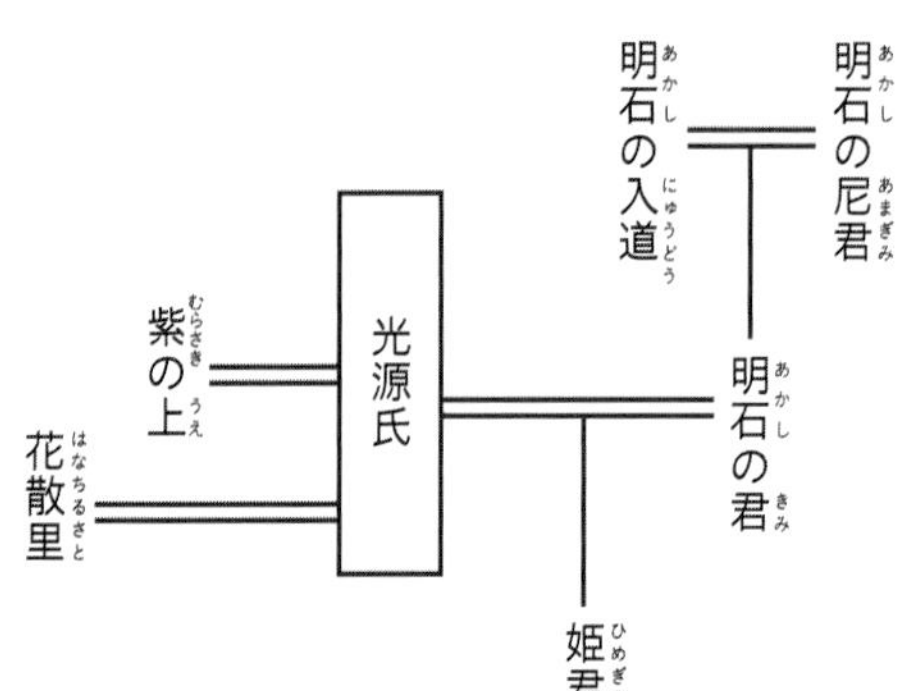

源氏は東の院を造り、花散里を移動させて住まわせました。その東の対には明石の君を住まわせようと考えています。

明石の君には源氏から絶えず「上京するように」との手紙が届いていましたが、明石の君は身の程をわきまえて、「上京しても、自分ごときには源氏の訪れなんてあるかないかだろうから、人から笑われるのも嫌だ」と決心がつきません。

ただし、姫君のことを考えると、こんな田舎で育つよりも、上京したほうが幸せに生きていけるだろうこともわかるため、無下に断ることもできずにいました。

明石の入道は、妻の祖父が領有していた家が大堰川（＝現在の京都市にある嵐山あたりを流れる川。桂川の上流）のあたりにあったことを思い出し、管理人のような人に明石の君が住めるようにお願いをします。

大堰川の家の改築が終わってから、入道は源氏にその旨を報告しました。源氏が京から明石に使者を送ったので、明石の君は上京せざるを得なくなります。

入道だけ明石に残ることにしました。妻（＝明石の尼君）は「この変わり者（＝夫のこと）の頭の格好や性格は頼りにならないけど、ここで生涯共に暮らすと思っていたのに、突然離れるのも心細い」と思いました（以前に少し触れましたが、この入道、かなりの偏屈者として描かれており、尼君も何気に毒づいています。ちなみに、この尼君も在俗生活のままの出家です）。

いよいよ出発の際には涙のお別れです。涙は不吉なので皆こらえようとしますが、入道の年齢からしておそらくこれが今生の別れとなるはずで、こらえきれません。

入道は「自分が死んだと聞いても、葬儀や法事のことは気にするな」と言いました。船で移動し、無事に到着。大堰川の住まいは、明石の浦の雰囲気になんとなく似ていて、移動したようには感じませんでした。

さて、明石の君や姫君が近くにいるのに会えない源氏は、そわそわしてしまいます。紫の上には、明石の君が京に来ていることを言ってなかったのですが、「他人の口から耳に入るよりは……」と思い、「桂の別邸で用事があるのに行けてなくてね。あと、こちらが訪れようと言っていた人まで、桂の近くに来て待っているようで、心苦しくてさ……。あと、嵯峨野の御堂の仏のことで用事があって、二、三日、そっちで過ごしてくるね」と言います。二、三日過ごすのはもちろん明石の君のところで、紫の上もそんなことはお見通し。不満気にちょっと嫌味を言ったりします。

源氏は明石の君と久しぶりに再会し、姫君とは念願の初対面です。明石の尼君も、久しぶりに源氏を拝見し、老いも忘れて笑顔になります。尼君に気づいた源氏は、姫君を養育してくれたお礼や、入道を一人置いてきて、さぞかし気がかりであろうことなどを語りかけました。

源氏はかわいらしい姫君を見て、「このままだと残念なので、二条院に引き取って紫の上の養女にして、満足するように育てたい」と考えますが、「明石の君がつらい思いをするだろう」と気の毒で、言い出すこともできずにいました。

二条院に戻ると、紫の上はやはりご機嫌ななめです。そんな紫の上に源氏は、「比較にならないような相手と競うなんてよくないな。『自分は自分』だと思えばいいよ」と教えました。

源氏が宮中に行く時に、急いで明石の君に手紙を書いて遣わします。それを見た紫の上付きの女房たちは、憎く思います。

その夜、源氏は宿直のはずでしたが、紫の上の機嫌が気になり帰って来ました。するとと、先ほどの返事を明石の君の使者が持って参上しています。紫の上が側にいるため、源氏は隠すこともできずにその場で見ました。

特にまずいことは書いていないので、「これは破って捨ててくれ。厄介だな」と言うのです。内心では恋しいくせに。紫の上は見ようとしませんが、源氏は気まずさから「見たいくせに～」。無理して見ないフリをする目尻が気になるよ」とからかいます（火に油……）。

その後に、「冗談はおいといて、まじめな話。かわいらしい女の子が生まれて、このままでは困っているんだ。君の養女として君が育ててくれないかな、3歳なんだけど」と頼むのでした。

紫の上は子ども好きなので、まんざらではありません（ただ、いくら子ども好きでも「愛人の子を育てる」って、けっこうハードですよね。ですが、断ると「嫉妬している」と源氏に思われてしまうと考え、それが嫌だったのでしょう。無意識かもしれませんが、源氏の理想の女性像を生きる紫の上。生涯愛されて幸せな女性の一人とされますが、本当に幸せなのかは疑問ですね……）。

19帖

薄雲（うすぐも）

光源氏31～32歳

まさかの真実に仰天!!

ついにあの秘密がバレる！

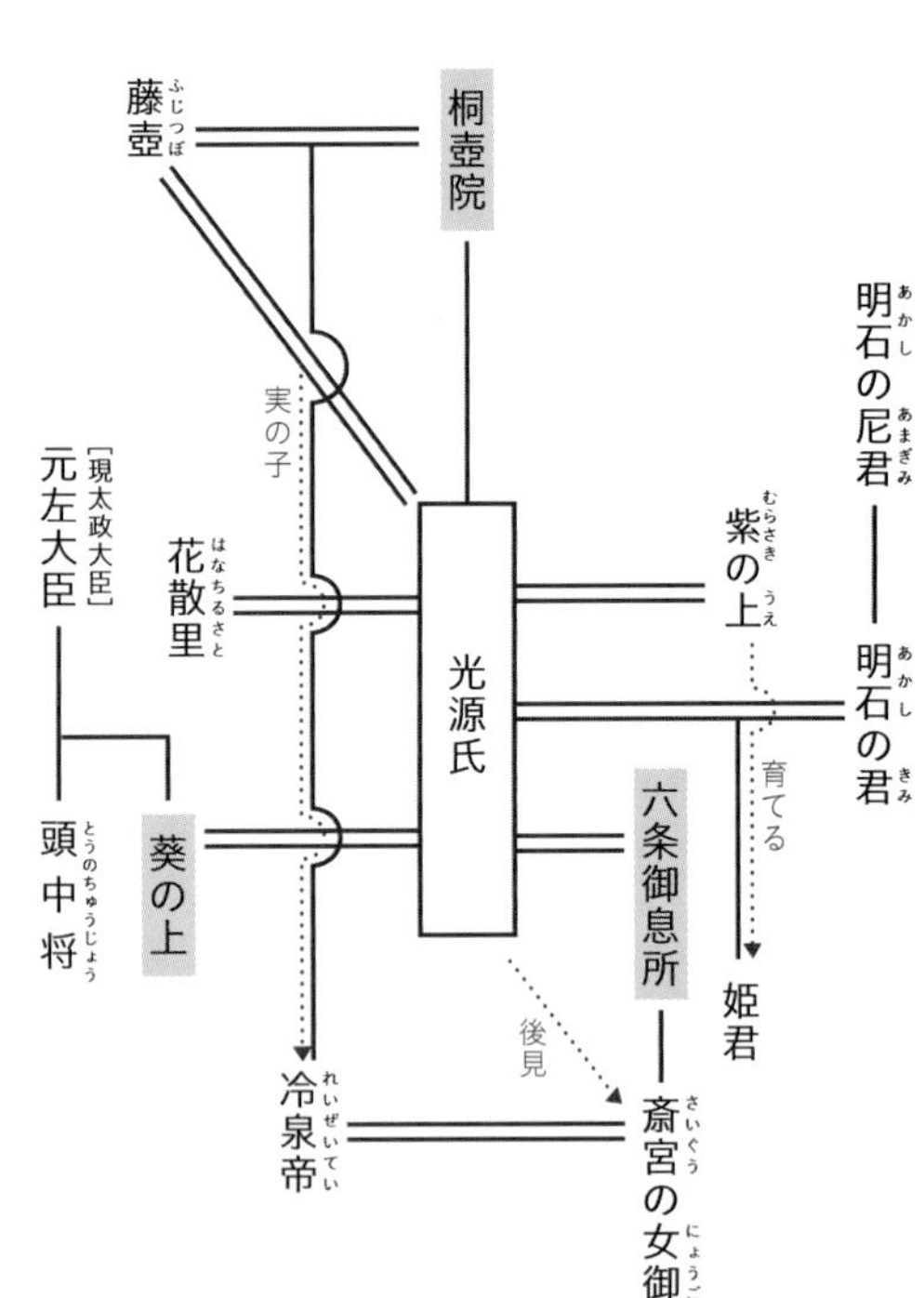

冬、大堰（おおい）川近くの明石の君の住まいはますます心細くなり、源氏は早く東の院に引っ越すように促すも、明石の君は迷っています。

そこで源氏は、「姫君を入内（じゅだい）させるつもりなので、このままでは不都合だ」と説得し、養母になる紫の上が、いかに素晴らしい女性なのかを伝えます。

明石の君は、それが姫君の幸せと思いつつも、簡単に手放せません。しかし、明石（あかし）の尼君（あまぎみ）や思慮深い人たちも「姫君は二条院に移るほうがよい」と言うので、明石の君はついに決心しました。

源氏が姫君を迎えに大堰の邸に来て、明石の君は胸をわしづかみにされたように苦しみます。今からでも「やっぱり嫌」と言いたくもなりますが、それは自分勝手で言えません。

姫君がお迎えの車にルンルン乗って、無邪気に「お母様も早く」と袖を引っ張るので、明石の君はたまらず号泣します。乳母なども車に乗り、出発しました。

二条院に着く頃には暗くなっており、姫君は道中で寝てしまいました。抱き下ろされて周囲を見回し、母親の姿が見えず泣きそうになるのを、乳母が紛らわします。

源氏は、残された大堰ではもっと嘆いているだろうと心苦しくなります。

姫君もしばらくは泣いていましたが、素直な子なので紫の上になつきました。

明石の君はずっと嘆いており、気の毒に思う源氏は訪れたり、手紙も絶えず届けたりします。

紫の上も、このかわいい姫君のこともあるので、今は明石の君のことを恨みにも思わず、また、源氏の行動も許すのでした。

源氏32歳の新年。

源氏はちょっとした際、近くに住む花散里のところに訪れますが、夜は泊まりません。

花散里はおっとりした性格で、「この程度の仲の運命なのだ」と思い、愚痴や嫌味を言いません。二人はよい距離感で心穏やかに暮らしました。

さて、源氏が普段よりもオシャレをして明石の君のもとに行こうとするので、さすがに紫の上は嫉妬します。ですが、姫君のかわいらしさに許す気持ちになり、明石の君がどれほど姫君を恋しく思っているかと思いやりました。

その頃、源氏の義父・元左大臣〈=現太政大臣〉が亡くなり、源氏は大臣の子や孫以上に心を込めて弔いました。その年は天変地異や疫病が流行し、世間の人々は不安でいっぱいです。

源氏は「冷泉帝の出生の秘密〈=藤壺との密通〉が原因では」と内心思います。

その藤壺も、一月の初めから体調不良で、三月にはかなり重くなりました。藤壺は37歳で厄年にもかかわらず、特別な加持祈祷をしておらず、冷泉帝が慌てていつもよりも特別にさせました。

藤壺は、冷泉帝が自分の出生について何も知らないことが心苦しく、極楽往生の妨げとなりそうに思います。源氏が藤壺のお見舞いに行き、女房に容態を問うも、かなり絶望的です。

「源氏が桐壺院の遺言を守って、冷泉帝の後見をしたことのお礼」を、藤壺が弱々しく言うのが聞こえてきます。源氏が「高齢の太政大臣が亡くなったことさえ苦しいのに、若いあなたがこんな状態で、心が乱れて生きていけない」と言っている間に、藤壺は静かに息を引き取りました。

四十九日も過ぎました。藤壺の母の代から祈禱師として仕えてきた僧都を、藤壺も生前信頼していました。その僧都が冷泉帝に呼ばれ、いつも帝の側にいました。

夜、人がいない折、僧都が冷泉帝に「大変申し上げにくいのですが……」と、何やら打ち明けたそうなので帝が促すと、僧都は語りました。「亡くなられた桐壺院や藤壺の宮、そして、源氏のために、表沙汰になればかえってよくないものの、仏のお告げがあったので申し上げます。

わが君（＝冷泉帝）が亡き宮（＝藤壺）のお腹にいらした時から、宮（＝藤壺）が深く思い悩んでおり、私に祈禱のご依頼がありました。詳しいことは、法師の私には悟ることができません。その後、源氏が須磨に退去する時、宮はとても恐ろしく思っており、重ねての祈禱を承りました。それを聞いた源氏もさらに加えて祈禱をして、わが君が即位なさるまで祈禱していたのです」と言うので、帝は自分の出生の秘密を悟り、驚きあきれて心が乱れました。

僧が「天変地異などはこのせいです」と泣く泣く言って、夜が明けると退出しました。

冷泉帝は、桐壺院が往生できているのか気がかりで、父親の源氏を臣下としているのも恐れ多く、いろいろと悩んで、お昼過ぎまで寝所から出られません。

「帝が起きてこない」と聞いた源氏は驚いて参内すると、冷泉帝は堪えられずに涙を流しますが、源氏は「藤壺が亡くなったショックから立ち直れないのだろう」と思います。

「冷泉帝と源氏は顔が似ている」と言われてきて、帝自身も長年鏡を見てそう思っていましたが、僧都の話を聞いた後、より細かいところまで似ていると思うのでした。「出生の秘密を知ったことを、ほのめかしたい」とも思うのですが、源氏がきまり悪く思うはずなので言えません。

源氏はそんな冷泉帝の様子がおかしいとは気づいたものの、まさか秘密を知ったとは思いません。冷泉帝は、「人柄が素晴らしいという理由で、実父の源氏に帝位を譲ろうか」と考えます。

源氏は太政大臣になることが決まりました。内々で決める際に、帝が「源氏に譲位したい」と言うと、源氏は「あるまじきこと」と拒みました。先日から明らかに様子がおかしいことも思い合わせると、出生の秘密を知ったとしか思えず、「誰が帝に漏らしたのか」と不審に思うのでした。

さて、斎宮の女御が二条院に退出しており、源氏は親代わりの立場をいいことに、御簾（みす）の中に入り、几帳（きちょう）だけを隔て、亡き六条御息所（＝女御の母）のことなどを話します。

几帳越しでも女御の優美な雰囲気が伝わってきて、直接見られないことを残念に思い、恋心のようなドキドキ感を抱いてしまうのは、ホントに困ったことですね（と紫式部は書いています。読者の気持ちを先取り！）。

源氏が、「昔、わかり合えずに終わった恋が二つあり、そのうちの一つはあなたの母君だよ。御息所が思い詰めて亡くなったことが、ずっと僕の悲しみだけど、あなたにお仕えすることを慰めにしているんだ。恋愛めいた感情は抑えられない質（たち）だけど、あなたに対する恋心を抑えての後見だとわかってくれているかな？」と言うので、斎宮の女御は困って何も答えません。

源氏は「やっぱり僕のことは想ってくれないんだね。ああ、つらいな」と言います（養女に向かって何を言ってるのでしょう）。

そして「幼い娘（＝明石の姫君のこと）がいて、成人するのが待ち遠しいんだ。僕が死んだ後、この娘が入内できるようにどうか世話をしてほしい」と言います。

この後、源氏に春と秋とどちらが好きか尋ねられ、女御は「母が亡くなった秋が、ゆかりがあるように思います」と答えました（ここから斎宮の女御は通称「秋好中宮（あきこのむちゅうぐう）」と言われます）。

源氏は、「**あなたも秋が好きなら、私と思いを交わしてください。秋の夕風が私の身にも染みるので**」と詠み、「ああ、もう恋しくて我慢ができないな」と言うので、女御の困惑度はマックスです。源氏は抑えきれずに行動に出たくなるも、相手が本気で嫌そうなので我慢しました。

斎宮の女御は少しずつ奥に入っていき、それを察知した源氏は「嫌われちゃったようだね。まあ、いいさ。憎まないでね」と出ていき、後で反省します。

源氏は「罪深い恋はたくさんしてきたけど、昔は若気の至りで神仏も許してくれていたのだろうな。だけど今はもうさすがにね。こういう恋愛の道では、安全圏で思慮深さがまさってきたことよ」と思います（ついさっきトンデモ発言をしていましたよね？「手を出さずにちゃんと我慢したでしょ」ということですかね……）。

ところで、源氏は明石の君のことを絶えず思っているも、なかなか通えていませんでしたが、不断の念仏を口実に訪ねました。いつもよりは長く大堰で過ごすからか、少しだけ明石の君は物思いが紛れるということです。

20帖

朝顔（あさがお）

光源氏32歳

私はシンデレラなんかじゃない――

人知れぬ紫の上の心痛

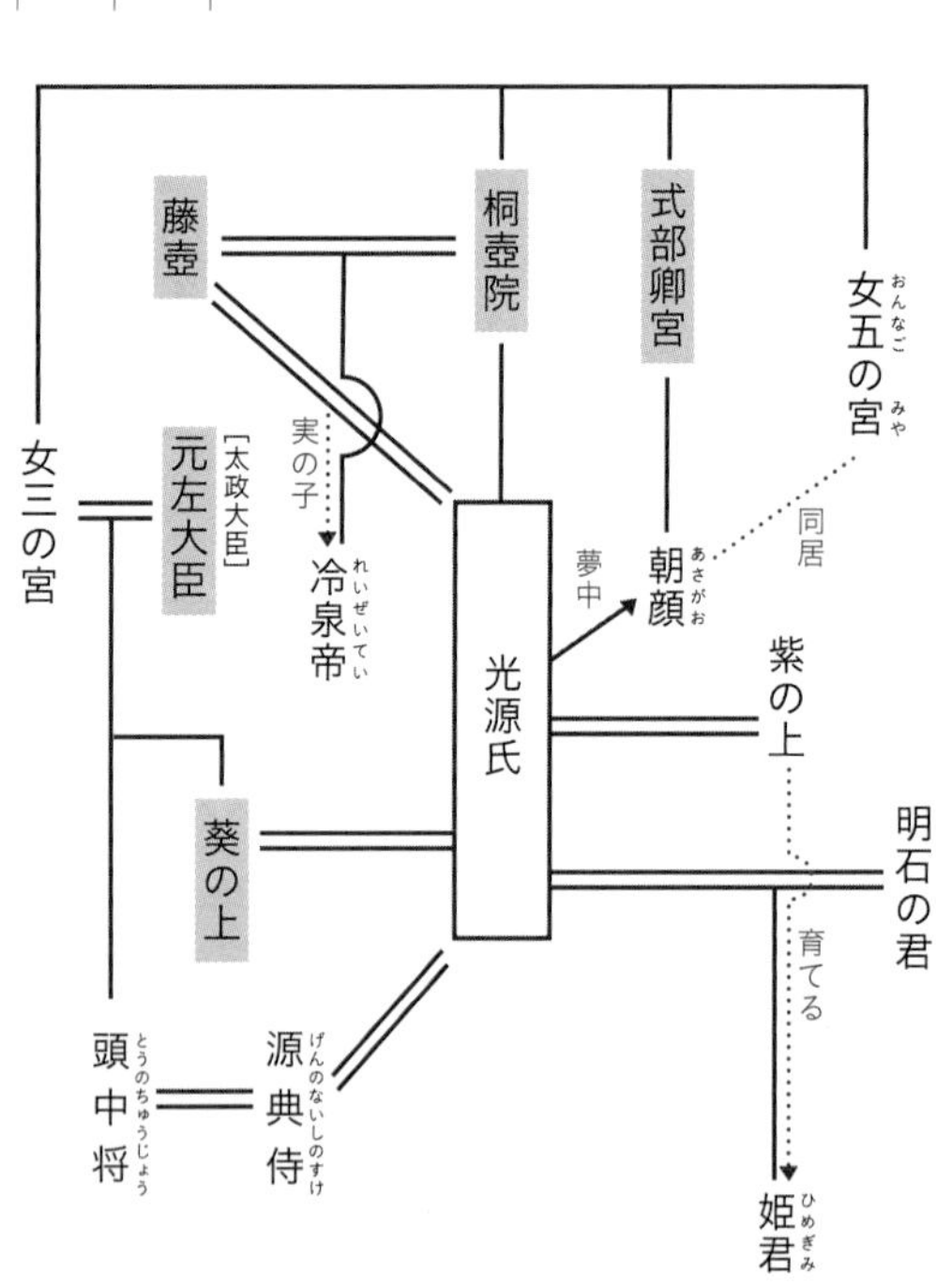

桐壺院の弟・式部卿宮の姫君である朝顔は斎院（57ページ参照）でしたが、式部卿宮が亡くなったことにより斎院の職をおりました。

朝顔は源氏のあのペンフレンドです（63ページ）。

一度好きになると、ずっとその気持ちを忘れない源氏は、さっそく何度も手紙を送ります。朝顔は実家に戻り、西半分は朝顔が、東半分は叔母の女五の宮が住んでいました。

源氏は五の宮へのお見舞いを口実に邸へ行きます。式部卿宮が亡くなってまだそんなに経ってないのに、邸は既に荒れている感じがしました。

五の宮もかなり年をとっており、源氏の義母・女三の宮とは全然違う雰囲気で、「姉妹なのにこんなに違うのは、環境の違いか」と考えます。源氏は「こちら〈＝五の宮のもと〉にお見舞いに来て、あちらに行かないのは失礼なので」と言って、朝顔のもとにも訪れます。

朝顔は源氏を御簾の中には入れずに対応したので、源氏は不満で「長年の付き合いなのだから、今は御簾の中にも入れてもらえるかと思ってたんだけど」と言います。

そして、「**人知れず賀茂神社の神が許してくれるのを待っていたんだよ。たくさんのつれない時期を過ごしたことよ**」と和歌を詠みかけ、「今はもう斎院ではないよね、神の諌めを口実には使えないよ。それはそうと、これまでに様々なつらい思いをしたんだ。その話を聞いておくれ」と強引に言うのでした。

朝顔も負けておらず、「**悲しい話を聞くだけでも、誓いに背くと神は戒めると思うわ**」と切り返しました。

そこからあまり眠れなくなった源氏は、また朝顔に手紙を送ります。

「**以前お会いしたあなたをまったく忘れられないよ。あの盛りの美しさはもう過ぎてしまったのかな**」（え？　ケンカ売ってます？　しかも、逢ったことないのに）。

朝顔は「**秋も過ぎ去って霧がかかった垣根に、あるかないかの様子で色が移ろっている朝顔の花、それが私よ**」と返しました。

源氏は「こんな若者ぶったラブレターを書くのは年相応ではない」とわかりつつも、昔から振り向いてくれないのが残念で諦めきれないのです。

朝顔付きの女房を呼び出しては、朝顔のことを相談します。

それが噂となり、紫の上の耳にも入りました。「まさか」と思い、源氏の様子を見ていると、なんだかいつもと違ってフワフワしているのです――「まさか」が「またか」となりました。

朝顔は格段に世間的な評判が高い女性です。「源氏が朝顔に本気になったならば、自分はもう軽々しい扱いになり下がってしまうのだろう」と紫の上は思い乱れますが、顔色には出しません。

源氏は紫の上がそんなことを考えているなんて気づきもせずに、物思いにふけりながら、朝顔への手紙を書きまくっているのでした。

とある夕方、源氏は女五の宮のもとへお見舞いに行くことにします（女五の宮のもとへ、ねぇ。

こういうのが紫の上にはイラッとするのでしょう、本当は朝顔のところに行きたいくせに、と)。紫の上にそう報告すると、明石の姫君をあやしていて気づかないふりをしています。その横顔がただならないので、源氏は「なんだか謎のご機嫌ななめですね」と言います。

女五の宮のもとへ行き、いつものように雑談をしていたところ、五の宮は眠たくなってきたようで、そのうちいびきをかきだしました。

源氏は「チャンス！」と喜び、朝顔のもとへ行こうとすると、急に年寄りの女が側(そば)に来ました。

「恐れ多くも、私がここに住んでいることを聞いていらっしゃるかと、頼りにしていましたのに」と言うのです。

その年寄りは、なんと源典侍(げんのないしのすけ)でした！ 源氏が20歳の頃、頭中将と取り合った（？）当時57、8歳の、あの恋愛好きの女性です。まさかまだ生きていたとは！ 知らなかった源氏は驚き、「あの頃のことなんて、すべて昔話になっているのを、嬉しい声を聞いたことよ」と言います。

典侍から「**何年も経ちましたが、子どものようなあなたとの縁が忘れられないわ**」と言ってきたので、源氏は直感で「これはヤバイ」と感じ、「**あの世の後、来世で待って見ていてください**」（辛辣ですね）と立ち去りました。

思いがけず邪魔（？）が入りましたが、朝顔のもとへ行き、懲りずに口説きます。ですが、朝顔は応えるつもりはなく、これまで通りペンフレンドとして接する決心を固めていました。

源氏が夜に訪れない日が続いていたので、紫の上は我慢できずに涙をこぼしてしまいます。

源氏はそんな紫の上に、「いつもと様子が違うのが、理解できないな」と髪をかきなでながら言いつつ、かわいいと思うのです。

源氏が「藤壺が亡くなって、冷泉帝がさみしそうで見ていて心苦しく、太政大臣（＝元左大臣）も亡くなり、仕事も忙しくて。最近あまり来られないことを、『今までにない』と思うのも無理はないけど、今は仕方ないんだ。安心してね、浮気なんかじゃないよ。君は大人になったようだけど、まだ分別がなくて、僕の心をわからない様子なのがかわいいね」と言うも、紫の上は背中を向けたまま何も言いません。

源氏はさらに「本当に拗ねちゃって。誰がこんなふうにしつけたのかな？　僕はそんなしつけをした覚えはないよ？」と言うのです（紫の上が気の毒すぎて絶句です）。

「朝顔の姫君のことを何か誤解しているのかな？　そんなのは事実無根さ。あの方は昔っから近寄りがたい性格で、ちょっとからかって恋文のようなものを出してみただけだよ。あちらも暇だったようで、たまに返事はくれるけど、全然本気の恋愛とかじゃないから。気にすることなんてないんだよ」などと言って、一日中紫の上を慰めるのでした（浮気している人が饒舌になるのは、昔からなのですかね）。

後日、紫の上は月が澄んでいる夜、外を見ながら「**氷が閉じて**（＝**張って**）**いる石の間の水は流れないけれど、空に住んでいる月は西に傾いていく**」という和歌を詠みます（「石の間の水」

が紫の上、「月」は源氏のたとえで、「閉じ込められている私はどう生きていくか悩んでいます。源氏が嘘ばかりついて私から離れていくので泣いています」という意味です)。

紫の上は、源氏の嘘なんてお見通しなのです(シンデレラストーリーの主役のように扱われがちですが、やはり紫の上の心は幸せとは言えなさそうですね)。

源氏は今も、藤壺を忘れることはありません。夢にその藤壺が現れて、「秘密を漏らさないと言ったのに、バレてるじゃないっ! 恥ずかしいわ……。私はあの世で罪を償うために、苦しい目にあっています。ああ、恨めしい……」と言いました。

源氏が返事をしようと思った時に、何かに襲われる気がするも、紫の上の「これは、一体どうしたの!?」と、うなされている自分にかけられた声にハッと気づき、目が覚めました。

源氏は夢の中でも、今も、涙を流しています。「罪を償うために、苦しい目にあっている」と藤壺が言っていたので、「僕のことを恨んでいるのだろうな」と源氏は悲しくなるのでした。

21帖

少女（おとめ）

光源氏33〜35歳

引き裂かれる二人

そして、ハーレム院完成！

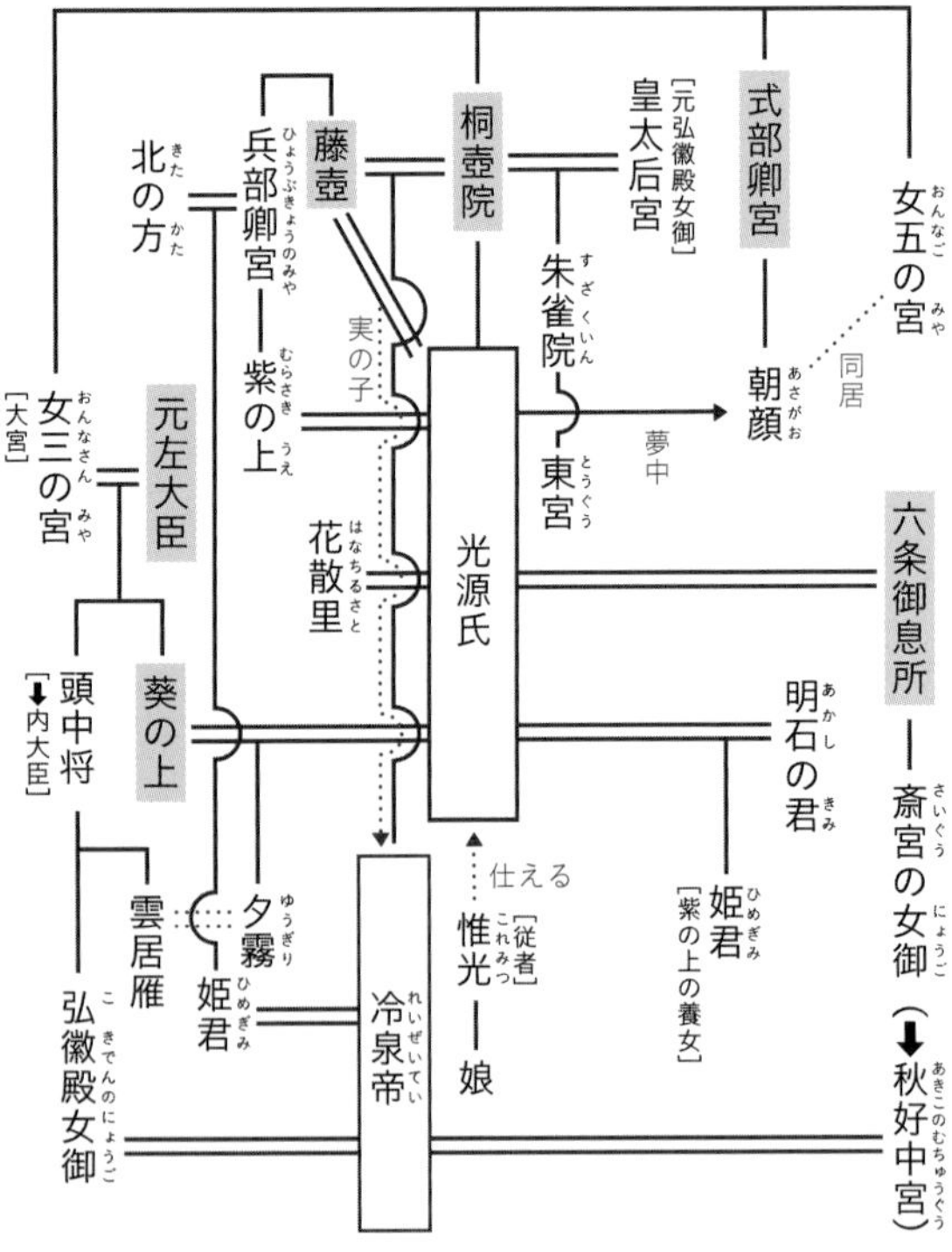

女五の宮（おんなごのみや）
式部卿宮
皇太后宮［元弘徽殿女御］
桐壺院
藤壺
兵部卿宮（ひょうぶきょうのみや）
北の方（きたのかた）
朝顔（あさがお）
同居
朱雀院（すざくいん）
東宮（とうぐう）
夢中
紫の上（むらさきのうえ）
実の子
女三の宮（おんなさんのみや）［大宮］
元左大臣
光源氏
花散里（はなちるさと）
六条御息所
明石の君（あかしのきみ）
葵の上
頭中将［➡内大臣］
斎宮の女御（さいぐうのにょうご）（➡秋好中宮（あきこのむちゅうぐう））
姫君（ひめぎみ）［紫の上の養女］
仕える
惟光（これみつ）［従者］
娘
夕霧（ゆうぎり）
雲居雁
姫君（ひめぎみ）
冷泉帝（れいぜいてい）
弘徽殿女御（こきでんのにょうご）

源氏33歳の新年。朝顔の姫君のことはまだ諦めておらず、相変わらず手紙攻撃（?）を続けています。

女五の宮にもお見舞いの手紙を出しており、五の宮は立派に成長した源氏に感動しています。五の宮は朝顔にも、「こんなに熱心に手紙をくれているのだから、源氏は本気よ？　あなたの亡き父も、源氏が左大臣家の婿になったことをとても悔しがっていたじゃない。『源氏を婿に』と考えていたのに、あなたが強情に取り合わないから残念がっていたわ。葵の上が生きている頃は、姉の女三の宮にも申し訳ないし、私は口を挟まなかったけど、今は亡くなられて正妻もいないし、亡き父上の望みを叶えてもいいんじゃない？」と、源氏を推してきます。

しかし、**朝顔にそんなつもりはさらさらなくて、「なんで今さら」と拒絶するので、五の宮はこれ以上勧められませんでした。**

葵の上との若君・夕霧（ゆうぎり）が元服することになり、夕霧の祖母の女三の宮（＝大宮）がその様子を見たそうなので、源氏は大宮と夕霧が住む三条邸で元服の儀式を実施することにしました。

源氏は夕霧を四位の位にするつもりでしたが、**二世が若くして出世するのはありきたりなので思いとどまり、六位にしました**（位に関しては244ページ参照）。

大宮は驚きあきれますが、源氏は「考えがあってのこと。大学で勉強させて二、三年遠回りさせます。私は宮中で育ち、世の中のことも何も知らずに、ずっと帝の前に控えていて、ちょっとした漢籍（かんせき）などを習っただけでした。もっと教養がないと何事もダメですね。高貴な身分の子として、官位も思い通りでおごってしまうと、学問など大変なことは、自分には無関係だと思うでしょう。遊んで思い通りの官位を得ても、時勢が変わると落ちぶれて人に軽蔑されるのです。国家の重鎮となるべき心構えを身につけたなら、私の死後も安心なので」と言います。

大宮は納得はするものの、「夕霧は、頭中将の子どもたちを自分より格下だと思っていたのに、皆が元服して五位となり昇進していて、自分は六位でショックを受けているのがかわいそうなの」と言います。

それでも源氏は、「勉強をして少し分別がついたら、そういう恨みは自然となくなるでしょう」と言いました（こういうところは素敵なパパですね。「当然四位を与えられる」と思っていた夕霧や世間には、意外でひどい仕打ちかもしれませんが、現代の私から見ると、権力をふりかざして甘やかすよりも、子どもを愛しているからこそと感じます）。

夕霧は真面目な性格で、つらいながらも勉学に励み、四、五カ月で『史記』も読み終えたとか。源氏は夕霧に大学寮の試験を受けさせようと考え、頭中将たちを呼び、予行で夕霧に『史記』の難しい巻など一通り読ませせます。すると、まったく詰まらずにスラスラ読んだので、あまりの素晴らしさに源氏を含め、皆が感動の涙を流します。

夕霧は擬文章生の試験などにすべて合格しました。

さて、冷泉帝の中宮を決めることとなりました。源氏は「斎宮の女御」推しですが、先に入内していたのは、頭中将の姫君「弘徽殿女御」です。さらに、紫の上の父・兵部卿宮（＝現式部卿〕が姫君を入内させ、藤壺の兄の娘という立場から、「我が娘が中宮にふさわしい」と考えていました。ですが、結局、斎宮の女御が「秋好中宮（あきこのむちゅうぐう）」となりました。源氏は内定していた太政大臣に、頭中将は内大臣になりました。

源氏は、内大臣が政治を取り仕切るように言います。内大臣は、人柄が素晴らしく学才もあるので、政治家としても有能でした。

そんな内大臣には、弘徽殿女御以外にもう一人娘〔＝雲居雁（くもいのかり）〕がいました。母親は内大臣と別れた後、按察大納言（あぜちのだいなごん）と再婚し、子どもがたくさん生まれました。そこで内大臣は「その子たちと一緒に按察大納言に託すわけにもいかない」と思い、雲居雁を引き取り、自分の母〔＝雲居雁にとっては祖母〕の女三の宮〔＝大宮〕に養育を依頼したのです。

雲居雁は人柄もよく、見た目もとてもかわいらしい子でした。夕霧も大宮が養育していたので、夕霧と雲居雁は一緒に育ってきた仲ですが、夕霧12歳、雲居雁14歳の時に、別々の部屋にされました。

内大臣は雲居雁に「親しい人でも、男の子とはうちとけないように」と注意します。夕霧は幼い頃から雲居雁が好きで、まとわりついていたので、雲居雁の世話係たちは「まだ子どもで、長年一緒に育ってきたのに、突然引き離すのもねぇ……」と思っていました。

当の本人たちは（一線は越えていないものの）相思相愛で、夕霧は雲居雁と離れて会えないと、穏やかではいられません。気づいている女房は、知らないふりをしました。

内大臣は、娘〔＝弘徽殿女御〕が中宮になれなかったため、雲居雁を東宮に入内させることに望みをかけていました。そこに、明石の姫君という強敵がまたもや現れ、心配しています。そんな折、三条邸に来ていた内大臣は、女房たちが夕霧と雲居雁の噂をしているのをたまたま耳にして、二人の関係を知ってしまうのです。

「雲居雁を入内させようとしているのに！」と内大臣は夕霧を憎く思います。母親（＝大宮）に「信頼して預けていたのに。幼い二人を放任するなんて情けない」とクレームを言います。

ですが、大宮は二人の関係には気づいていなかったので、姫君の入内のことを考えると残念に思うも、かと言って、こんなクレームを言われる筋合いはありません。ここまで一生懸命育ててきたのは大宮です（「勝手に養育を押し付けてきた分際で」と思うでしょうね）。

内大臣は、早いうちに雲居雁を自邸に引き取ろうと考えます。大宮は、夕霧がかわいくて仕方がなく、「雲居雁の相手が夕霧でも別にいいじゃない」とすら思います。

大宮は「息子（＝内大臣）はもともと雲居雁をそんなに大事にしていなかったくせに」と腹立たしくも、夕霧に黙っているわけにもいかず、内大臣からクレームが入ったこと、自分が板挟みの立場でつらいことなどをふわっと伝えました。

夕霧はすぐに事情を察しましたが、「何のことかわかりません」と恥ずかしそうにします。大宮も心苦しくて、すぐに他の話にそらしました。夕霧は、今までのように雲居雁に手紙などもあげにくくなることを苦しみます。

弘徽殿女御が中宮になれなかったことを不服に思い続けている内大臣は、冷泉帝が今も女御を大切に扱っているにもかかわらず、無理やり女御を自邸に里下がりさせました。そして、「一人だと退屈だろうから」と言って、「雲居雁を遊び相手にする」という名目で雲居雁も自邸に引き取ることに決めました。「いっそ、夕霧との仲を認めて二人を結婚させてしまおうか」と一瞬思いましたが、「夕霧が一人前ならまだしも、まだ子どもだ」と、その考えを打ち消しました。

大宮は二人が離れてしまうのを不憫に思い、最後に会わせます。

お互いなんだか恥ずかしく、何も言えずに泣いていましたが、夕霧が「もう諦めようと思うのに、恋しいんだ」と言うと、「私も」と雲居雁が答えます。「ねえ、僕のこと、好き？」――それにちょっとうなずく雲居雁（なんてかわいらしい場面でしょう。十代前半の初々しい感じが、あの、いつもの源氏の恋愛絡みを書いてきた身からすれば、かわいくて）。

そんな微笑ましい場面も、内大臣の来訪によって終了です。来訪を告げる声がした時、夕霧は強気になって「騒ぐなら騒げばいい！」と雲居雁を放さなかったのですが、雲居雁の乳母が見つけて「なんとまあ！　六位の分際で」とつぶやくのが聞こえて、夕霧はショックを受けます。

内大臣が邸内に入ってきたので雲居雁は自室に戻り、父親と邸を去りました。

夕霧は涙が止まらず、見送りもできませんでした。

さて、五節（ごせち）の舞姫（まいひめ）の行事があり、源氏は惟光の娘を舞姫として献上しました。とても美しい姫で、見かけた夕霧は手紙を送ります（え？）。

一方、雲居雁には手紙を届けることもできず、大宮のいる三条邸にも行きにくく、夕霧は東の院に引き籠ります。

源氏は、東の院に住む花散里に、夕霧の世話を依頼します。夕霧は花散里が美女ではないことを見て、「父はこういうタイプも見捨てたりしないんだ」と思い、「やっぱり性格がいい人と夫婦になるのがいいのかな」と考えたりもします。

源氏34歳の新年。冷泉帝が朱雀院へお出かけします。源氏や他の貴族たちもたくさんいて、音楽を奏で、宴会をし、朱雀院も源氏も、桐壺院在世中の花の宴（53ページ）を思い出してしみじみとします。

帰りに冷泉帝と源氏が、皇太后宮（＝朱雀院の母・元弘徽殿女御）に挨拶へ行きました。昔の政敵でしたが、皇太后宮は今となっては喜んで対面します。

皇太后宮は、慌ただしく挨拶をしてすぐに退出する二人を見ながら、「源氏は私がした昔の冷たい仕打ちをどう思っているのだろう。天下を取りしきる宿命は消せなかったわ」と、栄えている源氏を見て、自分の負けを認め、昔のことを後悔するのでした。

夕霧は文章生（もんじょうしょう）（＝大学寮で学ぶ学生で、式部省の試験に合格した者）となり、秋に念願の五位に昇進しました。雲居雁を忘れたことはないものの、内大臣がひたすら監視していて対面もできず、文通のみの状態でした。

源氏は六条京極のあたりに、新邸を造ることにしました。紫の上の父（＝兵部卿宮）は来年50

歳です。源氏は須磨退去の際に冷たくされたので冷遇してきましたが、「そのお祝いも新居でしよう」と準備をします。

兵部卿宮はこれまで「源氏は俺を恨んでいるだろうな。それでも、紫の上を大切に想ってくれて誇りだ」と思っていたところ、これを聞いて、「思いがけない晩年の名誉だ」と喜びました（過去に憎み合っていた人とも年月を重ねて、軟化していくものかもしれませんね。もしくは、源氏が圧倒的に勝っているので、源氏の心の余裕がそうしたか）。

ただし、妻（＝北の方）は、夫が喜んでいることすらイラッとします。娘の入内の時に、源氏が後ろ盾になってくれなかったことを、本気で恨んでいるのです。

八月、新邸六条院が完成！「春の町」には源氏と紫の上が、「夏の町」には花散里が、「秋の町」は秋好中宮が住み、「冬の町」には明石の君を呼ぶつもりです。明石の君は遠慮して、他の人の引っ越しが終わって落ち着いてから、十月にやっと入居しました。

22帖

玉鬘（たまかずら）

光源氏35歳

ついにあの子を発見！
〜もはや「子」でなく大人の女性〜

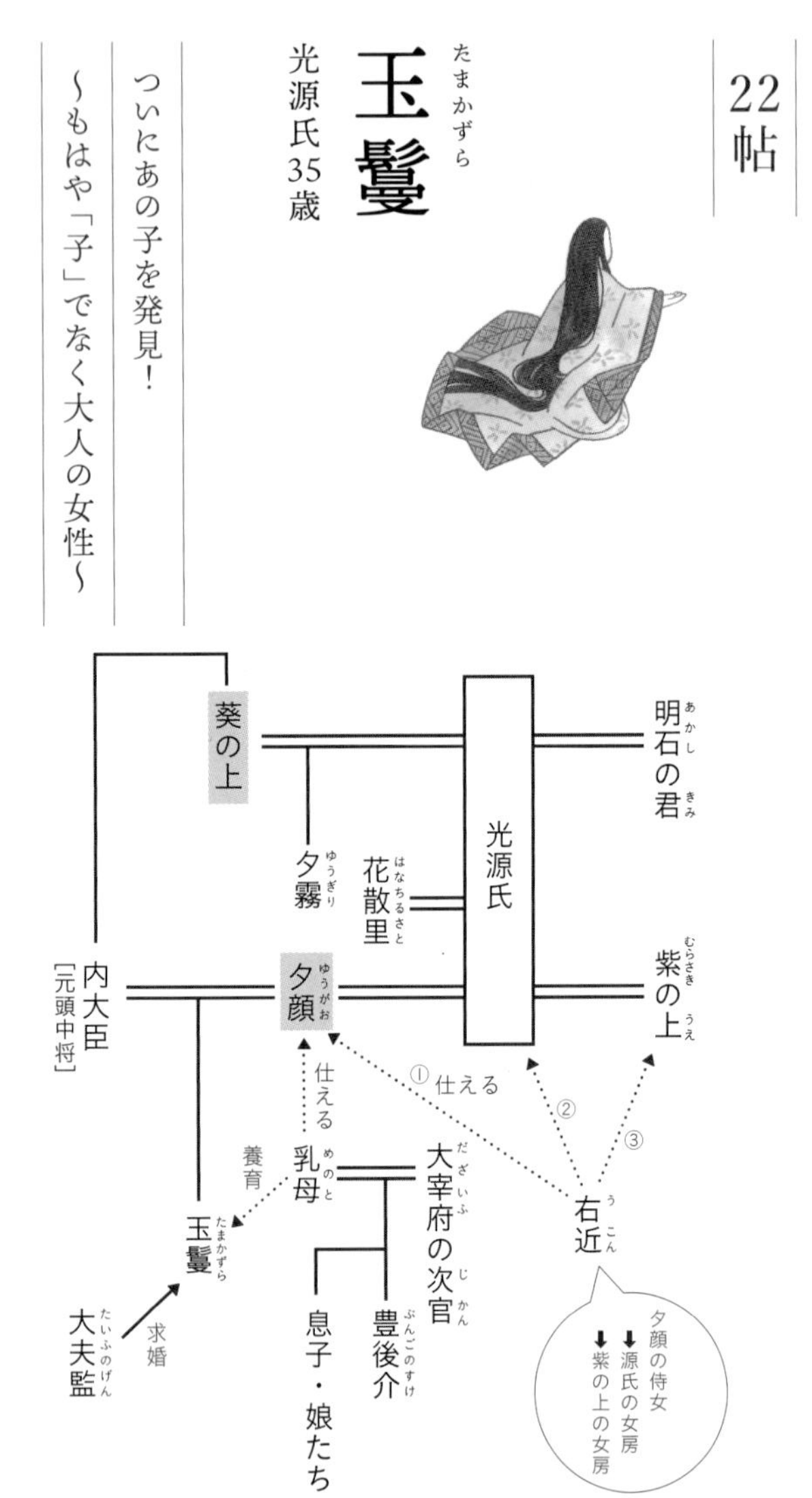

夕顔（ゆうがお）という女性を覚えていらっしゃるでしょうか？　源氏が17歳の頃に夢中になり、連れ出した人気のない某院での逢瀬中、六条御息所（ろくじょうのみやすどころ）の生霊にとり殺されてしまった女性です（4帖）。源氏は夕顔をこれっぽっちも忘れたことがありません。連れ出した時に一緒にいた夕顔の侍女・右近は、その後、源氏の女房として仕え、須磨に退去する際には紫の上のもとに預けられ、それ以降、紫の上に仕えています。

右近は、夕顔の姫君のことがずっと心残りでした。夕顔は内大臣の元カノで、二人の間には姫君（＝玉鬘（たまかずら））がいて、夕顔の乳母のもとで養育されていたのですが、行方知れずになってしまったからです。

あの夜、夕顔が急死したため、右近は夕顔の邸に戻れず、手紙すら出せなかったのです。そうこうしているうちに、夕顔の乳母の夫が大宰府の次官となり、4歳になった玉鬘も一緒に連れて筑紫（つくし）に下向（げこう）しました。右近は、そのことを知る由（よし）もありません。また、夕顔の乳母たちは、夕顔が突然行方知れずになり、すべての神仏に祈るも見つけられなかったのです。

乳母夫婦は玉鬘を大切に育てました。

五年の任期が終わり上京しようとするも、乳母の夫が病気になり、筑紫にいたままです。玉鬘はとても美しく成長し、10歳くらいになりました。乳母の夫は息子たちに「玉鬘を京に連れて帰ることだけを考えよ。私の追善供養（ついぜんくよう）とかは考えるな」と遺言をした後、亡くなりました。

玉鬘は気品がある美しさで、噂を聞いた田舎者たちから大量のラブレターが届き、乳母たちはあきれます。格が違い過ぎて、誰一人取り次ぐつもりはありません。

なかなか上京できず、玉鬘は20歳くらいになりました。
肥後国に一族が大勢いる大夫監といういかつい男が、しつこく玉鬘に求婚してきて、乳母の息子たち三人のうち、弟二人を味方にしました。兄の豊後介だけが「姫君を父の遺言通り上京させよう」と言います。

玉鬘も、「大夫監と結婚するくらいなら生きていたくない」と沈んでいます。大夫監が肥後に戻っている間に、船で九州を脱出し、無事京に帰れました。長年筑紫にいたので、乳母の子どもたちや従者の中には、現地に夫や妻子がいた者も多く、残るものもあれば、身内を捨てて京に戻ることにした者たちもいました。

豊後介は妻子を捨ててきた一人で、「大夫監が自分を恨んで、残してきた妻子に危害を加えるかもしれない」と考え、嘆きます。他に捨ててきた者と慰めあったりしました（玉鬘にとってはキツイですね。自分のせいで多くの家族が離れ離れとなり、嘆き悲しんでいます。ですが、犠牲になって好きでもない人と結婚するのも嫌ですし、かと言って、当時は後見もいない女性が、一人だけで生きて行くことはほぼ不可能ですから……。この立場はつらいですね）。

京の九条に乳母の知り合いがいて、そこで生活することにしましたが、豊後介もすっかり田舎人となってしまい、なかなか生活がうまくいきません。一緒についてきた者たちの中には、逃げ出して筑紫に帰ってしまう人もいるくらいでした。

神にすがろうと、ご利益があることで有名な初瀬寺に、徒歩で参詣に行くことにします。

ある法師の宿で宿泊した際に、「他のお客様も泊まる予定があるのに」とぶつくさ言われた通り、こぎれいな集団が泊まりに来ました。

豊後介は申し訳なく思うもどうしようもないので、身を隠すように泊まりました。衝立(ついたて)越しの相手の集団も気を遣ってくれているようでしたが、実はなんと、この集団は右近たちでした！(まぁ、フィクションなので、紫式部がそうしたのですが。でも実際、思いがけないところで、びっくりするような人と会うことって本当にありますよね)。

右近はたびたび初瀬寺に参詣していたのです。豊後介が玉鬘に話しかけている声が右近のほうにも聞こえ、「高貴な人がいるようだ」と思った右近が好奇心で隙間から覗くと、どうもこの男性、見たことある気がするも、誰かとまではわかりません。豊後介が呼んだ召使いの女の顔も、やっぱり見たことがあるのです——。

「！」右近は気づきました。この召使いの女に確認しようと話しかけますが、女は「筑紫に20年間もいて、こんな身分の低い私のことを知っているとは、人違いではないですか」と言います。

身なりは田舎じみて当時より太っていますが間違いなくその人で、自分だって年を取っているのです。右近は「私をもっとちゃんと見て！」と顔を差し出します。そこで、この女も右近だと気づき、泣いて喜びました。

お互いに、姫君や乳母など皆が無事でいること、夕顔は既に亡くなったことなどを話します。右近が「ご一緒に」と声をかけるも、お互いのお供の人が不思議に思うだろうと別々に参詣することにしました。右近が先に御堂に着くも、後から到着した玉鬘一行とまた話をします。

右近が「源氏が玉鬘を探している」と伝えると、乳母から「まずは実父の頭中将(＝現内大臣〉に知らせて」と言われます。

そこで右近は、源氏と夕顔のことも話し、源氏が罪悪感に苦しめられ、「残された姫君を代わりにお世話をしたい」とずっと探していたことを話しました。

右近は源氏のもとへ参上し、玉鬘との再会を報告しました。右近は、今は紫の上に仕えているので、隠し事にならないように紫の上の前で報告します。源氏は「長い間どこにいたのか」と質問してから、「見た目は？　あの昔の夕顔と比べて劣っていないかい？」と聞きます。

「美しい」という右近の返事を聞いて、「いいね〜！　誰くらい？　この紫の上と比べてどう？」と紫の上の機嫌を気にしつつ、源氏は対応しました。

源氏はその後、右近を呼んで「玉鬘をこの六条院に迎え入れるつもりだよ。内大臣には内緒にして僕の子にするんだ。あちらには子どもがたくさんいるから、玉鬘は大事にされないかもしれないでしょ。僕は子どもも少ないし。思いがけないところから、実の娘を探し出したということにしよう！」と言うので、右近は嬉しくなりました。

それを聞いた玉鬘は、「実の親なら嬉しいけど、どうして知らない人のところでお世話に……」と思うも、乳母など周囲の人々が「六条院で過ごしたならば、内大臣も自然と知ることになるでしょう。親子の縁は切れないものだから」と慰めました。

源氏は、玉鬘を「夏の町」に住まわせることにして、花散里にお世話を頼みました（花散里はこういうことに関して、源氏から信頼されている女性ですね）。

新たな女性を迎え入れる以上は、紫の上に昔のことをあらいざらい白状しました。

紫の上が「こんな隠し事があったのか」と恨みに思うも、源氏は「生きている人のことさえ、聞かれなかったら話さないだろう？　今話したのは、君のことを誰よりも格別に思っているからだよ」と切り返します（まあ、これはわからなくはないですね。つきあうからといって、それまでのことを全部報告しなければいけない、なんてことはありませんしね。結婚となると、最低限言わなければいけないことはあるでしょうけど。「過去」があるのは全員共通です）。

玉鬘が入居したその晩、さっそく源氏は玉鬘の部屋に行き、「親の顔は見たいものと聞くけど、そう思う？」と言って、几帳を少し押しやります（初日にやめてあげてーっ！）

玉鬘は恥ずかしくて横を向いていますが、とても感じがよいので、源氏は嬉しくて「もうちょっと光を」と言うと、右近が灯火を少しこちらに寄せるので「おっと、それは明るすぎかな。無遠慮な人だね〜」と冗談を言います。

源氏が父親のような口調で「ずっと行方がわからなくて、嘆いていたのだよ。こうして会えたのも夢のようで、昔のことなども思い出してこらえきれないな」と泣き、「昔の君のお母さんの話とかもしたいのに、どうしてそんなに黙っているの？」とも責めるので、玉鬘は恥ずかしくて消え入りそうな声で「幼い頃から田舎で育った後、頼りない様子で過ごしてきましたので……」と言います。その声が夕顔にとてもよく似ていて、微笑んでしまう源氏でした。

源氏は息子の夕霧にも事情を話して、姉（＝玉鬘）と親しくするよう伝えます。夕霧は、本当の姉だと信じて、玉鬘のもとへ挨拶に行きます。源氏は豊後介を家司にしました。豊後介は、長年の田舎暮らしで落ちぶれていたため、このうえない名誉だと感激しました。

23帖

初音(はつね)

光源氏36歳

六条院での初の新春。

夜は誰のところに泊まる?

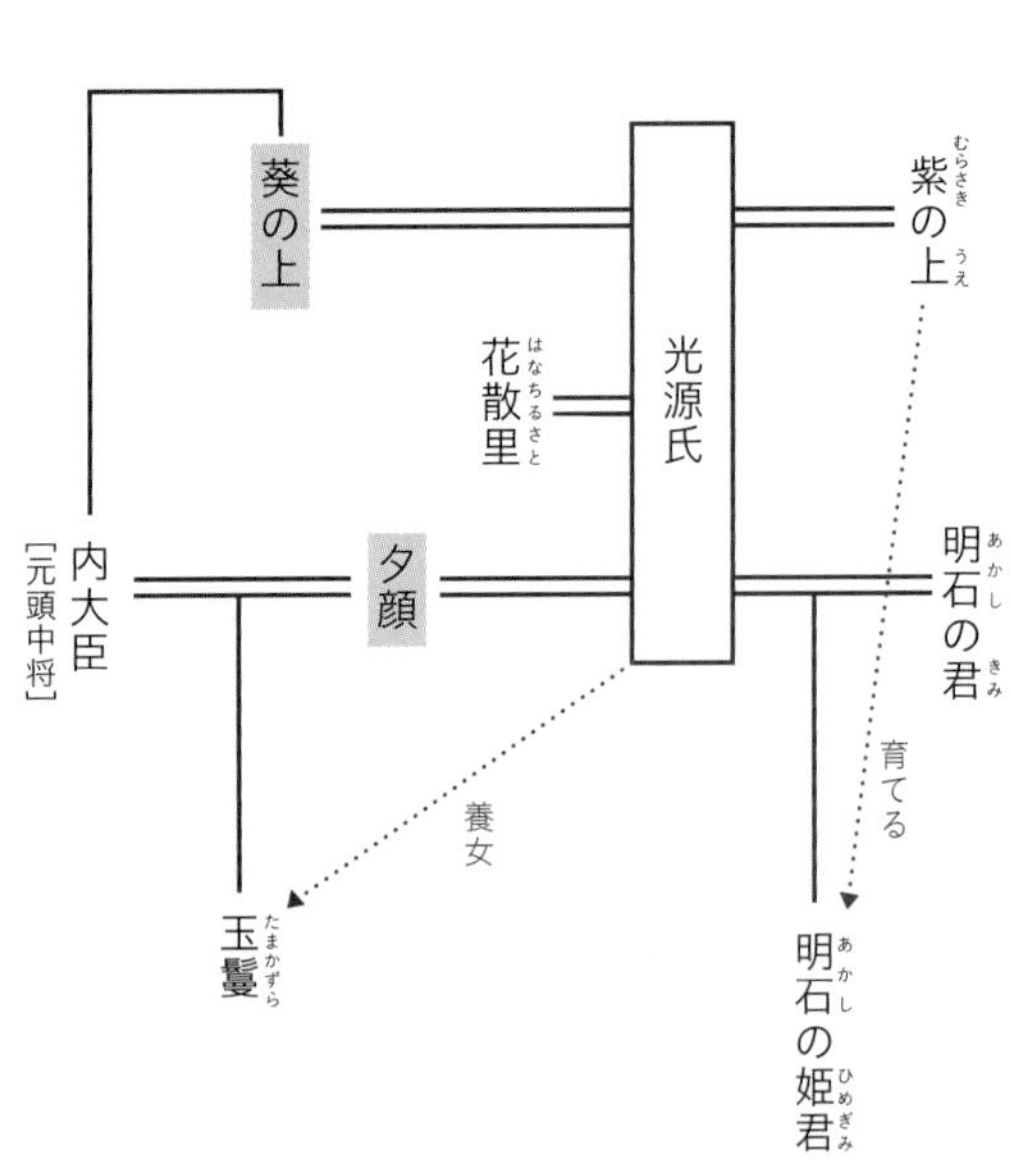

源氏36歳の新年。

少し趣向を変えて、この巻についての説明からお伝えします。

六条院の新春の様子が描かれています。「雲一つないうららかな朝。垣根の内の雪の間から見える若草が、緑色に色づき始めて、早くも春めいて霞が立ち、木の芽も伸びて人の気持ちものびやかになる」と、とてもさわやかな描写で始まります。この巻を、中世のある公家は元旦に朗読するのが恒例となっていたそうです。

徳川家光の長女千代姫が、3歳で嫁ぐ時の嫁入り道具の一つに「初音の調度」（初音蒔絵調度）というものがありました。化粧道具、文房具などに、この帖「初音」の巻を題材にした蒔絵が施されたものです。江戸時代の教養がある子女は『源氏物語』を学ぶ時、この「初音」から学んだとか。それでは、そんな「初音」の内容を現代語で見ていきましょう。

＊　＊

紫の上の「春の町」の庭が、「春」というだけあって格別です。梅の香りも室内の薫物の香りと調和して、この世の極楽のようでした。源氏がやってきて、鏡餅を見せながらお祝い事を申し上げ、「**これからも末永く夫婦幸せに**」という和歌を詠み交わしました。

紫の上が養育している明石の姫君の側へ行くと、女童や下仕えたちがお庭で小松を引き抜いて遊んでいました。正月の子の日に小松を引き抜くと、長寿が保たれると貴族たちの間で考えられており、この年は元旦と子の日がかぶったのです。

実母・明石の君から贈り物があり、「**年月を松にひかれて過ごしてきた私に、今日は鶯の初音**

を聞かせてね」という和歌も添えられていました（「松にひかれて」は子の日を踏まえていて、「初音」に「初子」が掛けられています。「松」は姫君を指していて、「初音」は「初便り」の意味。「年月を姫君に心をひかれて過ごしてきた私に、今日は今年初のお便りをくださいね」と言いたいのです）。

源氏は母娘を引き裂いてしまったことを気の毒に思って泣きそうになり、姫君に「このお返事は自分でしなさいね」と言います。「**別れてから年月は経ちましたが、鶯は巣立った松の根を忘れるか、いや、忘れない**」と書きました（「鶯」は姫君本人、「松の根」は明石の君のことで、「私はお母さんのことを忘れていない」と言いたいのです）。あの幼かった姫君が、もうこんな和歌を詠めるくらいに成長しているのです（現代でも、子どもの成長の早さにびっくりするのは、あるあるですよね）。

次に源氏は、花散里がいる「夏の町」へ。

花散里は、ひっそりと上品に住んでいます。もう完全にレスなのですが、夫婦仲はとても良く、平和な時間が流れています——が、源氏は内心で、髪のツヤもなくなった花散里に対して、「手入れしたらいいのに。俺じゃなければ捨てられるよ？　ま、俺はこうして面倒見てあげることが嬉しいけどね。移り気な女で俺を裏切っていたら、どうなっていたか」などと考えています（紫式部は、どうしてこうイラッとさせることをわざわざ吐かせたのでしょう……）。

続いて、花散里がお世話をしている玉鬘がいる西の対へ。先ほどの花散里が引き立て役かというほど、玉鬘は華やかで美しくキラキラしています。源氏は養女としていますが、「このまま養女のままで、我慢できるのか」というくらいだそうです。

夕方には明石の君の「冬の町」へ行きました。気品があり遠慮がちな様子を、源氏は「やはり他の女とは違って格別だ」と感じます。そして、元日の今夜、明石の君のところで泊まることにしました。紫の上本人はもとより、紫の上の女房たちは、源氏の明石の君への格別な寵愛にヤキモキしたとか。

夜が明けて空が白くなってきた頃、紫の上のところに帰ってきた源氏は、「ちょっとうたた寝をしちゃってさ～。迎えの使いでもよこしてくれたらいいのに。起こしてくれないから、そのまままあっちに泊まっちゃった」と、見え透いた弁解をします。

紫の上は答える気もなく完全無視。源氏もめんどくさいので寝たふりをして、昼過ぎになってから起きてきました。

二条東院の末摘花や、尼姿となった空蟬のもとへも挨拶に行きます（源氏はこうして、関わった女性たちのお世話をずっとし続けます。女性が自立できなかった当時は、やっぱり源氏のような男性は、優しく素敵な男性なのかもしれませんね。現代の女性から見ると、勘弁してほしいくらいの女性関係だと思われますが……）。

24帖

胡蝶（こちょう）

光源氏36歳

モテすぎるのも大変なのです！

というか悲惨……

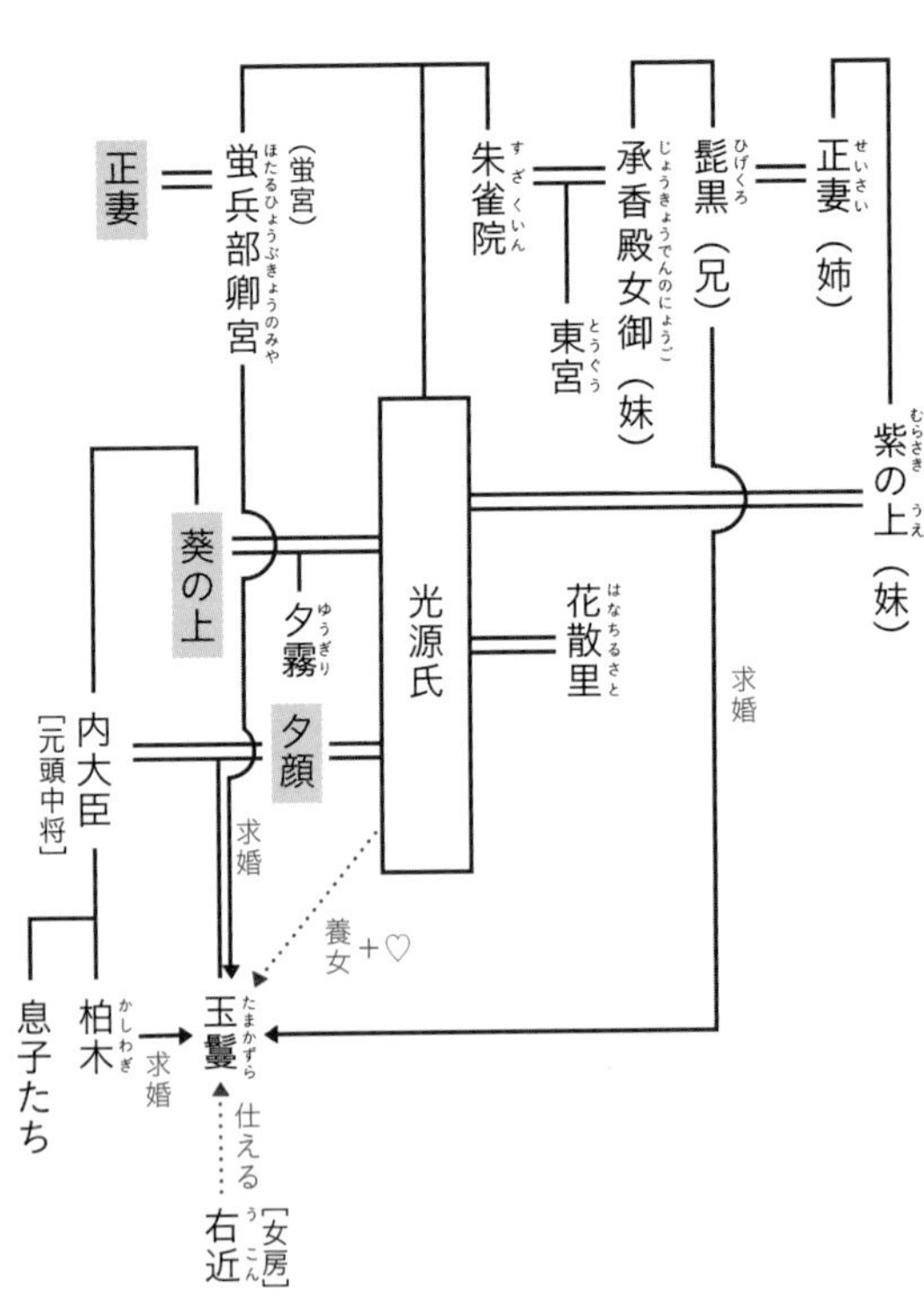

世間で「源氏が玉鬘をとても大切にしている」という噂が広まり、「玉鬘をぜひ我が妻に！」と思う人が多いようです。その中には、内大臣の息子・柏木もいて、柏木はまさか玉鬘が（異母）姉とは思ってもいません。

源氏の異母弟で風流心のある蛍兵部卿宮も、長年連れ添った奥様が亡くなり、三年くらい一人暮らしでさみしかったので、玉鬘に求婚します。

玉鬘は、紫の上と手紙を交わすようになりました。玉鬘は筑紫で苦労した経験もあり、しっかりしていて親しみやすい性格で、紫の上や花散里などみんなから好かれました。容姿も性格も良いなんて、モテるしかないでしょう。

当時、結婚前の貴族女性を男性は見ることができないため噂だけですが、玉鬘は本当にモテモテでした。源氏は、大事な娘（ということにしている）の結婚相手をいいかげんに決めることはできず、「父親代わりではもういられない」という気持ちも出てきて、実父の内大臣に正直に事情を説明し、「自分が婿になる」と名乗り出ようかとすら考えます（こんな養父って、かわいそうに）。夕霧は玉鬘を実の（異母）姉だと信じているので、遠慮もせず御簾の近くなどに寄って、女房を介さずに直接話をしました。玉鬘は恥ずかしく気が引けるも、うわべは姉弟となっているので、それっぽく振る舞わなければいけません。

夕霧は真面目なので、美しいと噂になっていようが、姉をそういう対象には見ていません。

一方、内大臣の息子たちは玉鬘にアピールします。玉鬘にとっては、実の弟たちから言い寄られているわけで困ります。いっそ内大臣に本当のことを知ってほしいとも思いますが、どういう扱いになるかが読めず、今はこうして源氏の娘として振る舞うしかないのでした。

玉鬘へのラブレターは増えまくり、源氏は何かと玉鬘のところへ来て、ラブレターをチェックします。「しかるべき相手にはきちんと返事をしろ」と言うので、玉鬘は煩（わずら）わしく思います。中でも蛍兵部卿宮（以後「蛍宮」とします）から、しきりに届きました。源氏は蛍宮と兄弟の中では親しい仲でしたが、恋愛関係はあけすけに話さなかったので、こんな年を重ねてから弟の必死な様子を見るのが、おもしろくもかわいそうにも思いました（正妻もいなくなり、さみしくて必死なのかもしれませんしね）。

東宮の伯父（＝母・承香殿女御（じょうきょうでんのにょうご）の兄。昔から読者に「髭黒（ひげくろ）大将」と言われている人物）からもラブレターがあります。この髭黒には正妻がいて、紫の上の異母姉でした。

髭黒はいかつい男ですが、ラブレターは熱烈で、源氏は「それはそれでおもしろい」と思います。養女へのラブレターを見比べては、ああだこうだ思ったり言ったりする源氏です（現代人から見ると、「かなり趣味が悪い」と思うかもしれませんが、当時は親（母親が多い）が、娘に変な男がつかないようにチェックをするのはよくあることです）。

そんな中、オシャレな紙に、良い香りがたきしめてある手紙があるのに、開封されていません。源氏が「どうして見ないの？」と言って勝手に開けると、とてもキレイな筆跡です。「**ボクがあなたのことを想っていることを、あなたは知らないのだろうね。わきかえって岩からもれてくる水に色がなくて見えないように、ボクのこの気持ちにも色がないのだから**」と、今風な和歌が書かれていました。

「これは誰からなんだい？」と源氏が聞いても、玉鬘は答えません。

源氏は玉鬘に仕えている右近を呼び出し、男女交際のアドバイスをします（源氏から恋愛アドバイス!? いや、モテるからいいのか？ でもあの源氏ですよ。違う意味で不安しかないわ）。

「ラブレターをくれた人の中から、選んで返事をさせなさい。浮ついた今風の女がよくないことをするのは、男のせいだけじゃないよ。女にも責任があるんだ。俺の経験談ね。女が返事をくれないと、恨めしくて仕方ないし、思慮のなさにあきれるし、それが身分が低い女なら不快極まりないけど、いつまでもそんな女のことをいちいち考えてないから別にいいよ。

ただ、そこまで重たくない、季節の手紙として送ったふんわりしたラブレターに返事がないと、かえって男はモヤモヤして意地になってくるから、サラッとそれなりの返事をすぐにしておいたほうが、変な気を起こさせないからいいんだよ。まあでも、返事をしないで男が忘れてくれたら、それはそれでいいけどね。また、相手がついでによこしたような手紙にすぐに返事をしちゃうと、あとあと困ったことになるから、即返はやめたほうがいいぞ。女が遠慮しないで、思い通りにふるまうことが多くなってくると、つまらないんだよな」とのこと（最後はさておき、思ったよりまともですね。サラッと返事をしておいたほうがよいとか、思わせぶりな感じにならないほうがいいのだろうな、とか、現代でも通じそうです）。

玉鬘は六条院で教養も身につけ、そこに住まう女性たちを見本にお化粧などもして、ますます華やかにかわいくなっていき、源氏は他の男のものにすることを本当に残念に思います。

右近から先ほどのオシャレな手紙は柏木からだと聞き出し、「見事な筆跡だな」と感心します。

その後も、源氏は玉鬘の部屋にしょっちゅう行きます。美しい顔を見ていて、ふと夕顔のことを思い出した源氏は我慢ができずに、「はじめて会った時はここまで思っていなかったけど、最近は夕顔じゃないかと思ってしまう時もあるよ。夕霧が葵の上に似ていないので、親子でもそんなに似ないいんだなと思っていたのに、こういう場合もあるんだね」と涙ぐみ、「夕顔を忘れないいまま過ごしてきて、こうしてあなたをお世話できるのが夢のようだよ。もう我慢できないんだ、僕のことを嫌がらないでおくれ」と手を取ったのです。

ちなみに、世間体には「父娘」の関係ですから、女房たちはすぐ近くにはいません。玉鬘は男性慣れしておらず、不快でたまらないのですが、何も気にしていないふりをします（気の毒で仕方がありません。紫の上もそうでしたが、お世話してもらっていることもあり、現代のように女性が自力では生きていけないこともわかっているので、どうにもできないのでしょう）。

ですが、体は正直で、つらくて震えてきます。

源氏は、「どうしてこんなに嫌がるのかな。人にとがめられないように隠れてしているのに（それが卑怯です）。あなたも隠していなさい。これまでは娘と思って大切にしてきましたが、また別の大切にしたい気持ち（＝恋心）も加わるなんて、世間的にはないでしょうね。僕の気持ちも受け止めてよ」と言います。そして、想いを口に出してしまったからか、止められなくなり暴走します。服を脱いで、近くに添い寝しだしたのです。

玉鬘はつらくて悲しくて泣き出します。「本当の親なら、冷遇されたとしても、こんな目に遭うことはないだろう」と苦しくなります。

源氏はそんな様子を見て「そんなに嫌がられてつらいよ。知らない人でさえ、男女の道理で女は身を許すものなのに（は？）、こんなに年を経ている仲なのに（いえ、半年しか経っていませんけど！）。いいさいいさ、これ以上はしないから」と、親しみをこめて話しかけるのでした。

源氏がいろいろ言うも、玉鬘は混乱して何も返せません。源氏は「本当に僕を憎んでいるんだね。それはそうと、このことは人にバレないように」と捨て台詞を吐いて（？）出て行きました（我慢していた分、爆発したのか知りませんけど、最低ですね）。

玉鬘は自分の運命を嘆きます。女房たちは、まさかそんなことがあったなどとは思っていないので、玉鬘の様子を見て体調が悪いのかと思います。

翌朝、さっそく源氏から手紙がありました。玉鬘は見る気もしませんが、事情を知らない女房たちが「早く返事を」と急かすので、しぶしぶ見ました。「**うちとけて共寝もしていないのに、わけあり顔で気がふさいでいるのだろうね**」と和歌があり、「幼いことだよ」と書いていました（私なら「ふざけないで!!」と破り捨てたい）。

返事をしないのも女房たちに不審に思われるので、実用的な分厚い紙に「拝見しました。体調が悪いので返信できません」とだけ返したそうです。冷たくされたらされるほど燃えるクセがある源氏は、例にもれず張り合いを感じちゃっています（だめだこりゃ）。

玉鬘は、「仮にも父娘で通っている仲なのに、こんなことが世間に知られたら、人から笑われて嫌な評判も立てられるだろう」と思い、悩み苦しむのでした。

25帖

蛍（ほたる）

光源氏36歳

気の毒で同情していたのに、
えええええ!?

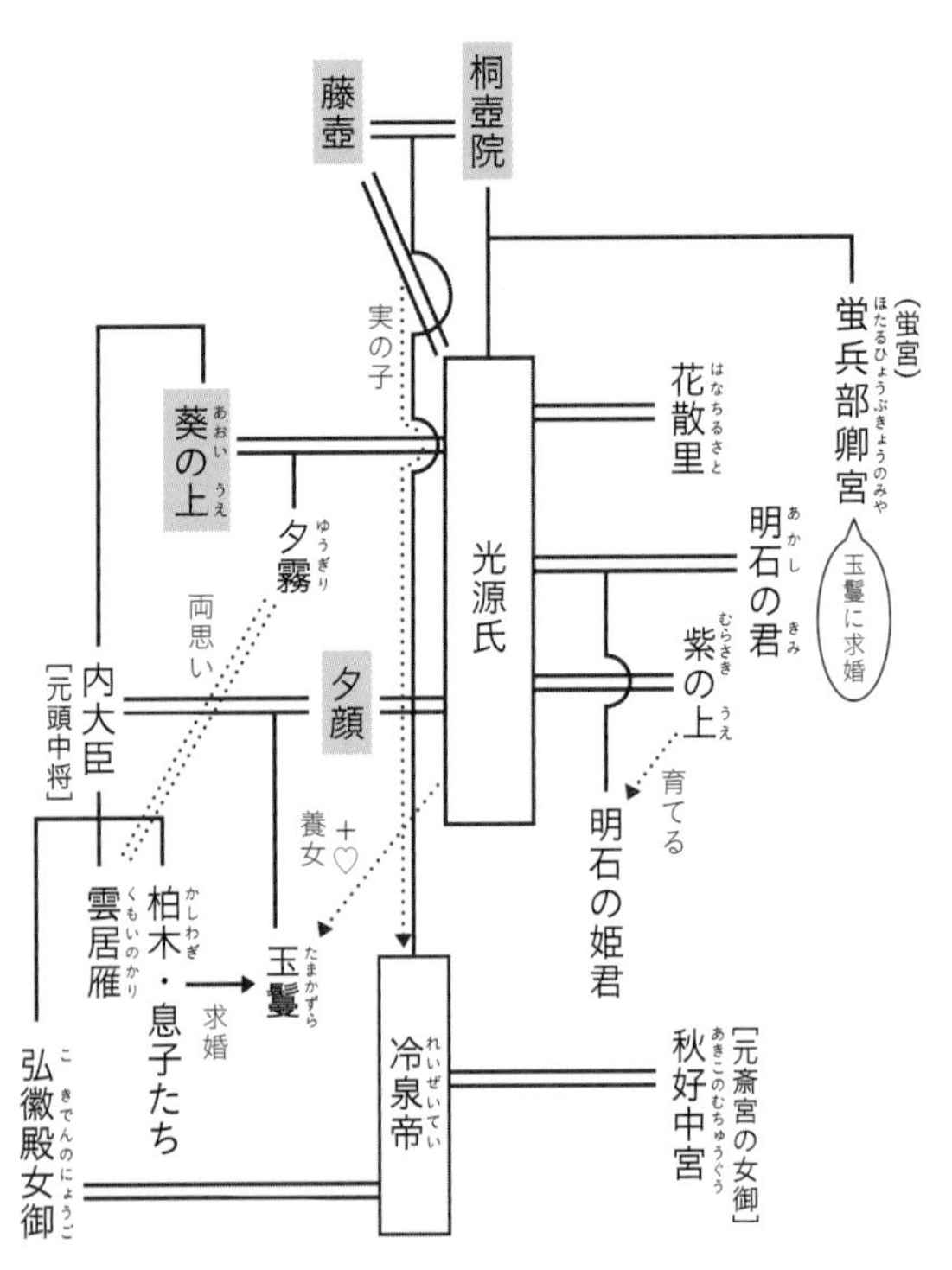

源氏は今は太政大臣にもなって、源氏を頼りにしている人たちも理想的に暮らしています。

ただ、玉鬘だけは一人で悩みを抱えて暮らしています。あれからも源氏のアプローチが続いているのです。「実母の夕顔が生きてさえいてくれたら」と悲しく思います。源氏も人の目は気になるので、人前で変なことは言えませんが、何度も玉鬘のもとへ来ては、人がいなくなるとそれとなく言い寄ってくるのでした。

玉鬘は嫌で嫌で仕方がありませんが、「ハッキリ断ると源氏が傷つくだろう」と気づいていないフリをします。（22歳の若い女にこんなにも気を遣わせて……。現代ならば、源氏はワイドショーやSNSなどでボッコボコに叩かれるでしょうね）。

蛍宮（＝蛍兵部卿宮）は、まじめにラブレターを送り続けています。源氏は、玉鬘への求婚者の中では蛍宮推しだったので、「時々返事を書くように」と教えますが、それがますます玉鬘には意味不明でした。人がいない時には口説いてくるクセに、その一貫性のない態度が余計イラつかせたのです。

だから、と言ってはなんですが、だからこそ、一途に真剣にアプローチをしてくれる蛍宮の手紙は、ちょっと見たりもしました。とはいえ、好きだとかそういうのではなく、源氏からの口説きから逃れる手段として、この人でもいいかな、という、言わば妥協です（源氏から言い寄られるのもつらいだろうけど、妥協で結婚するのもどうでしょう……。それは蛍宮にも失礼な気がするのですが。蛍宮からしたら、どんな理由であれ自分のものになるならよいのでしょうか……）。

源氏は蛍宮に、玉鬘の姿を近くで見せようと企みます。

几帳を隔てにして蛍宮を近くに入れます。玉鬘は几帳の側で横になっていたところ、源氏が寄ってきて、几帳の垂れ布を横木にひっかけると同時にパッと光りました！

夕方につかまえて隠していた、たくさんの蛍でした。玉鬘は驚いて、扇で顔を隠しましたが、その横顔がとても美しいのです。

源氏は「突然光れば蛍宮も覗き込むだろう。私の娘だと思うから、こんなにも熱心に言い寄ってきているのだろうね。人柄や容姿などがこんなにも素晴らしいなんて、思ってもいないんだろうな」と考えての企みでした。

源氏の思惑通り、女房たちがすぐに光を隠したものの、近くにいた蛍宮は思いもしないような光の中に、玉鬘が横になっている姿を見て虜になりました。

ですが、このままここにい続けるのもよくないと思い、蛍宮は深夜の間に出て行きました。

何も知らない女房たちは、母親のようにお世話をする源氏のことを、もったいない心遣いだとみんなでありがたがりました。

玉鬘は、親代わりに振る舞う源氏を見ていると、「実の親に知られて、普通に育てられていたら、こんなふうに源氏に想われて妻となっても、似つかわしくないこともなかっただろうな。仮にも親子という形でそんな関係になったら、世間に何を言われるか」と、ずっと悩んでいました

(――おやおやおや？　なんか、いきなり源氏に対しての気持ちが、おかしなことになっていませんか!?　たしか嫌すぎて泣いていましたよね？　「妻となってもおかしくなかった」ってこと

は、その気があるってことですか？）

源氏は源氏で、変な噂が立ち、玉鬘を笑い者にするつもりはなく、人の目は相変わらず気をつけています（このあたりから、二人の仲がなんだか微妙に変化してきているのです。何もないのは変わらないのですが）。

源氏が玉鬘のもとへ立ち寄り、「どうだった？　あの日、蛍宮は夜遅くまでいたのかな？　あまり馴れ馴れしくしたらいけないよ。面倒なところもある人だからね」などと言うのです（自分が近づけておいて意味不明ですが、これはわからなくはないですね。近づけたものの、いざ本当に玉鬘が蛍宮とどうにかなると思ったら、嫉妬心がどうしようもなくなって、「渡したくない！」と思ったのでしょうね）。

そんな源氏が若々しく美しく見えて、服も香りも何もかもが素敵で、「通常ではない悩みがなければ素直に素敵だと思えたのに……」とすら、玉鬘は思ってしまいます。

話は変わりますが、源氏は夕霧を、紫の上のところには出禁にしています。自分が父（＝桐壺院）の妻である藤壺に恋焦がれて、男女の関係になってしまったように、夕霧がそうなることを恐れて警戒しているのです（夕霧は雲居雁に、ある程度一途な真面目な子です。不倫や浮気をしている人ほど、パートナーの不倫や浮気を疑う、みたいな感じでしょうかね。そういうことをしているから、そういう発想になる、というか）。

ただし、「春の町」の南の部屋にいる、明石の姫君の御簾の中に入ることは許しています。異母妹だからです。自分の死後も考えて、「見慣れて親しんでいるほうがよいだろう」と将来の後見のことを見据えているのです。

ですが、配膳室の女房たちがいるところすら出禁です。その女房たちと仲良くなって、紫の上への取り次ぎなどを依頼するかもしれないからです（そこまで考えるか……ある意味さすがですね）。

夕霧は妹をかわいがります。お人形遊びなどをしているのを見ていると、雲居雁と一緒に遊んで過ごした日々を思い出します。仲を引き裂かれてから、それなりの女性に、ちょっとした口説き文句のようなことを言ったりすることは多くありましたが、相手が本気になるようなことまではしませんでした。

もちろん、心の中には今も雲居雁ちゃんがいるからです。今は四位になった夕霧でしたが、内大臣側に六位とバカにされた屈辱から、こちらから付き合う許しを乞うつもりはありません。

内大臣には子どもがたくさんいました。息子たちは父が内大臣ですし、みな、それなりの地位についていました。ですが、所在がわかっている娘は二人だけです。

長女の弘徽殿女御は冷泉帝の女御ですが、あとから入内した斎宮の女御が中宮（＝秋好中宮）となり、弘徽殿女御は中宮になれませんでした。

そこで、東宮に入内させようと考えていた雲居雁が、夕霧とあんなことになってしまって、それも諦めざるを得ません。だからこそ、内大臣は思い出すのです。「あの娘はどこに行ってしまったのか」と。そう、大昔の彼女、夕顔との間にできた娘です。かわいかったのに行方知れずとなったその子を、なんとかして見つけたいと思います。

息子たちにも「もし、私の子だと名乗る人がいたら、しっかり聞くように。少ない娘の一人を失ってしまったことが残念なのだ」といつも言い聞かせました。

ある日、夢を見て、占い師に判断してもらうと、「もしかして長年気づいていらっしゃらないお子を、誰かが自分の娘にしているとお聞きになることはありませんか」とのこと。

内大臣は、「女の子が養女になることは、めったにないはずだけどなぁ。どういうことだろうか……」と、最近言っているとか（源氏が六条御息所の娘（＝秋好中宮）や玉鬘を養女にしていることは、当時では珍しいことだったのです！）。

さあ、玉鬘は実の父親に会えるのでしょうか――。

26帖

常夏（とこなつ）

光源氏36歳

養女相手にますますゲスい考えに走っていく源氏

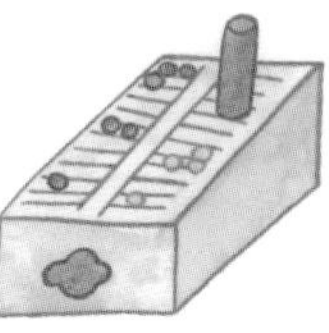

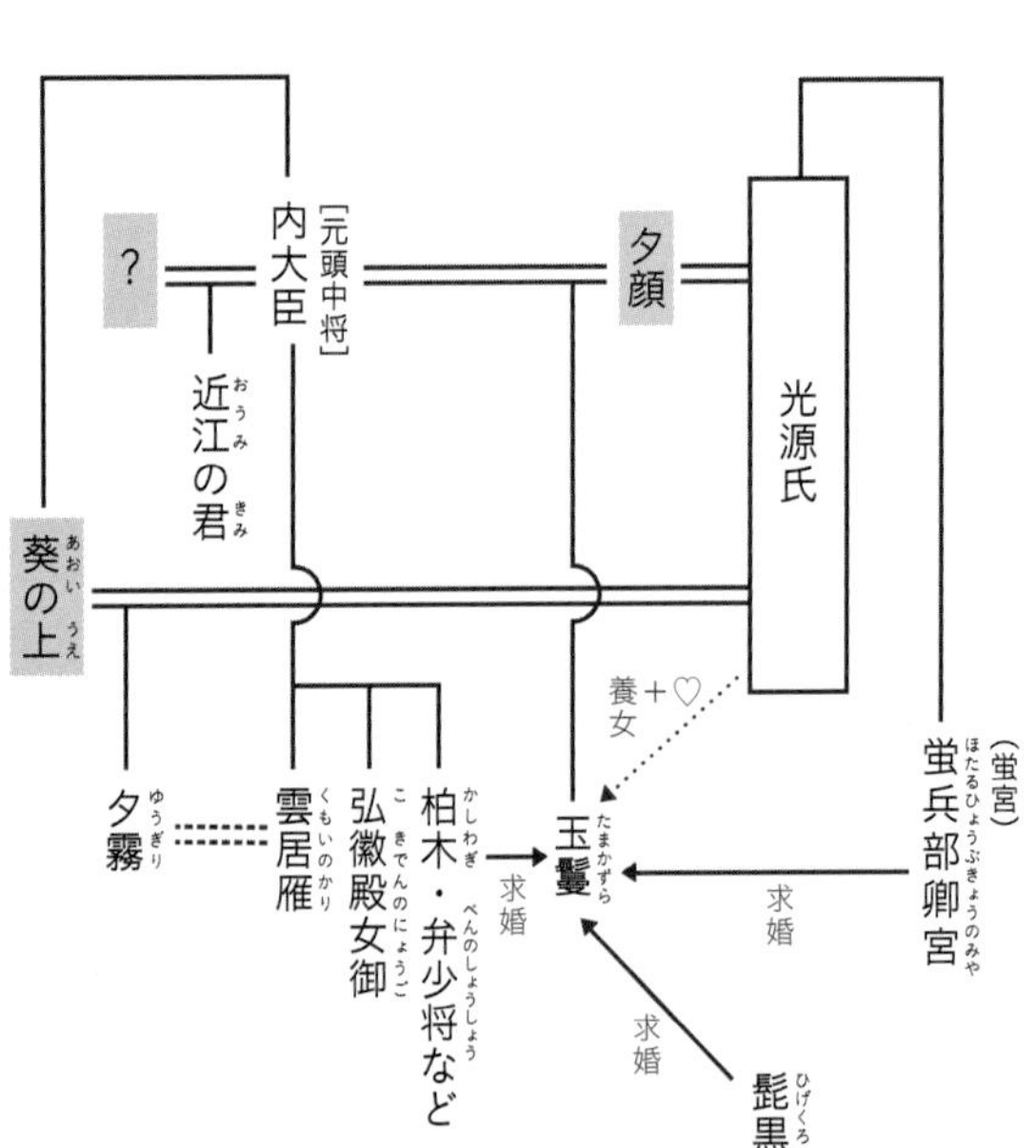

とても暑い日、源氏と夕霧が釣殿（＝貴族の邸宅で、庭の池に面して建てられた建物）で涼んでおり、いつものように内大臣の息子たちも夕霧のもとに遊びに来ていました（ただし、長男の柏木は欠席）。

源氏が「なにか眠気が覚めるような話を聞かせておくれ」と言うも、誰も話し出さないので、源氏は内大臣の次男（＝弁少将）に「君のお父さんが、正妻以外の女との間にできた娘を探し出して、大切に育てているとか言ってる人がいたんだけど、本当？」と尋ねます。

弁少将が言うには、「父が夢の話をしたのを伝え聞いた女が、『そのことで言いたいことがある』と名乗り出たのです。それを兄（＝柏木）が聞いて、証拠があるのかと尋ねて。詳細は私にはよくわかりませんが、最近世間のネタになっているようです」とのこと（ん？　玉鬘のことは言っていないはず……ということは「他にもいた」ってことですね!?）

源氏も「たくさん子どもたちがいるのに。まだ他にも尋ね探すなんて欲が深いなぁ。こっちは子どもが二人（＝夕霧と明石の姫君）しかいないのに。まあ、君のお父さんは、あちこちお忍びのところがあったみたいだしね」と、ニヤッとしながら言いました。我が息子（＝夕霧）の恋を邪魔されたことを恨みに思っている源氏は、ここぞとばかり嫌味を言いまくります。

こんな話をしながらも、「玉鬘のことを見せたら、大切にするだろうな。立派に育ててから会わせたら、内大臣も軽く扱わないだろう」とも考えます。

源氏は玉鬘のもとへ行って和琴を少し弾き、内大臣が和琴の名手であることなどを話します。

玉鬘は、「もっと上手に和琴を弾けるようになりたい」と思っていたので、実父の和琴を聴きたく思い、「いつか聴けることはあるのでしょうか」と源氏に尋ねます。

源氏は「第一人者の親であるあなたの父から直接習ったら、最高だろうね。最終的には聴けるだろうよ」と言い、**「いつか内大臣に会わせるつもりだ」と明言しました。**

そうは言いつつも、源氏は明けても暮れても玉鬘のことが気になります。「どうして、好きになってはいけない相手ばかりを好きになってしまうのか」と物思いをするも、「いっそのこと妾（めかけ）としても、自分には既に妻がたくさんいるので、その最後に加えられても玉鬘の世間的な女性としての立場はよくないだろう」と考え、「蛍宮か髭黒大将などに嫁がせたら、断ち切れるかもしれないし、そうしてしまおう」と思ったりもします。

そう思うのに、実際に玉鬘に会うと、その決心が揺らぐのでした。

玉鬘は、最初は源氏が不快でたまらなかったのですが、こうしておだやかに接してくれるため、「変な気持ちはなかったんだな」と次第に慣れていき（いやいや、ありまくりです）、そんなに**疎（うと）ましく思わなくなったのです。**

源氏に接する玉鬘の態度にも愛嬌が出てくるので、ますます源氏は他の男のものになるのが耐えられなく思い、挙句の果てには「もう玉鬘を六条院に住まわせたまま、蛍宮か髭黒でも夫として通わせて、夫がいない隙にこっそりとイチャイチャそういう関係になるのもいいかもしれないな。今はまだ男性経験もなくウブだから、それをどうにかしようとするのも厄介だし、さすがに申し訳ないし、だけど、夫を持った後なら、まあそういうことも、ね」などと考えだすのです

（唖然……本当に救いようがないですね）。

内大臣のところでは、娘だとかいう噂の女の子を引き取るも、邸の人たちも軽く扱いました。

そんな頃、弁少将が「そういえば、太政大臣（＝源氏）からこういうことを言われたよ」と先日のことを父に話すと、内大臣は「自分だって、どこの馬の骨だかわからないような女が生んだ娘を迎えているくせに」と言います。

ですが、弁少将が「でも、その娘さんは素敵な人みたいだよ。蛍宮様などが相当お熱をあげてらっしゃるとか」と言うと、「それは源氏の娘だと思うからだろう。実際は、たいした娘ではないはずさ。だって、これまで一度も噂になってないじゃないか。そんな素晴らしい娘がどこかにいたなら、それなりに噂になるだろ？　ま、源氏は子どもが少ないしね。もしかして、その姫君も本当の子じゃないんじゃないか？」と内大臣は言います（そう、あなたの子です。源氏の実子じゃないところまで考えたのに、なんで占い師の言葉を思い出さないかなぁ。まあ、まさかこんなに側にいるなんて、源氏が自分の子を養女にしているなんて、一ミリも思っていないからでしょうね）。

内大臣は「その姫君は、おそらく蛍宮と夫婦になるであろう」と考え、それより自分のお年頃を過ぎてしまった娘・雲居雁の結婚について、頭を悩ませるのです。源氏が「我が息子に」と頭を下げてきたなら考えてやってもいいけど、夕霧すらそんな素振りを見せないことに、イラつく内大臣でした。

さて、内大臣は、引き取った娘（＝近江の君）を今後どうすべきかも頭を悩ませています。評判が悪いからと言って、もとのところへ送り返しても批判されてしまうでしょう。そこで、弘徽殿女御にお仕えさせることにしました（自分の娘を自分の娘の召使いにするなんて、けっこう酷い扱いですよね）。

内大臣は弘徽殿女御に「近江の君を仕えさせるので、見苦しいようなことは、年配の女房などに教育してもらいなさい。笑い者にされないように。お転婆な娘なんだよ」と伝えに行きます。

内大臣が、ついでに近江の君の部屋に寄って中を覗くと、侍女と一緒に双六（すごろく）をしてはしゃいでいました。顔はかわいらしく愛嬌があって、髪もきれいです。声高くキャッキャして早口なのが下品に見えるのです。ため息ものなのですが、顔を見るとどことなく自分と似ているので、「あぁ～、あれはやはり我が娘だな」となるのでした。

内大臣が近江の君に、女房になるようにそれとなく勧めたところ、「お便所係でもやりますよ！」と言うので、思いがけない返事に内大臣は吹き出してしまいます。「それはふさわしくない役だよ。もう少しだけゆっくり話してみてごらん」と笑いながら言うのでした。「早口なのは生まれつきなのです。幼い時に、亡き母からもいっつも注意されていたのです。どうすればこの癖（くせ）がなおるでしょうか」とオロオロするので、「親の言うことを素直に受け止める孝行心のある子だ」と内大臣は思います。

とはいえ、おしとやかさの欠片（かけら）もないこの子を、弘徽殿女御に見せてもいいものか躊躇（ちゅうちょ）しますが、女御が里下がりしているので、時々そこにいって立ち居振る舞いなどを見習うように伝えます。

近江の君は「とっても嬉しいです。なんとしても皆様に認められるような一人前の人間になります」と言いました（本当に無邪気で素直ないい子なのです。ただただ、田舎の貧しい人たちの中で育ったので、都会の貴族の姫としてのものの言い方や振る舞い方を知らないだけなのです。「育ち」というのは今でもありますから、昔だとなおさらでしょう。立ち居振る舞いは、すぐに身につくものではありません）。

近江の君は、「父上が女御様のもとへ参上しなさいとおっしゃるからには、しぶしぶ行くようなのは感じが悪いでしょう。今夜早速参上しましょう」と言って、まず女御のもとへ長文の手紙を不格好な字で書きます。

この手紙を見た弘徽殿女御の女房たちには、笑われてしまいました（そんなふうにバカにされるのは気の毒に思うほど、近江の君は一生懸命で、素直でかわいらしい子ですよね）。

27帖

篝火（かがりび）

光源氏36歳

恋愛が絡んでいなければ
素敵なのに……

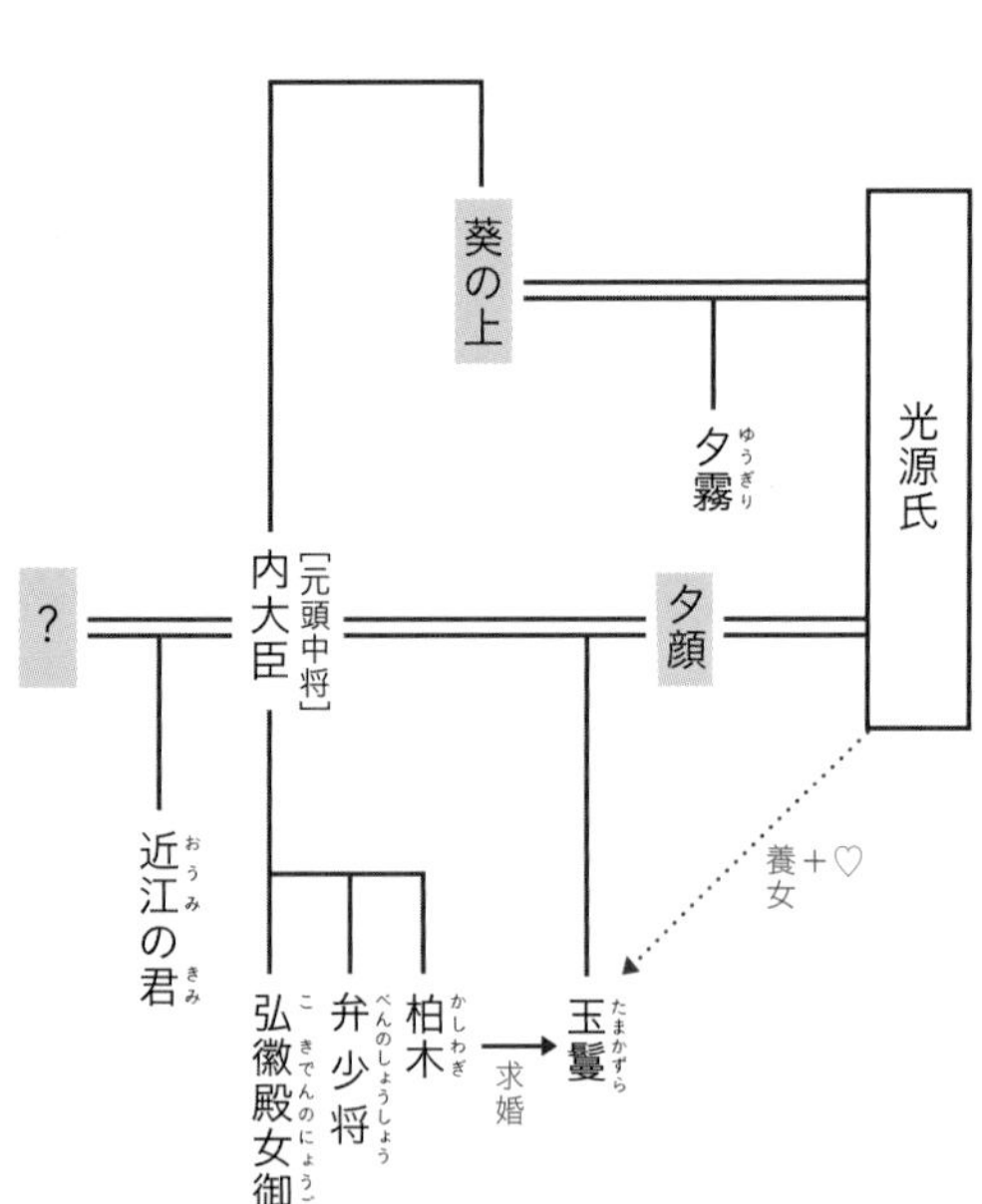

世間では、内大臣の近江の君の話題でもちきりです。もちろん良い噂ではなく、笑われ者のようになっているのです。

源氏がそれを聞いて、「何にせよ、今まで引き立てられていなかった女の子を、弘徽殿女御の女房として出仕させ、そして悪い噂が立つくらいに人前にさらすなんて、ひどい。内大臣は何を考えているんだ！　どうせきちんと調べずに連れ出して、心にかなうような素敵な姫君ではなかったので、こんな扱いをしているのだろう。すべてのことは、対処次第でおだやかにもなるのに」と、近江の君を気の毒がります（こういうとこは素敵）。

これを聞いた玉鬘も、自分が源氏に引き取られて、いかに幸せなのかをあらためて再認識しました。

たしかに口説き文句を言ってきたり、ちょっと困ったところはありますが、かといって、無理やり犯してきたりとか、そんな無茶は絶対にしなかったので、玉鬘は次第に源氏に親しみを感じ、心を開いていったのです。

・

秋になり、人恋しい季節の到来です。

源氏は玉鬘のもとで過ごすことが増えました。側で琴を教えたりして、しまいには一緒に添い寝します。

お庭の前の篝火が消えかかっていたので、家来を呼んで明るく灯させせました。

室内がほどよい明るさになり、玉鬘は完璧な美しさです。

髪を撫（な）でると、手触りはひんやりと上品な感じで、うちとけずに遠慮している様子が、とってもかわいらしいのでした（添い寝するわ、髪を撫でるわ、どう見ても親子じゃなくて恋人じゃないか）。

源氏は「**篝火に立ちのぼる煙と一緒に立つ恋の煙は、私の絶えることのない恋の炎なんだよ**」と和歌を詠みかけ、「僕はいつまで待てばいいんだい？　くすぶっている炎ではないけど、苦しい下燃（したも）えのように、人知れずあなたを想い続けているのだよ」と玉鬘に言います。

玉鬘は「**果てしない空に消してください。篝火の煙を恋の煙と言うのなら**」と返歌をしました。

「人が不審に思います」と、玉鬘が困っているので、源氏は「わかったわかった」と出て行きますが、その時、夕霧のいるほうから、笛と箏を奏でているのが聴こえてきました。

「夕霧がいつものように遊んでいるようだな。笛を吹いているのは柏木（かしわぎ）（＝内大臣の長男）だな。素晴らしい」と源氏は立ち止まります。

使者を遣わしたところ、夕霧、柏木、弁少将（＝内大臣の次男）の三人がこちらに参上しました。

「笛の音が聞こえてきて、我慢できなくなって」と言って、源氏は和琴（わごん）を出して弾きました。

合奏をうながし、夕霧は笛を吹きます。弁少将が拍子を取り、柏木は歌います。

二回ほど歌わせてから、源氏は和琴を柏木に譲りました。

柏木は父に劣らず、とても上手に和琴を弾きます。源氏は「御簾（みす）の中で聴いている人がいますよ」と玉鬘のことを言い、玉鬘は実の弟の演奏を耳にしながら、しみじみと感動するのでした。

柏木も「慕っている人が聴いている」とドキドキしながら弾くのでした。まさか姉とは思わずに――。

28帖

野分（のわき）

光源氏36歳

刺激的な出来事の連続に
真面目な夕霧はプチパニック

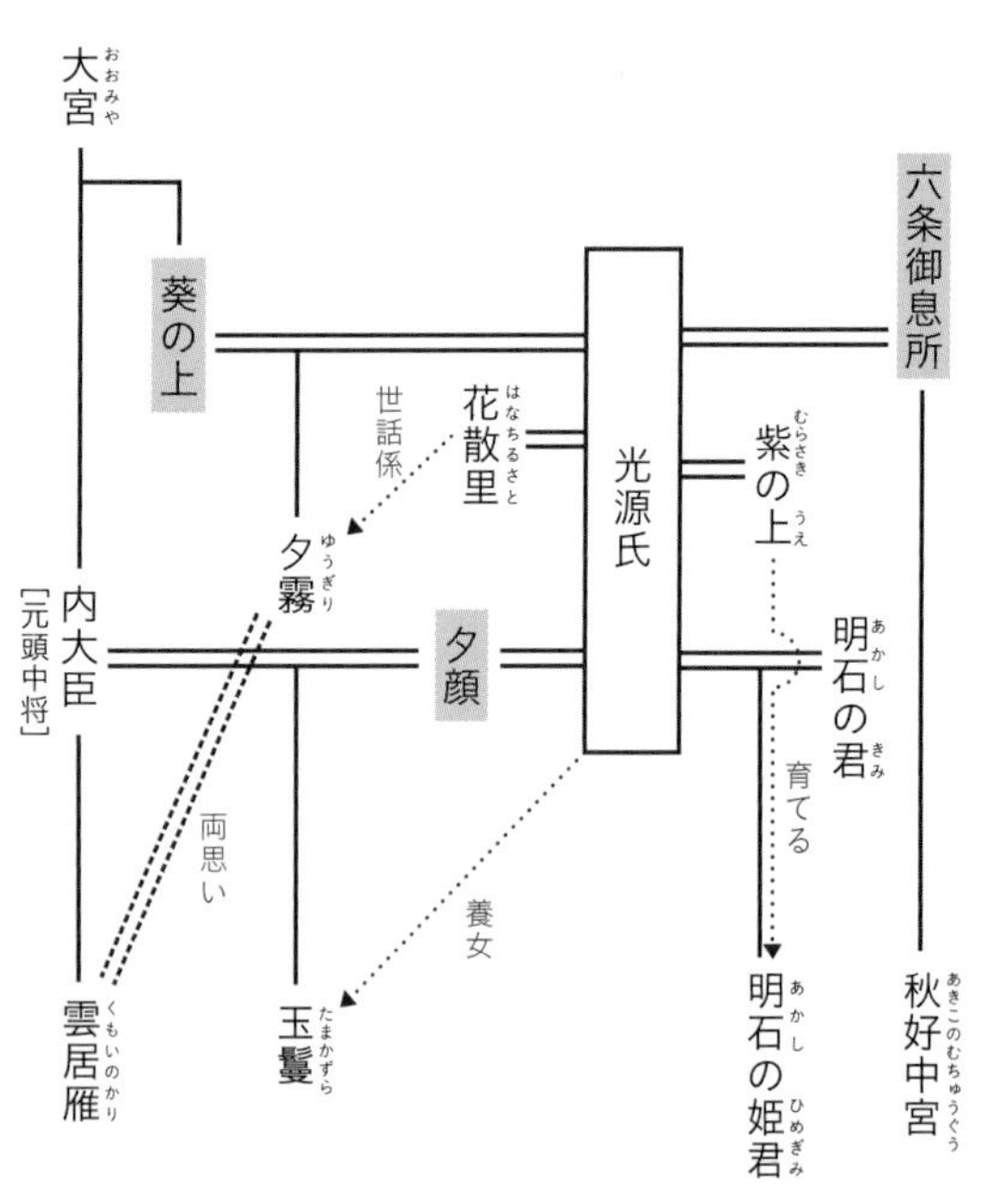

八月、中秋です。六条院の「秋の町」、秋好中宮の庭には素晴らしい景色が広がっています。この庭を見たいがために、中宮は里下がりを続けています。ところが、例年よりも強い台風が吹き出しました。せっかくの花が台無しになってしまうでしょうから、中宮は嘆いていました。

「春の町」の紫の上も、部屋の端で庭の様子を見ていました。

源氏は明石の姫君の部屋にいます。その時、夕霧が台風のお見舞いに「春の町」へ来ました。衝立越しに風で開いた戸の隙間から夕霧がふと覗くと、女房がたくさんいる中に、格別に気品があって美しく、他の誰とも違っている女性がいます。紫の上でした。夕霧は一瞬で恋に落ちそうになります。源氏が自分を「春の町」に出禁にしていたわけは、このことだったかと思い至り、立ち去ろうとした時に、源氏が紫の上のもとへ戻ってきました。美男美女の夫婦です。自分の父親とも思えないほどに、源氏は若々しく優美です。身震いしそうなほどの二人の様子に、夕霧は恐ろしくなって立ち去りました（ちなみに、源氏36歳、紫の上28歳、夕霧15歳）。

その後、夕霧は三条宮の大宮（＝亡き母の母親。育ててくれた祖母）のところへ戻ります。

その日の夜、夕霧は、あんなにずっと恋しく思っている雲居雁ではなく、紫の上の姿が頭から離れないことに、自分でも困惑します（源氏と違って真面目な子なのです）。

明け方、風は少し弱まるも雨はまだ降っており、人々が「六条院で離れの建物が倒壊している」と騒いでいます。

夕霧は、「夏の町」の花散里のところは人も少ないし大変だろうと、まだ明けきらない間に六条院へ向かいました。道中も心ここにあらずで、紫の上を忘れられない自分に狂気すら感じます（一途な夕霧には、今まで味わったことのない感情で戸惑っているのでしょうね）。

到着後、まず花散里のところへ行き、人を呼んであれこれ指図をしてから、「春の町」へ行きました。源氏夫婦はまだ寝ているようで、窓も閉まったままです。日が差し出てきて露がキラキラしているのを見ていると、勝手に涙が出てきました（完全に恋しちゃってますね）。

それをかき消すように咳(せき)払いをすると、源氏が「夕霧が声掛けしているようだな」と起きたようです。夫婦で仲良く話している様子を、夕霧は近くで聞いています。源氏が窓を自分で開けるので、夕霧は立ち聞きしていたと思われるのはきまりが悪く、サッと後ろに立ち退きました。

その後、源氏は夕霧を引き連れて、秋好中宮、明石の君のもとへ順に様子を伺いに行き、次に玉鬘のもとへ。夕霧は玉鬘を姉だと信じているので、父と姉が話している御簾(みす)近くにいます。

源氏が室内で玉鬘にとても心をこめて話しているようなので、夕霧は「なんとかして姉の顔を見たい」とずっと思っていたこともあり、乱雑に立てられている几帳(きちょう)をそっと引き上げて中を見ると、よく見通せましたが、源氏と玉鬘の距離感がどうも変なのです。

「え？　親子なのに？　こんな近くておかしくない？」——夕霧は混乱しつつも目が離せません。

「源氏に見つかるのでは」と恐ろしくもあるのに、驚きのほうが勝って見続けてしまいます。

玉鬘は、源氏が引き寄せると不快そうな顔をするものの、慣れた感じで素直に寄りかかっているのです。「なんと汚らわしい！　どういうことだ!?」と夕霧は驚愕します。

玉鬘は美しく、紫の上には劣るけれど、それでもどうかすると匹敵するようにも見えます。

夕霧は源氏に見つからないように立ち去り、この後、花散里のもとへ行きました。たくさん巡り歩くお供をした夕霧は、気疲れをしてしまい、雲居雁への台風お見舞いの手紙も早く書きたいと思いつつ、異母妹・明石の姫君のところに行きました。

夕霧は、いつもは妹を見たいと思わないのですが、いろいろ刺激的なことがあって少しおかしくなっていたのか、強引に几帳（きちょう）のほころびから姫君の室内を見ると、チラッと見えました。

一昨年も、たまたまチラッと見たことがあったのですが、素敵に成長していたので、「ましてや、盛りになればどれほど美しくなるだろう」と夕霧は思います。

「昨日見た紫の上は桜、先ほど見た玉鬘を山吹にたとえるならば、この姫君は藤の花かな」と思い、「こんな美しくかわいい女性たちを、好き放題に朝晩見たいなぁ。身内なのだから、そうしても良さそうなのに、父が隔てて許してくれないのがつらいよ」と思ったり、いつもの真面目な夕霧とは別人のようになってしまいます。

（美しい紫の上を見て、どうしようもない恋心を抱いてしまったことに、自分でもパニックになり、その上、玉鬘と源氏の理解不能なシーンも目撃したり、心がキャパオーバーになり爆発してしまったのでしょう。本人は困惑していますが、思春期の男の子らしい一面と思われます）。

29帖

行幸（みゆき）

光源氏36～37歳

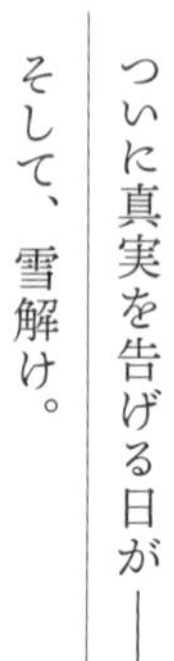

ついに真実を告げる日が――

そして、雪解け。

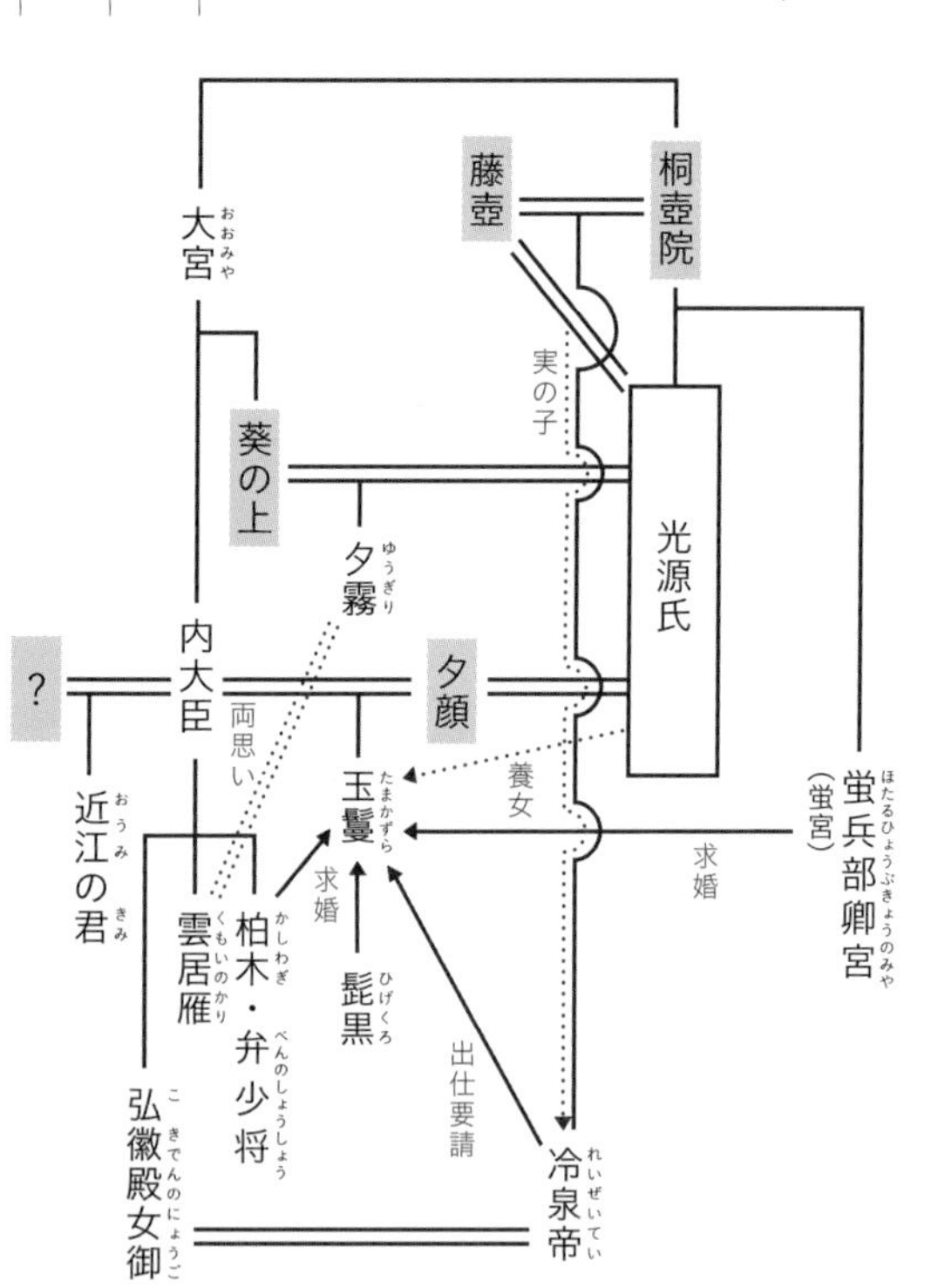

十二月、冷泉帝の大原野（＝京都市西京区）へのお出かけがあり、左大臣や右大臣、内大臣、納言、それ以下の位の人も残らずお供しています。源氏は物忌で欠席ですが、それでもとても華やかな行列でした。

世間の人々も見物しようと大騒ぎです。玉鬘も例外ではありません。そこで初めて実父（＝内大臣）の姿を（牛車の中から）目にしました。キラキラ美しく男盛りではあるのですが、臣下止まりの風格を感じます。それもそのはず、父の前に冷泉帝を見てしまったからです。他の誰とも比べ物にならない抜きんでた容姿容貌で、玉鬘はその素晴らしさに心を撃ち抜かれます。

他にも立派な人はたくさんいましたが、冷泉帝以外は目に入りません。源氏にそっくりと言われていた冷泉帝ですが、それなりの月日が経ち、源氏もいい年です（昔ならなおさら）。その点、冷泉帝は若くてお肌もピチピチで、何よりも「天皇」という品格が備わって、いつも源氏を見慣れている玉鬘から見ても、冷泉帝の素晴らしさは別格でした。

他に、蛍宮や髭黒の姿も見ました。髭黒に対してはけっこう毒舌で、「色黒で髭だらけで、絶対無理」とのこと（普段源氏や、たった今、冷泉帝を見たばかりの玉鬘の意見ですのであしからず）。

さて、当時の女子は、13歳くらいで裳着（＝女子の成人式）を行っていましたが、玉鬘は九州の田舎にいてそれどころではなかったため、既に20代なのにしていません。そこで源氏は、玉鬘の裳着の準備をします。

冷泉帝の中宮争いや夕霧の件などで、なんとなく溝ができている源氏と内大臣の仲でしたが、この機会に玉鬘の裳着のことを内大臣に知らせようと思い立ちます。裳着の時、それなりのしっかりとした人に「腰の紐を結ぶ役（＝腰結役）」を依頼するのですが、源氏はその役を内大臣に依頼しました。

ですが、内大臣にしてみたら「なんでオレ？」状態で、母の大宮が去年の冬から体調がよくないことを口実に断ります。

もし大宮が亡くなれば、孫にあたる玉鬘は喪に服す立場であり、裳着も延期しなければいけなくなります。そこで源氏は、大宮が生きている間に裳着を済ませるべきだと考え、三条宮（＝大宮の住まい）にお見舞いと称して行くことにしました。

久しぶりの対面に大宮は泣いて喜び、いつもよりも具合はよくなり、たくさん話せました。

源氏が、内大臣に話があることを切り出すと、大宮は「夕霧と雲居雁の件」だと思い、「自分も許すように言っているのに、頑固で聞く耳を持たない」と話し出します。

源氏は「その件ではなく、実は……」と、玉鬘が内大臣の娘であること、大宮の病気で腰結役を断られたことなどを話し、「タイミングが悪かったと思ったのですが、大宮の具合もよさそうなので、やっぱりこの機会に……」と、内大臣に伝言を託しました。

源氏が大宮のところへお見舞いに行ったらしいと、内大臣の耳に入りました。内大臣は息子たちに、お菓子やお酒をさし入れるように命じます。そして、先日腰結役を断った手前、会いづらいのか「大宮のところに自分も行くべきだが、かえって騒がしくなるし」と言いました。

そこへ大宮から、「源氏が直接話したいらしく、大げさな感じではなく、こっちに来てほしい」という手紙が来ました。内大臣は、夕霧と雲居雁のことだと直感します。

大宮からもずっと言われており、内大臣は「源氏から折れてくるのであれば、話くらいは聞いてやるか」と、衣装をバッチリ決め込んでやって来ました。

久しぶりに会うとお互い懐かしくて、昔や今のことなど話しているうちに、日が暮れました。

内大臣は「そろそろ夕霧の話があがるかな」と思ったのですが、源氏の口から出た話は、想像もしていない話（＝玉鬘が自分の娘であること）でした。内大臣は「昔から行方を探していたことは、いつの機会だったか、打ち明けたよな」と、二人で泣いたり笑ったり心ゆくまで話し、二人ともご機嫌で三条宮を後にしました。

源氏は玉鬘に、内大臣に事実を伝え、腰結役となってもらうことを話し、夕霧にも真実を伝えました。夕霧は「そういうことか」と、あの源氏と玉鬘の意味不明な雰囲気も納得がいくと同時に、玉鬘の美しさを思い出します。そして、「血がつながっていない自分にもチャンスがあったのに！」と、姉ではないことに気づかなかった自分の愚かさを後悔するも、「そう思うだけで雲居雁に申し訳ない」と反省するのでした。

夕霧はめったにないほど真面目な性格なのだと書かれています。

内大臣は裳着当日楽しみで、早くに六条院に来ました。御簾（みす）の中に入り、娘の顔を見たく思うも、裳着の儀式では扇で顔を隠すため、きちんとは見ることができません。

儀式は無事終わりました。それとなく真実を知った柏木は、姉に求愛をしていたことをつらく思うも、素晴らしいと噂の女性が自分の身内であることは嬉しく思います。

弁少将はひそかに憧れながらも、ラブレターは送っていなかったので、「よかった〜」と人知れずホッとします。

蛍宮からは「裳着も済んだなら、私との結婚にも支障がないですよね」と、相変わらず熱心なアプローチが続いていますが、源氏は「玉鬘には宮中から尚侍（ないしのかみ）（62ページ参照）として出仕要請があり、他のことは今はなんとも」と濁して返事をしました。

近江の君も、どこからかこのことを聞きつけました。弘徽殿女御のところに柏木や弁少将が来ている時に、近江の君が出てきて、「父上がまた新しく娘を引き取るとか。どんな人が、父上や源氏のお二人に大切にされているのでしょう。聞くところによると、その人の母親だって大した身分でもなかったのに」と言います。

自分と同じような生まれなのに、どうしてこんなに待遇が違うのか、さすがに近江の君も不満なのです。さらに、「私は全部聞いたわ。その人、尚侍になるんでしょ？　私が弘徽殿女御のもとで仕えているのも、いつか尚侍とかになれるかと思ってよ。だから普通の女房たちさえしないことまで、私はやったのに！」と不満をぶちまけ、さらに「自分も尚侍にしてほしい」と言い出しました。

その話を聞いた内大臣は笑います。そして、弘徽殿女御のもとへ行ったついでに、近江の君に

「どうしてもっと早く言ってくれなかったのか」と言うのです。

「もし言ってくれてたら、一番に推薦したよ。今からでも嘆願書（漢文）を作って、きちんと書きあげて、長歌などが詠めるところを見せれば、冷泉帝はお考えくださるはずだよ」と、女性が漢文の嘆願書なんて書けないのに、親切心を装って言いくるめます。

近江の君は「和歌ならなんとかなるわ。嘆願書は父上が書いてくださったら、そこにちょっと私も言葉を添えるわ」と言いました。からかわれていることにも気づかず、真剣にお願いをするので、几帳の後ろで聞いている女房たちは吹き出しそうになり、我慢できない女房はその場から抜け出すくらいでした（内大臣は、自分の娘をからかって笑い者にしているのです。いくら田舎育ちで下品なところがあるからって、この扱いはひどい。娘として引き取ったのなら、責任を持って幸せにしてあげてほしいです。尚侍はさすがに無理だとしても、女房にして仕えさせたり、バカにしたり、それはないんじゃないか、と近江の君推しの私は思ってしまいます）。

さすがに紫式部も「人の親らしくなく、みっともないなあ」と書いています（自分がそんな内大臣にしたてあげているわけですが）。

30帖

藤袴（ふじばかま）

光源氏37歳

夕霧からの追及
親友はさすが！　お見通しです

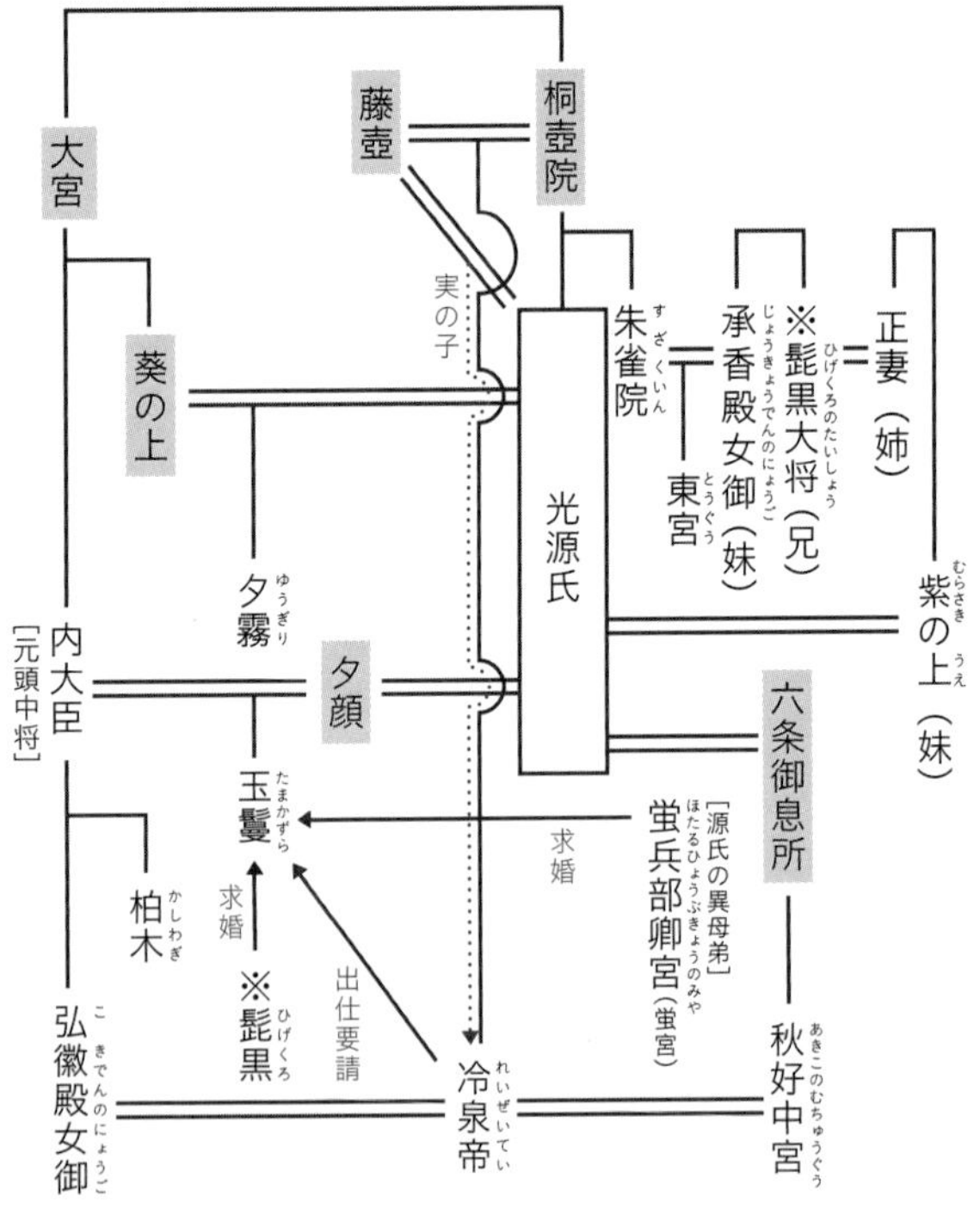

桐壺院
藤壺
大宮
実の子
葵の上
光源氏
朱雀院（すざくいん）
承香殿女御（じょうきょうでんのにょうご）（妹）
※髭黒大将（ひげくろのたいしょう）（兄）
正妻（姉）
東宮（とうぐう）
紫の上（むらさきのうえ）（妹）
夕霧（ゆうぎり）
内大臣［元頭中将］
夕顔
六条御息所
玉鬘（たまかずら）
求婚
蛍兵部卿宮（ほたるひょうぶきょうのみや）（蛍宮）［源氏の異母弟］
柏木（かしわぎ）
※髭黒（ひげくろ）
出仕要請
弘徽殿女御（こきでんのにょうご）
冷泉帝（れいぜいてい）
秋好中宮（あきこのむちゅうぐう）

玉鬘は尚侍としての宮仕えを、源氏や内大臣から勧められ、悩みます。おこがましいかもしれませんが、万一、冷泉帝から愛されてしまったならば、今まで育ててくれた源氏が大切にしている秋好中宮や、実父の長女である弘徽殿女御たちと競うことになります。「そうなって恨まれることにでもなったら」と考えると、決心がつきません。

内大臣は源氏に遠慮して、玉鬘を娘として引き取ることもしておらず、玉鬘は今も六条院に住んでいます。最近は開き直ったのか、源氏からの口説きもしつこくなってきました。玉鬘には相談をする母親もいないので、一人で悩みを抱えて暮らします。

夕霧が玉鬘のもとにやってきました。二人とも喪服です。大宮が亡くなり、喪に服しているのです。これまで姉弟ということで、女房も介さず直接（几帳越しに）話していた二人ですから、急に変えるのも変なので、これまで通りにしました。

夕霧は「玉鬘が出仕することになったとしても、それであきらめるような父ではない」と思うと胸が苦しくなります。そして、つい「**同じように祖母の死に悲しんでいる者同士です。私のことをほんの少しでも愛しいと思ってください**」と和歌を詠みかけてしまうのです。

玉鬘は不快に思いますが、わかっていないふりをして、そっと奥に逃れます。「こんなふうに近くで話しているでしょ？　それ以上の縁がどうしてあるかしら」と、それとなく拒否しました。

夕霧は「こんな思いを伝えると、かえって疎ましく思うだろうとわかっていたから、我慢していたけれど、今は柏木の気持ちがよくわかるんだ」と、思いを伝えます。しかし、玉鬘は「ちょっと気分が悪くて」と、完全に奥に入ってしまいました。
夕霧は「言ってしまった……」と後悔しつつ、「紫の上ともこれくらいの距離で言葉を交わしてみたい」などと思ってしまうのでした（夕霧、暴走気味ですね……）。

源氏が夕霧に「蛍宮などは恋愛に長けていて、たいそう熱心に口説いているようだけど、大原野のお出かけの時に、玉鬘は冷泉帝の姿を見て、とても素晴らしいと思ったらしい。若い女性であれば、ちらっとでも帝の姿を見たなら、宮仕え（みやづか）をしたいと思うだろう。だから出仕（しゅっし）を勧めているんだけどな」と言います。

夕霧が「あの方（＝玉鬘）の人柄は、冷泉帝と蛍宮、どちらに相性がピッタリなのでしょう」と源氏に聞くと、「難しいね。他に髭黒大将もいるしね」と言いつつ、「人柄は、蛍宮とお似合いだろうな。その一方、宮仕えもそつなくこなすだろうね。顔も整っているし、尚侍の職務もできるだろうし、冷泉帝の望み通りの人物だろうね」と答えました。

夕霧はそこから畳みかけるように、源氏と玉鬘の関係で変な噂があることを伝えます。さらに、源氏が玉鬘を既にたくさんいる妻妾には加えないのは、尚侍として宮仕えをさせながら、愛人関係を続けるつもりなのでは、と内大臣が疑っていることを伝えます。

源氏は「なんといまいましい考えなのか。内大臣はいろいろ考え過ぎる性格だからかな。何にせよ、そんなことないよ」と笑いました。それで噂は嘘だとハッキリしたのですが、夕霧はそれでもまだ疑っています。

源氏は、「そんなふうに噂されていて、その通りにしたら情けないな。内大臣にも潔白だと知らせなければ」と思うも、「隠してきたのに、バレバレとは」と気味悪くも思うのでした。

玉鬘の宮仕えは十月に決まり、冷泉帝は楽しみにしています。求婚していた人々は、みんな残念がりました。髭黒大将は柏木と同僚だったので、柏木に熱心に玉鬘のことを相談し、内大臣への取り次ぎも頼み込みます。

内大臣は、髭黒の人柄がとても良く、東宮の伯父であるから、朝廷の後見となるであろう候補者で、「婿にするにはよい」と思っています。

しかし、玉鬘の今後については源氏が仕切っており、こちらがとやかく言う訳にもいきません。しかも、髭黒の正妻は紫の上の異母姉なので、源氏は「玉鬘の婿としてふさわしくない」と思っているようで、なおさらです。

その正妻は、髭黒よりも3、4歳年上で、髭黒は「嫗（おうな）」（＝老女）と呼んで大事にしておらず、「離婚したい」と考えています。

求婚者たちからの手紙がたくさん届きましたが、玉鬘は蛍宮にだけ、どう思ったのか、ちょっとした返事を書きました。蛍宮はとても嬉しかったとか。

31帖

真木柱（まきばしら）

光源氏37～38歳

脳内お花畑男のせいで
被害者がいっぱい！

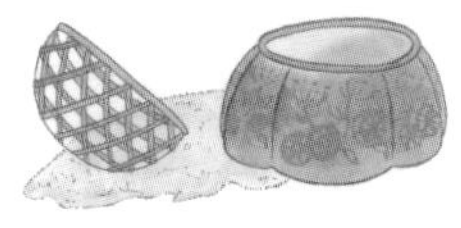

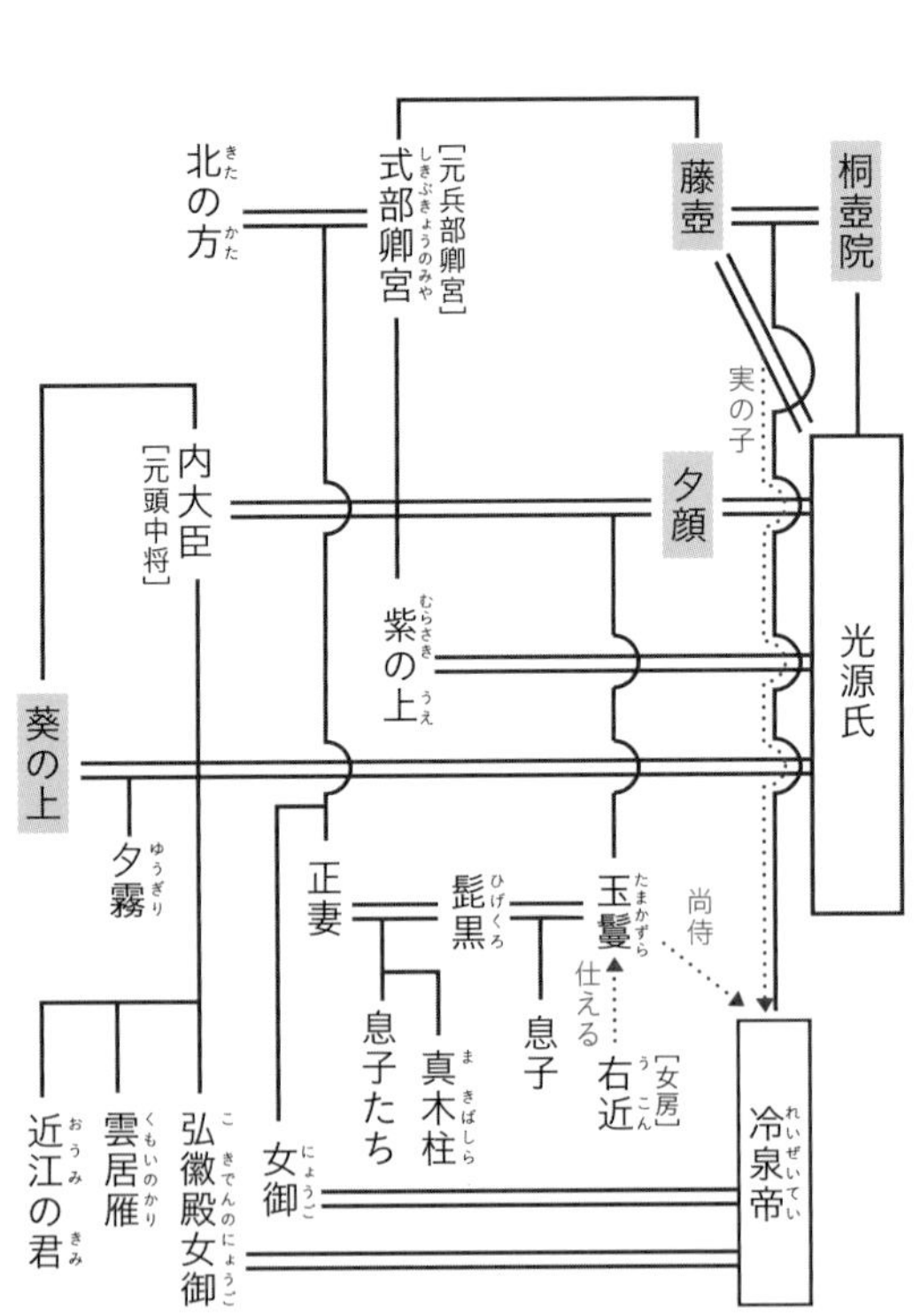

この巻は、いきなり源氏のセリフから始まります。

「冷泉帝がお聞きになったら畏れ多い。しばらく人に知られないように」と。（いったい何事でしょう？　明言がないまま、話は進みます。）

「（あることから）日にちが経っても少しもうちとける様子もなく、（誰かが）『予想できないほどつらい運命だ』と思い続けている」と。（誰が何を落ち込んでいるのか、書いていません。）

「別の誰かは、その反応が恨めしくも、『そうなるはずの宿縁だった』と嬉しく思う」のです。

（ここで、わかる人にはわかります。「そうなるはずの宿縁」とは、「男女が深い仲になる」こと。一人はそれが心外で、一人は嬉しい。それが冷泉帝に聞かれたらマズイということは、玉鬘が誰かに犯されたのです。誰に？　玉鬘の嫌がりようから髭黒だと思った人、正解です！）

ある女房が、髭黒を玉鬘の部屋に手引きし、玉鬘は「絶対無理」と思った髭黒にはじめてを奪われたのです。源氏は心底残念に思うもどうしようもなく、婿に迎えることになりました。

髭黒は玉鬘を自邸に迎えたいのですが、源氏が「正妻が良く思わないはず」と言い、しかも正妻は紫の上の異母姉なので、「急がず、どちらにも恨まれることがないように」と忠告します。

内大臣は、「出仕するより髭黒と結婚してよかった」と考えます。やはり長女のことが気がかりなのです。しかも、玉鬘は尚侍なので、「女御や更衣より軽く扱われるなら、出仕させたことも思慮が足りなかったとなるから、他の人と結婚して大切にされたほうがよい」と思ったのです。

冷泉帝も残念がりましたが、「他の男性と結婚する運命だったのだ」と言ったとか。

髭黒は、ずっと玉鬘の部屋に入り浸りです。蛍宮も本当に残念がりました。

玉鬘はいまだに立ち直れないでいます。

源氏は残念ながらも、「これで玉鬘との世間の噂は払拭できただろう」とも考えます。さらに源氏は、「約束通り玉鬘を尚侍として出仕させよう」と考えます。髭黒は玉鬘の出仕を不安に思うも、「その機会に自邸に引き取ろう」と考え、「ちょっとの間なら」と許します。

髭黒はいそいそと同居の準備をして、正妻が嘆いても気にせず、かわいがっていた子どもたちを目にも止めません。好きになったら一直線タイプで、他の人の気持ちは見えていないのです。**正妻は美しい人ですが物の怪に憑りつかれ、ここ数年は正気を失くしており、**髭黒は疎ましく、気持ちが離れて、今は玉鬘に心が移ってしまったのです。しかも、「玉鬘は源氏の妾」という噂も（自分との関係がはじめてだったので）嘘だとわかり、ますます夢中になりました。

正妻の父・式部卿宮（＝元兵部卿宮・紫の上の父）がこのことを聞いて、「そんなみじめな仕打ちをうけるのは体裁が悪い。俺が面倒を見る（から戻ってこい）」と言うも、正妻は「今さら出戻りなんて……」と悩み、ますます体調を悪くして寝込みます。

髭黒は正妻に「玉鬘と仲良くしておくれ。君が実家に戻ろうが戻るまいが、僕は君を忘れないよ」と言い、正妻は「父が嘆いているのが気の毒なの。源氏の正妻格とかいう人（＝紫の上）も、私と血縁関係にあるのに。その人が父の知らないところで成長し、今は玉鬘の母親代わりのようになっていることが、父はつらいようです。私は何とも思いませんが」と答えました。

日が暮れ、髭黒は玉鬘のもとへ行こうとします。正妻は今さら止める気もなく、出かける髭黒の衣服に香を焚きしめさせます。髭黒は、さすがに気の毒に思うも、出かける気満々です。

正妻は気持ちを静めて臥していましたが、突然起き上がって香炉を取り寄せ、髭黒の後ろからバサッと灰を浴びせかけました。髭黒は灰まみれ！　目にも鼻にも灰が入り、パニックに。髭黒は正妻を疎ましく思いますが、物の怪のせいなので、僧を呼んで加持祈禱をしました。

朝少し落ち着いてから、髭黒は玉鬘に行けなかったお詫びの手紙を送りますが、玉鬘は何とも思っていないため（むしろ喜んでいたのでは）、手紙を見もしません。

翌日、玉鬘のもとを訪れた髭黒は、使者から正妻は相変わらずと聞くと、帰る気がしません。髭黒には、12、3歳くらいの女の子と、下に男の子が二人いました。

式部卿宮（＝正妻の父）が迎えをよこしたので、正妻は女の子には「一緒に来るように」と言い、男の子には「将来を考えると男親を頼ることになるけれど、髭黒は目にも止めないだろうし、今は源氏や内大臣の時勢なので厳しい将来となるでしょう。だからといって、あなたたちが世をはかなむようなことになれば、死んでも死にきれない」と泣きながら話しました。

日が暮れて家を出る時、女の子は父親に会いたがり、いつも寄りかかっていた柱に、「**これでお別れだと家を出て行っても、慣れ親しんだ真木（＝ヒノキ）の柱よ、私を忘れないで**」と泣いて書きました（この歌から、この女の子は通称「真木柱」と呼ばれています）。

正妻の母（＝式部卿宮の妻・北の方）が「やっぱり源氏は昔っからの敵だったのよ！　娘が女御になる時だって力になってくれなかったし。紫の上を大事にするなら、こっちにだって何かその恩恵があっていいのに」と泣き騒ぎました。

髭黒は、正妻が出て行ったことを聞き、玉鬘に事情を話します。

「かえって気が楽になったよ。

きっと義理の父が突然仕向けたんだ。ちょっと様子を見てくるね」と出て行きました。

玉鬘は自分が原因で、源氏の大切な紫の上の父方とこんなことになり、心労が尽きません。

妻の実家に行く前に自邸に戻った髭黒は、女房から経緯を聞き取り、「物の怪にとり憑(つ)かれておかしくなった妻を大事にしてきたのに。普通の男なら、絶対に今まで一緒にいないよ。妻のことはさておき、子供たちはどうするんだ」と嘆き、真木柱の筆跡を見て泣きながら妻の実家へ。真木柱(まきばしら)には会わせてもらえなかったものの、男の子は将来のために自邸に引き取りました。心細そうな男の子たちを残したまま、髭黒は六条院の玉鬘のもとへ戻ります（ひどい）。

髭黒はそれきり、妻の実家に何の連絡もしません。

紫の上はこのことを聞いて、「私まで恨まれるのがつらい」と嘆いたとか。

こんないざこざでふさぎ込んだ玉鬘を、髭黒は気の毒に思い、年明けから出仕させました。

宮中で冷泉帝が玉鬘の部屋にやって来て、和歌を詠み交わします。やっかいなことになりたくない玉鬘は愛想なしで対応するも、帝は玉鬘の美しさに離れがたく思います。心配でたまらない髭黒は、玉鬘に退出するよう何度も催促し、ようやく帝も部屋から出て行きました。

そして、髭黒は計画通り、「急に体調が悪くなったので、自宅で休むことにするよ。玉鬘が他の場所にいるのは心配だから」という口実で、突然玉鬘を自邸に連れ帰りました。

源氏は愕然(がくぜん)、玉鬘はショックで不機嫌満載です。正妻の実家は髭黒からの音沙汰がなく困っていましたが、髭黒の頭の中には正妻のことなどこれっぽっちもありませんでした。

二月。源氏は右近に玉鬘宛の手紙を送るも、右近にどう思われるかもわからないので、当たり障りのないことしか書けません。**玉鬘も「ああ、恋しい。会いたい」とは親代わりの源氏には言えず、悲しんでいます**（あんなに不快だったのが、「恋しい」に変わっていますね……）。

冷泉帝も玉鬘に手紙を送りましたが、玉鬘は心を開いた返事はしませんでした。

三月。髭黒は息子たちを大切に育てており（良かった）、真木柱にも会いたいと望みますが、会わせてもらえません。男の子たちは母の実家に行くと、姉に「玉鬘はかわいがってくれて優しい」と話すので、真木柱はうらやましくて、「どうして男に生まれなかったのか」と嘆きます。

時は流れて十一月。**玉鬘は、とてもかわいい男の子を出産しました。**

そういえば近江の君もお年頃。内大臣や周囲の人は「何かしでかすのでは」とハラハラです。ある日、弘徽殿女御のもとで殿上人たちの管弦の遊びがあり、夕霧も参加していました。そこへ近江の君が押し分けて出てきて、多くの人の前で夕霧に「**沖の舟が寄る所がなく波に漂っているように、あなたが雲居雁との結婚が決まらずフラフラしているなら、私があなたの側**（そば）**に寄るわよ。どこに泊まっているのか教えてよ**」と詠みかけ、**「雲居雁と私は姉妹なんだから同じでしょ？」と逆ナン（？）します。**

夕霧は「これが噂の」とおかしくなりながら、「**寄る所がなくて風にふかれてフラフラしている舟人のように、結婚もできずにフラフラしている僕ですが、舟が思いもしない所に寄らないように、僕も好きでもない人と一緒になるつもりはないよ**」とキッパリ断ったとか。

32帖

梅枝（うめがえ）

光源氏39歳

親たちはやきもき
息子と娘の恋愛事情

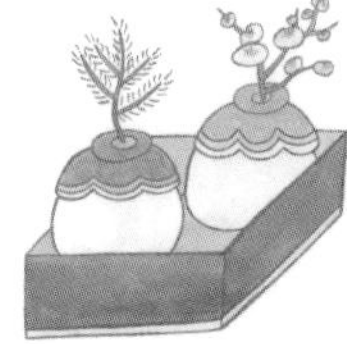

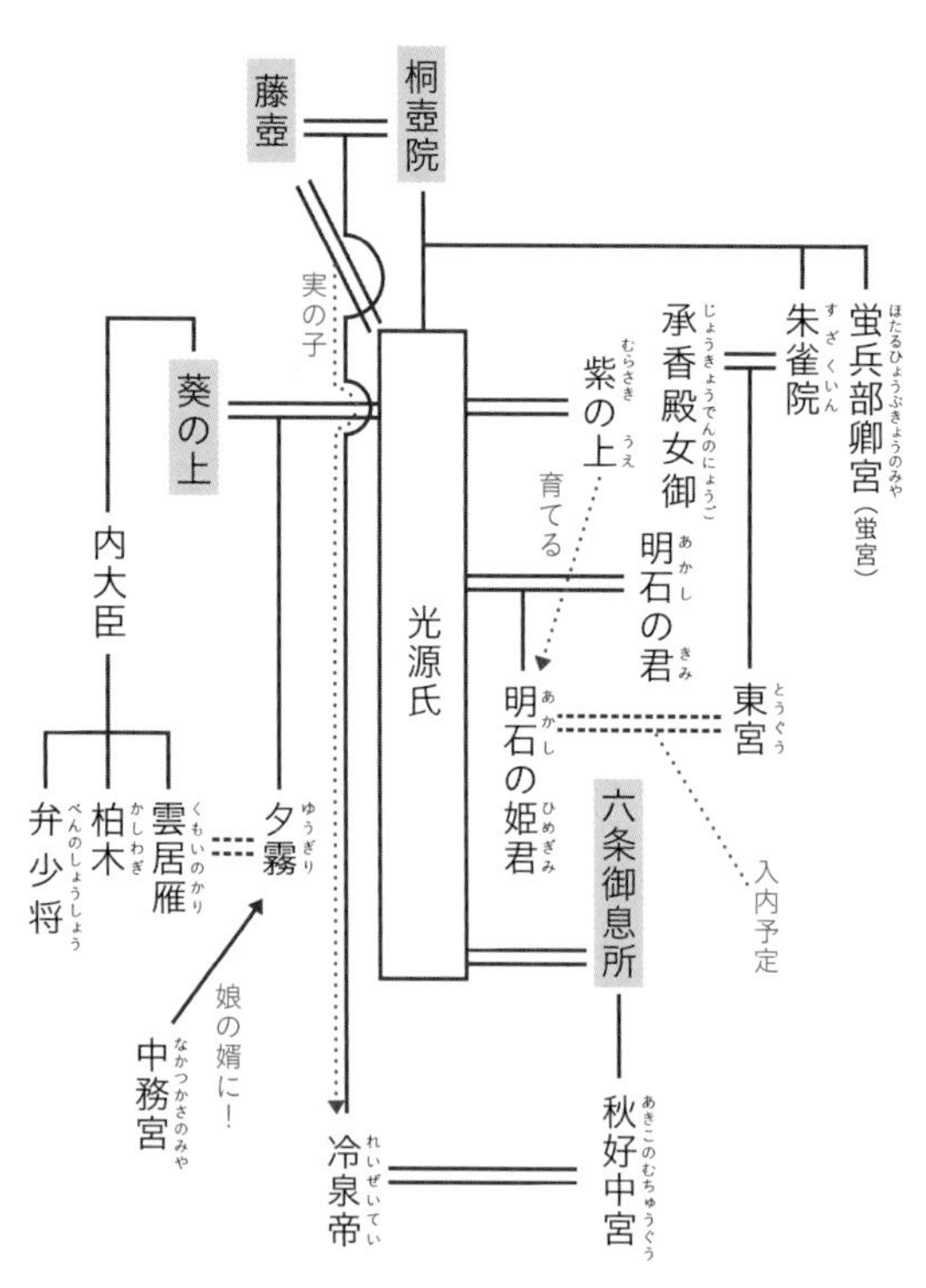

源氏は明石の姫君の裳着（もぎ）の準備を、並々ではない気持ちでしています。東宮も同じ二月に元服をするので、そのまま明石の姫君は入内（じゅだい）する予定です。

嫁入り道具の一つである薫物（たきもの）（＝いろいろな香木を粉にしたものを混ぜ合わせて作る練り香）を、源氏や養母の紫の上、六条院のみながこぞってそれぞれ熱心に調合して準備します。裳着の二日前に、蛍宮が六条院に参上しました。

源氏が「この機会に、どの薫物が一番か競ってみよう。蛍宮が判定してください」と言い出し、急遽（きゅうきょ）、薫物合わせが開催されました。それぞれ個性ある素晴らしい薫物で、蛍宮は優劣がつけがたく、源氏は「八方美人な判定者だな」と冗談を言ったりご機嫌です。

夜になり、宴会が始まりました。明日の管絃の遊びのために準備をしていて、殿上人もたくさん集まり、笛の音も聞こえてきます。内大臣の息子・柏木や弁少将も来ていて、退出しようとしたところを源氏に呼び止められました。

数々の楽器をこちらに取り寄せて、蛍宮は琵琶（びわ）、源氏は箏（そう）の琴（こと）、柏木は和琴（わごん）、夕霧は横笛を演奏しました。弁少将が「梅が枝（え）」をしみじみと謡い、優雅な時間が流れました。

裳着当日。腰結役は秋好中宮で、「秋の町」で儀式を開催します。養母の紫の上も参上し、秋好中宮と初対面しました。源氏は、この素晴らしい儀式に実母の明石の君が参加できず、娘の晴れ姿を見せられないことを心苦しく思いました（姫君の母は、あくまで正妻格の紫の上です）。

その約十日後、東宮の元服が行われました。娘の入内を考えていた貴族がたくさんいるも、源氏が明石の姫君を入内させるため、東宮への入内を思いとどまった人が大勢いることを聞いた源氏は、「それは良くないな。たくさんの姫君が引きこめられたなら栄えないだろう」と考え、明石の姫君の入内を延期して四月にしました。

内大臣は、この姫君の入内の準備を他人事として聞いて、無念に寂しく思います。昔、東宮に入内させようと考えていた雲居雁も、気づけば20歳になっており、もったいないほどかわいらしいのです。

夕霧が焦っていたり、懇願してくる様子が相変わらずないので、内大臣は「引き離したこちらが弱気にお願いするのも人から笑われるだろうし、こんなことなら、夕霧が熱心にアプローチしてくれていた時に許していれば……」と人知れず嘆きます。

夕霧は、内大臣が少し弱気になっていることを耳にするも、昔の屈辱が忘れられず、このままわざと無関心のふりを装います。そうはいっても、雲居雁以外の女性を好きになれそうにもありませんが（え？　そうでしたっけ？　紫の上に、玉鬘に……、まあ、あれは一時の迷いですかね）、内大臣側に「六位の分際で」と言われたことが悔しくて、「その発言をした乳母に、出世した姿を見せつけてやりたい」という意地がありました。

源氏は、息子の身が固まらないことを心配していろいろと言いますが、「自分もそういうことに関しては、桐壺帝の言うことを聞く気がなかったな」と思ったりもします。

雲居雁は父が心配するので、恥ずかしくつらい身だとブルーな気持ちになるも、うわべは平静を装って、物思いをしながら過ごしていました。

夕霧からは心がこもったラブレターが届き続けるので、雲居雁は夕霧のことを信じています。

中務宮（なかつかさのみや）という人物が源氏に、「夕霧をぜひ娘の婿に」と話を持ち出して、縁談がまとまりそうだという噂を耳にした内大臣は、「終わった……」と絶望し、雲居雁にもこっそりとそのことを告げて泣きます。

雲居雁も自分の意志に反して勝手に涙がこぼれ、顔をそむける様子がこのうえなくかわいらしく、内大臣は「やはりこちらからお願いをしようか」と迷いながら立ち去りました。

そこに夕霧から雲居雁に手紙が届き、「**あなたは世の常のように冷淡になっていくね。あなたのことを忘れないボクは普通の男とは違うのだろうか**」とあり、縁談に関しては何も書いていません。

雲居雁は「**忘れられないという私のことを忘れるあなたは、世間の人と同じ心になったのでしょうか**」と、縁談のことを踏まえて返事をしました。ところが、夕霧には縁談のことはまったく身に覚えがないことでしたので、「これは、いったいどういうことだ？」と頭が「？」でいっぱいになるのでした。

33帖

藤裏葉（ふじのうらば）

光源氏39歳

夕霧は一途……どこがだよっ！

by現代人

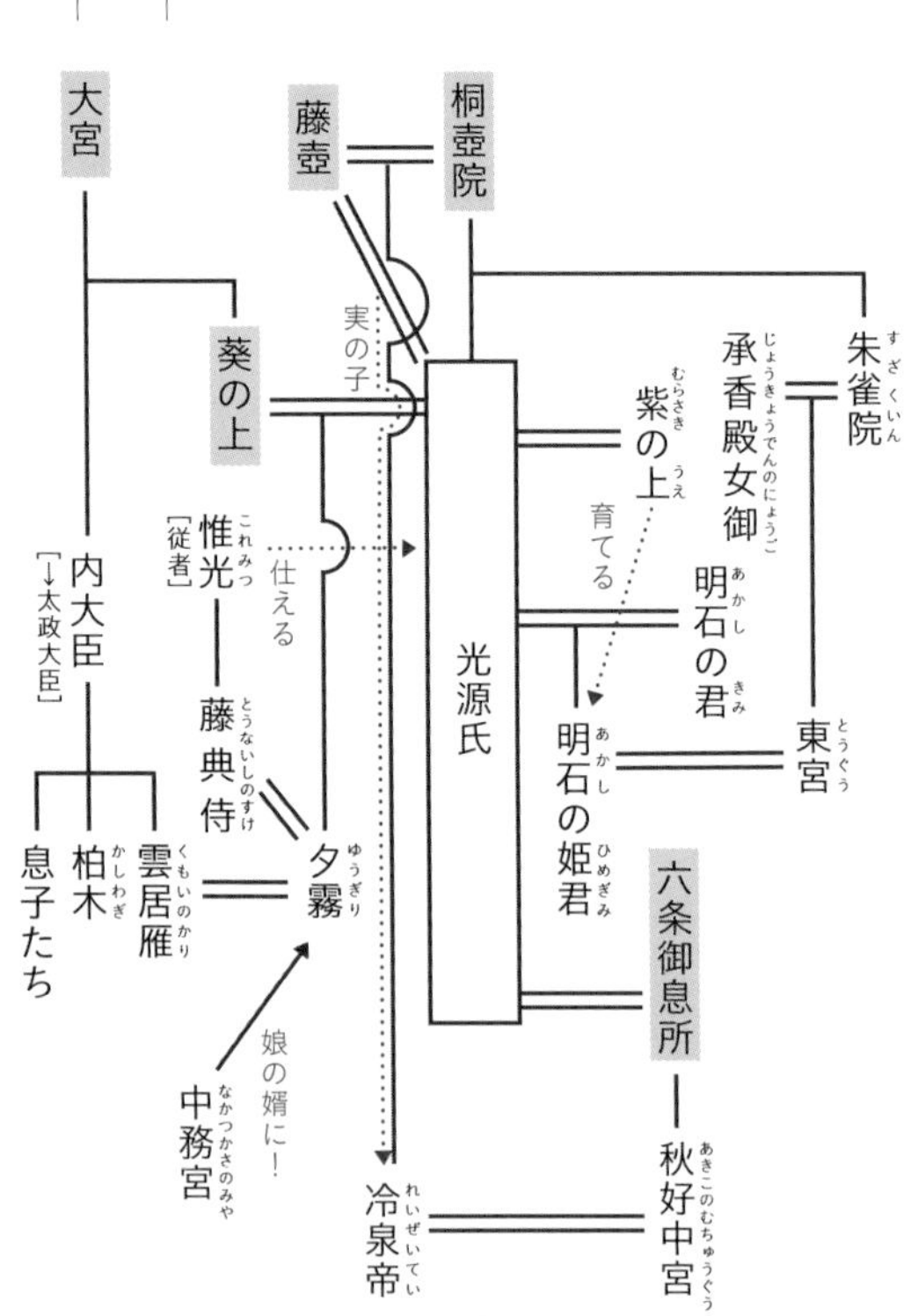

明石の姫君の入内の準備中にも、夕霧は雲居雁のことで放心状態になっています。

一方、内大臣もこれまで強気でしたが、「中務宮との縁談が確定したら、雲居雁の新たな婿探しをしなければならず、人から笑われてしまう」とブルーになっています。

夕霧と内大臣は、お互いに表面上は平静を保ちつつ、内心は恨めしく思っているので、内大臣は「突然こちらから言い寄るのもどうか」と遠慮をします。

内大臣が「よい機会がないか」と思っていた時、大宮の命日のお参りがあり、内大臣の息子たちや上達部などもたくさん集まり、夕霧も参加していました。

夕方に皆が帰る頃、内大臣が夕霧の袖を引っ張り、「どうしてそんなに私を咎めるのか。今日の法事の縁を考えて、私の不行届きを許しておくれよ。余命少ないのに見捨てるとは、恨んでしまいそうだよ」と言うので、夕霧は恐縮して、「大宮からも内大臣を頼りにするよう言われておりましたが、それを許してくださらないようなご様子だったので、遠慮していたのですが」と返しました。

帰宅後、夕霧は、内大臣が何故いきなりあんなふうに言い出したのか、いろいろ考えごとをして夜を明かしました。

四月。内大臣邸のお庭の藤の花が、見事に咲き乱れています。管絃の遊びなどをして、日が暮れてさらに美しく見える頃に、内大臣は柏木を使者として、夕霧に藤の枝に結び付けた手紙を届けさせました。

「先日の対面だけでは物足りないので、暇があればぜひ我が家へ」とあり、「**我が家の藤の花が美しい色で咲いている夕暮れに、春の名残を訪ねて来ないか**」と和歌が書かれていました（「藤」は雲居雁を指し、「夕暮れに雲居雁に会いに来ないか」という意味で、「結婚を許す」ということです）。やっと、やっとです。ついにこの日が来ました。

夕霧はドキドキして、「**かえって藤の花を手折ってよいのかとまどいそうです。夕暮れ時だとはっきりしないので**」（＝急にこんなお言葉をいただいて、本当に結婚を許してくださっているのか、とまどっています）と返事をしました。

夕霧は源氏に内大臣からの手紙を見せます。「先方から折れてきたのなら、過去のことは水に流して恨みも解けるだろう」と、自分が勝った余裕の感じがあふれる源氏です。

夕霧はまだ半信半疑で、「ただお庭の藤がいつもよりも美しく咲いているので、管絃の遊びの招待なのでは」と言います。源氏は「わざわざ柏木を使者に届けてくれたのに、ごちゃごちゃ考えてないでさっさと行ってこい」と、内大臣家の婿になることを承認します。夕霧はまだ不安なのですが、念入りに身支度を整えて参上しました。

内大臣の息子たちが出迎えて、花見の宴が始まりました。お酒を飲み、合奏をし、内大臣は酔ったふりで「君は天下の識者なのに、この年寄りを見捨てるのが耐えがたくて。たいそう私の心を苦しめることだよ」と、泣き上戸のように思っていたことを伝えます。

夕霧は「そんなふうに思わせてしまったのも、私の不徳の致すところです」と答えました。内大臣はタイミングを見計らって、「**藤の裏葉の**」と口ずさみました（『後撰和歌集』に「**春日さす藤の裏葉のうらとけて君し思はば我も頼まむ**」（＝春の日がさす藤の裏葉の「うら」ではないが、「うら（＝心）」がうちとけて、あなたが私のことを想ってくれるなら、私もあなたのことを頼りにしましょう）という和歌が採録されており、ここでは「結婚を認める」という意味で言っています。これを「**藤の裏葉の**」だけで読み取らなければいけないという、和歌の知識が必須の世界です。現代人から見たら勘弁してほしいほど難解ですが、当時の貴族には普通なのでしょうね）。

夜も更けて、夕霧は酔って気分が悪くなったふりをして、柏木に「気持ち悪すぎて帰れそうになくて、今夜は泊めてもらってもいいかな」と言います。内大臣が「息子よ、寝るところを準備してあげなさい。さ、この年寄りは酔っぱらってるし、もうこのあたりで失礼するよ」と奥へ入っていきました。お互いにわかった上で芝居をしています。

柏木が夕霧を妹の部屋に案内します。ずっと待ち焦がれていたこの瞬間。夕霧は夢のようです。雲居雁はとても美しく成長していました。

六年ぶりの対面をした二人は、和歌を詠み交わしたり、夜明けにも気づかない様子で二人の時間を過ごしました。とはいっても、夕霧は夜明け前にきちんと退出します。

後朝の文が届きますが、雲居雁は胸がいっぱいで照れもあり、返事を書けずにいました。そこに内大臣が来て、手紙を見られてしまいます。「字が上達したね」と言って、「早く返事を書かないとみっともないぞ」と立ち去りました。なんだかんだで気になるのでしょうね。

源氏も、夕霧がいつもよりキラキラしているのを見ながら、「賢い人でも女性関係でおかしくなることもよくあるのに、焦らず平静にここまできたのも、そなたの少しだけ人より抜きん出た人柄だね。内大臣があまりにも頑固だったけど、結局あちらから折れてきたと、世間の人がネタにすることもあるだろう。だとしても、自分が勝ったと傲慢になって浮気したりしないように。内大臣は穏やかで器の大きな人に見えるけど、実際は男らしくなくネチネチして、付き合いにくいところもあるからな」と言います。

結婚二日目。夕霧は、宮中のある催しの導師(どうし)をつとめる僧侶が遅刻したせいで、雲居雁のところに行くのが遅くなるのでハラハラするも、きちんとめかしこんでから雲居雁のもとへ出かけます。

若い女房の愛人の中には、そんな夕霧を見て恨めしく思う者もいますが（「愛人いたんかいっ」と思う人もいらっしゃるかと。まあ、いい年ですし、当時はそういうこともあって普通ですしね。夕霧は、相手が本気にならないように扱っていたはずです）、長年待ち望んでいた二人の仲に入る隙はありません。

内大臣はまじめな夕霧の人柄に、かわいらしい婿だと思い、長年恨んでいた気持ちもなくなりました。

賀茂祭(かもまつり)の日に勅使(ちょくし)の行列があり、評判が格別な藤典侍(とうないしのすけ)（＝惟光の娘）が内侍所(ないしどころ)の使者となり、冷泉帝や東宮、源氏などからお祝いがたくさん届きました。夕霧も使者に手紙を届けさせました。この二人、男女の関係があり（一途という割には、けっこう愛人がいますね。現代では、それは一途とは言いません！）、夕霧が雲居雁と正式に結婚したことに、藤典侍は大ショックを受けました。

さて、明石の姫君の入内は四月二十日過ぎに決まり、養母である紫の上が付き添う立場なのですが、源氏は「この機会に、後見役は実母の明石の君にしようか」と考えます。

紫の上も「母娘が一緒にいるべきなのに、ここまで離れて過ごしてきて、あの方もどれほど嘆いているだろう。姫君もだんだん実母が恋しく気がかりになるでしょう。この二人から嫌われたらイヤだわ」と思っており、源氏に「この機会に、明石の君様に後見役をお願いしましょう。姫君もまだ幼く気がかりなのに、女房たちも若々しい人が多いので、明石の君様が付き添ってくれたら安心だわ」と言いました。

源氏は「さすが紫の上」と感激します。明石の君にそれを伝えると心から喜び、嬉しくて、さっそくいろいろと準備を始めます。

紫の上は姫君をとても大切に育ててきたので、手放したくなく、「自分にも本当に子どもがいたら」と思ったりもします。三日間、宮中で姫君のもとにいて、紫の上は退出します。

入れ替わりで明石の君が参内（さんだい）する夜、ついに二人は対面しました。紫の上は、「源氏が大切に思うのももっともな素晴らしい女性だ」と思い、明石の君は「気品溢れる様子が本当に素晴らしい。他に競う相手がいない正妻格なのも当然だ」と感じます。明石の姫君がとてもかわいらしい雛人形のようで、明石の君は涙が止まりませんでした。

源氏は、「明石の姫君の入内も済ませ、心配だった夕霧の結婚も決まり、これでもう安心して出家できる」と考えます。紫の上を見捨てることはできませんが、秋好中宮がいるし、花散里にも夕霧がいるから大丈夫だろう、と。

翌年には源氏は40歳になるので、世間では「四十路（よそじ）の賀」の準備をしています。今年の秋、源氏は太上天皇に准ずる位になりました。

冷泉帝はそれでも満足できず、本当は帝位を譲りたいほどでしたが、できるわけがなく、ずっと思いつめています。

内大臣は太政大臣に、夕霧は中納言になりました。夕霧は、いつぞや自分のことを「六位の分際で」と言った雲居雁の乳母に、**「浅緑の若葉の菊が濃い紫色になるとは、少しでも思ったかな」**（位階によって服の色が定められており、「浅緑」は六位のひとが着る「浅葱（あさぎ）色」、「濃い紫色」は中納言が着る色です。つまり、「浅葱色の六位の服を着ていたボクが中納言になるとは、思ってもいなかっただろうね」の意味）と詠み、「あの時の一言が忘れられなくてね」とにっこり笑いながら言ったところ（怖っ、ものすごく根に持ってる）、乳母は「**二葉の若い葉の頃から有名な園に生えている菊なので、浅緑色でも分け隔てをするつもりは全くなかったのです**」（＝あの源氏のご子息なのだから、六位だからといって隔てるつもりはまったくありませんでした）と慣れ親しんだ様子で返しました。

夕霧と雲居雁は一緒に育った三条院に移り、そこを住処としました。

十月二十日、紅葉の盛りの頃、冷泉帝が六条院にお出かけします。帝は朱雀院も誘いました。朱雀院まで来ることになった六条院は、大騒ぎです。源氏は、心を尽くして準備をしました。当日、とても豪華な宴会が催され、誰もが酔っ払い、日が暮れる頃に演奏家たちが優雅に演奏をし、殿上（てんじょう）の童（わらわ）が舞を舞います。桐壺院が帝だった時に行われた「紅葉賀」（7帖）を思い出すような宴会です。

太政大臣（＝元内大臣。当時は頭中将）は庭に降りて舞を舞い、源氏は「当時、一緒に青海波（せいがいは）を舞ったなぁ」と思い出していました。太政大臣もその時のことを思い出しながら、「自分も人より出世したけれど、源氏はやっぱり格別だったたな」と思い知るのでした

源氏と太政大臣のどちらにも素晴らしい息子がいて、両家ともにしかるべき栄光を摑む家系であるようです。

＊　　＊

――このような華やかな場面で、「第一部」は幕を下ろします。

平安時代あるある豆知識

「方違え（かたたがえ）」とは

外出する際に、目的地の方角が凶だった場合、その方角に向かって直接行くことを避け、前日の夜に別の方角に泊まってから、目的地に行くことです（下図参照）。

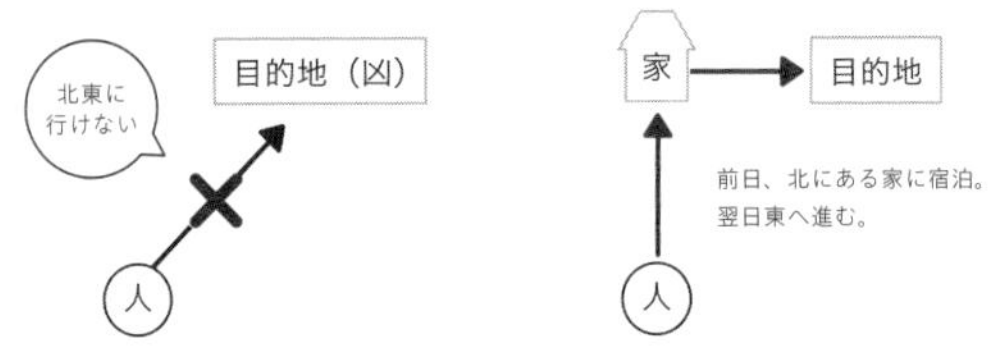

陰陽道の考え方で、神様がいるとされる方角が凶となります（神様がそこにとどまる期間は数日だったり１年だったりバラバラです）。神様がいるところに、ズカズカ入り込んで行くのは失礼ですよね。そんな風に無遠慮に侵入すると災いを受けると信じていました。

そこで編み出されたのが、この「方違え」です！

「そちらに神様がいらっしゃること、ちゃんとわかっていますよ。だから、ほら、気遣いますから……」と遠回りをすることによって、誠意を示しました。

現代でも風水などで「方位」を気にして、対策をする方がいらっしゃいますよね。それと同じような感覚です。

第二部

34帖〜41帖

老いていく光源氏
因果応報に苦悩する晩年

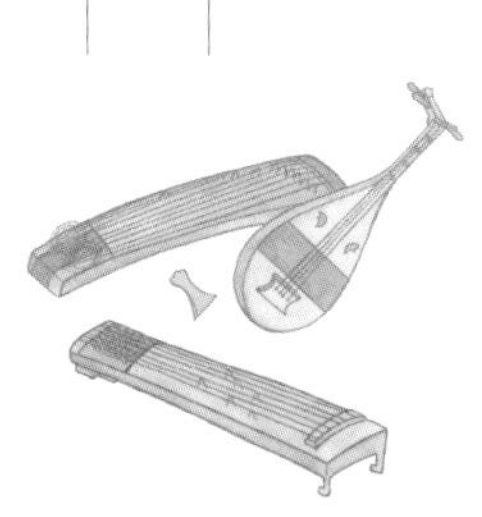

34帖

若菜上（わかなじょう）

光源氏39〜41歳

破滅へと導く結婚

〜みなが不幸になっていく〜

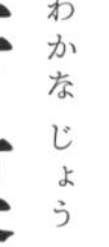

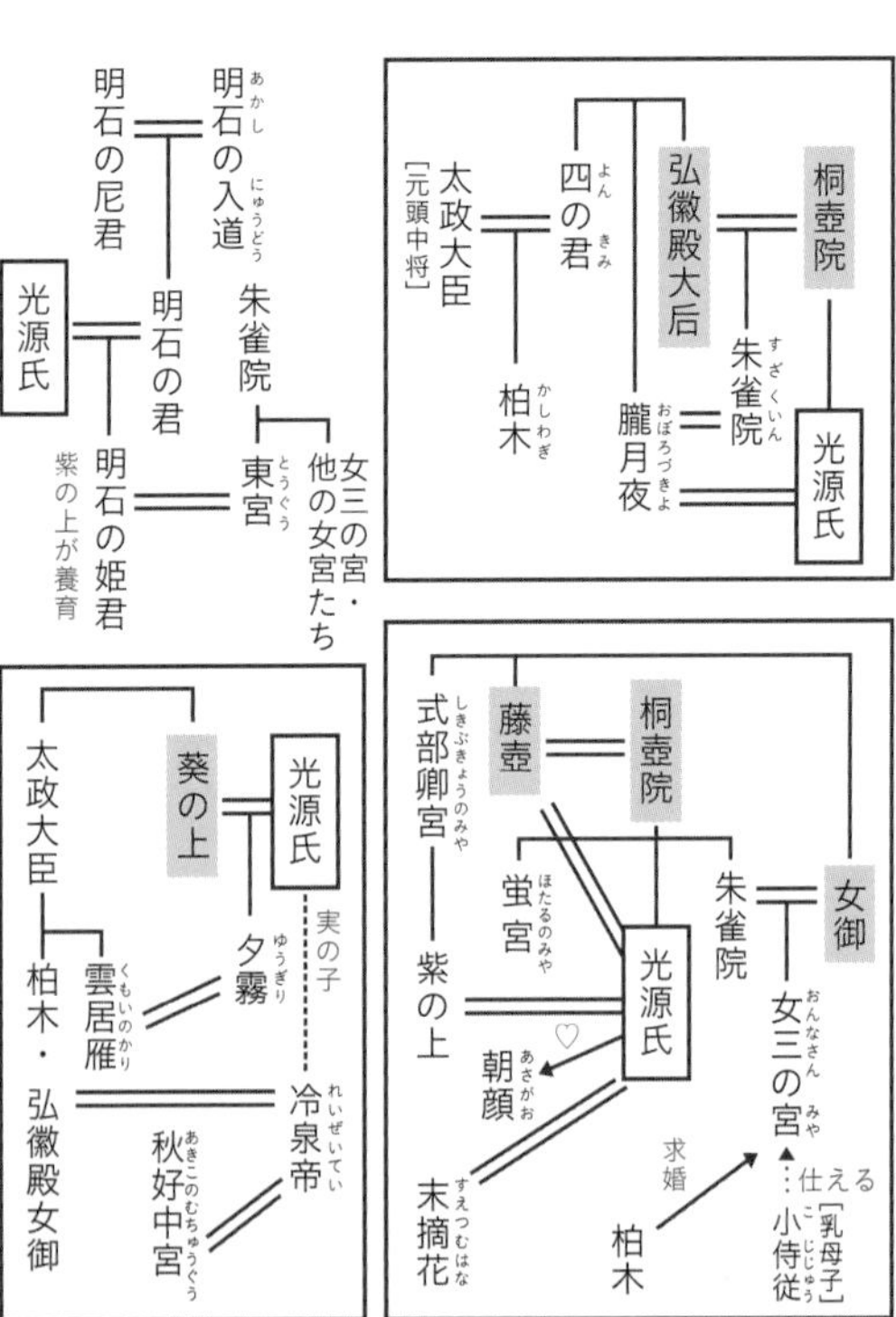

朱雀院は六条院へのお出かけ後から、体調を崩します。もともと病気がちですが、いつもより も気弱で、「長年出家したかったけど、母后（＝弘徽殿大后）の生前は思いとどまっていたんだ。でも、もう長くなさそうで」と、出家のために生前整理を始めました。

子どもは東宮以外に女宮が四人おり、中でも13、4歳の女三の宮をとてもかわいがり、大切に育てていました。女三の宮の母親は式部卿宮や藤壺の異母妹で、朱雀院が皇太子の時に入内した女御ですが、身分が高くなく、しっかりした後見もいません。その後、朱雀院が朧月夜に夢中になり、女御は失意のまま亡くなりました。

朱雀院は、出家後に残されるこの娘だけが気がかりです。お寺に移る準備と並行して女三の宮の裳着の準備もし、東宮に「残される女宮たちの面倒をしっかり見ておくれ。特に女三の宮は母も亡くなり、頼りにできる人が誰もいないのだ」と泣いて頼み込みます。

年が暮れてゆくにつれて体調はさらに悪化して、御簾の外に出ることもできません。お見舞いに来てくれた夕霧の立派な様子に、女三の宮の後見としてひそかに考える朱雀院が、「雲居雁と結婚されたとか。長年つらい思いをしていたのを気の毒に思っていたので、ホッとすると同時に悔しくもあるんだよ」と言い出すので、夕霧は一瞬面喰うも、女三の宮のことをほのめかしていると気づきます。ですが、自分から言い出すのは出過ぎているので、何もわかっていないふりをして退出しました。

朱雀院は、女三の宮の乳母たちに「源氏が幼い紫の上を育て上げたように、女三の宮を預かり育ててくれる人がいないかなぁ。臣下の中には適任者がいないし、冷泉帝には既に秋好中宮や、他にも後見がしっかりした女御たちがたくさんいるので、そこに混じるのはかえってよくないだろう。夕霧が独身の時にほのめかしておくべきだったなぁ。若いけれど素晴らしく、将来有望そうなのにしまったな」と言うと、乳母たちは「夕霧は本当にまじめな人で、長年雲居雁以外に心移りしなかったのだから、結婚した今は望みゼロでしょう。一方、源氏は今でも好色のはずですよ。中でも高貴な女性を熱望しているようで、朝顔にも未だに未練タラタラですし」とのこと。朱雀院は「それもそうだな。やっぱり源氏を父親代わりという口実にして、そのまま預けようか」と思います。

女三の宮が驚くほど頼りない性格で、乳母たちも朱雀院も心配でたまりません。

朱雀院は、婿として安心して任せられるのは、やはり源氏しか思いつかず、蛍宮は異母弟で人柄はよいものの、風流なことが好き過ぎて少し軽々しいため却下します。

「柏木が女三の宮に興味があると朧月夜から聞いたけど、位がまだ低いのが残念だな。意識高い系なのはよいことだし、学才もあって将来も有望だが、『娘の婿に』という点では物足りないんだよなぁ」と、いろいろ悩み続けます。

柏木以外にも「女三の宮をぜひ」と申し出る人はいますが、東宮が「源氏に親代わりということで託すのがよいのでは」と朱雀院に言ったので、「本当にそうなんだよ！　よく言ってくれた!!」と最終決断を下しました。

源氏は、朱雀院が女三の宮の婿探しに悩んでいると聞いていたものの、自分に決まったと伝えられ、朱雀院と年齢が違わないため（朱雀院42歳、源氏39歳）、「俺もこの先長くないかもしれず、そうなったら女三の宮が気の毒だし、夕霧が適任だろう。まあ、アイツには最愛の雲居雁がいるから、朱雀院は遠慮したんだろうけど」と言い、「いっそ冷泉帝に入内させたらいいのに。既に中宮や女御たちがいても問題ないし。桐壺院の時も弘徽殿大后が最初に入内したけど、最後に入内した藤壺が一番愛されてたじゃないか。でも……女三の宮の母親は、藤壺の異母妹で容姿もすぐれていたらしいから、この姫宮もかなりの美貌では」とも思います（出た！　藤壺狂い）。

女三の宮の裳着は盛大に行われ、三日後に朱雀院は出家しました。

病状もよくなく、たくさんの人がお見舞いに訪れました。少し体調がよさそうだと聞いて、源氏もお見舞いに行きます。朱雀院は病気をおして対面し、「どうか幼い女三の宮を預かって、結婚相手としてふさわしい者がいれば決めてもらってかまわないので、それまでの後見となってほしい」と懇願します（病気のため出家しましたが、俗世に未練タラタラですね）。

さすがに気の毒に思った源氏は、父親代わりとしてお世話することを引き受けましたが、紫の上がどう思うかと、その日は結局言い出せず、翌日白状します。朱雀院の切実な頼みで断り切れなかったこと、これからも紫の上を愛する気持ちに変わりはないこと、朱雀院の娘なので正妻として扱わなければいけないだろうことを伝え、「世間はいろんな噂をするだろうけど気にしないように」と話しました。

紫の上は、源氏から望んだ浮気心ではなく、朱雀院の願いであったことに理解を示しますが、内心では、自分の身分や立場がもろいものだとあらためて実感します。ですが、「落ち込んでいると人に思われないように振る舞わなければ」と思います。「今さら源氏の女性関係で悩むことも、自分を脅かす存在が現れることもないだろうと思っていたのは、大間違いだった」と、どん底に突き落とされますが、うわべでは何もないふりをし続けました。

源氏40歳、紫の上32歳の新年。女三の宮が六条院に降嫁（こうか）する準備が進み、女三の宮にアプローチしていた男性陣は残念に思います。

当日、紫の上も一緒に準備をし、その様子を見た源氏はますます紫の上に惚れ直します。

一方、女三の宮はびっくりするほど幼くて、紫の上が少女の頃と比べても、ただただ子どもっぽい女三の宮に源氏は心底ガッカリしますが、「幼い分、憎らしいことを言ってくることはないだろうし、まあいっか」と思いました。

源氏は三夜連続で、女三の宮のところで過ごす必要があります。今までそんなことを味わったことがない紫の上は、悲しくて仕方がありません。それを必死で見せないようにしていて、源氏はいじらしく思います。四日目は行かず、五日目のお昼に行くと、ひ弱で人見知りをしない子どものような女三の宮に、「朱雀院は、なぜこんなにおっとり育て上げたのか」と源氏は残念に思うも、素直で憎めない子ではありました。

朱雀院はお寺に移りましたが、六条院にしきりに手紙が届きます。紫の上にも「幼い人が何の考えもない様子で、そちらに行ったことをお許しください。どうかお世話を、とお願いするのもおこがましいですが」と届きました。

紫の上はどう返事を書いてよいか悩むも、**「捨てた俗世が気がかりならば、捨てがたい娘から無理に離れようとしないでください」**と素直に書きました。

朱雀院は紫の上の素晴らしい筆跡を見て、「娘の子どもっぽさが、さぞかし引き立っているだろうな」と心苦しくなりました。

朧月夜は、姉の弘徽殿大后が住んでいた二条宮で暮らしています。「尼になろう」と思ったのですが、朱雀院に止められました。

源氏は「朧月夜にもう一度会いたい」と思い続けているので、お見舞いを口実に手紙を送りまくり、「物越しでいいから直接話したいことがある」と届けます。朧月夜は朱雀院が大切にしてくれたことを考えると、源氏とそういう仲に戻るつもりはなく、「あなたと会うことはもうない」と返事をしますが、そこで諦めないのが源氏です。

「朧月夜は押しに弱いはず」と、断られているのに源氏は二条宮に行きます。紫の上には「末摘花(すえつむはな)の体調が悪いので、夜お見舞いに行くね」と嘘をつくも、オシャレをし出すので、紫の上は「これは黒だわ」とすぐに気づきます。

ですが、三の宮降嫁後、源氏に対して冷めた感情を持っている紫の上は黙認します。

朧月夜は突然の源氏の訪問にびっくりしますが、帰すわけにはいかず、中に入れました。源氏は「もう少し側に。昔のような気持ちはもう残っていないから」と言います（嘘ですね）。朧月夜がため息をつきつつ近づいてくるので、源氏は「ほら、思った通りだ」と思いました。そして、言葉を交わしながら、隔てになっている襖を動かしたのです。もうこうなったら終わりですね、朧月夜は源氏の思う通りに流されてしまいました。

こっそり六条院に戻った源氏でしたが、紫の上は気づいています。ですが、何も言いません。源氏はそのほうが心苦しく、「見限られた!?」と焦ります。聞かれてもいないのに、ついつい饒舌になってしまい（浮気男あるある）、「朧月夜に会ってきたんだけど、物越しにちょっと対面しただけだから。人目もあるし、そんな軽率なことできないから」と言いますが（よくもまあ、見え透いた嘘をいけしゃあしゃあと）、結局白状します。

紫の上のご機嫌をとることに必死で、女三の宮のところにはすぐに行けません。

一方、女三の宮は源氏が来ないことに関して、な〜んにも思っていません（さすが子ども）。

さて、東宮に入内した明石の姫君は、愛されすぎて六条院に下がることが許されません。しかも12歳で妊娠中なのです！　さすがに当時でも若すぎる懐妊で、みなが心配しており、ようやく里下がりができました。

寝殿の東側に明石の姫君、西側に女三の宮の部屋があり、紫の上が明石の姫君に対面するついでに、源氏に「女三の宮様にも挨拶をしますわ」と言いました。源氏は「ありがたいね。本当に幼いので、いろいろ教えてあげてほしいな」と言います。

源氏は、女三の宮や明石の姫君に会った後に紫の上を見ると、「やはり最高の女性だ」と、より深く愛します。ですが、紫の上は源氏と反対に虚しさでいっぱいでした。そして、源氏はそのくせに、朧月夜のところにも行ってしまうのです。

紫の上が明石の姫君のもとへ伺います。姫君は実母よりも、育ての母の紫の上になついていています。紫の上も、とてもかわいらしく成長している姫君を愛しく思っています。

次に女三の宮のもとへ伺いました。本当に幼くて、「あ、これは安心できる」と思えたからか（ん？　マウント⁉︎）、紫の上は親のように余裕をもって接することができました。

女三の宮も紫の上のことを「本当に優しそうな人だ」と思い、お互いすぐにうちとけ、その後は、手紙のやりとりなど親しくでき、世間のよくない噂もなくなりました。

源氏41歳の新年。明石の姫君の出産予定日が近づいてきました。源氏は、正妻だった葵の上を出産で亡くしているので、出産は恐ろしいものと身に染みて思っています。

二月、明石の姫君の具合がどんどん悪くなり、陰陽師たちから場所を変えるように言われ、明石の君のところへ移動しました。明石の尼君は、孫（＝姫君）の出産が待ち遠しくて、ずっと姫君に付き添います。尼君は嬉しくてたまらず、源氏と明石の君のなれそめや、源氏が帰京する時の別れの様子などを姫君に聞かせ、「姫君がいたからこそ、今もこうして幸せにいられる」と泣くので、姫君も涙が出ました。

自分の生まれや、今、東宮妃でいることの奇跡などを思い合わせると、紫の上が大切に育ててくれたからこそなのに、自分を尊い人間だと勘違いをして周りの人を見下すとは、なんという心驕りをしていたのかと反省します。物心ついた時には、源氏や紫の上に大切に養育され、東宮妃として入内することも当然のような道筋だったので、自分が一歩間違えれば、ただの片田舎で一生を終える人間だったとは、思いもしていなかったのです。

三月十日頃、無事男の子が生まれました。明石の地で、あの入道〈＝明石の君の父〉がこのニュースを聞いて、とてつもなく喜びます。「これで思い残すことは何もない」と山奥に入る決心をし、これまでほとんどコンタクトを取らなかった明石の君に手紙を書きました。「姫君が東宮妃となり、男の子を出産したとのこと、深く喜んでいます。長年、あなたに望みをかけていたのは、あなたが生まれる年に、身内に国を支配する立場となる者が現れ、私自身は極楽往生できるという夢を見たからなのだ。この夢を信じて、あなたを大切に育ててきたのだ。姫君が国母〈＝皇后〉となって願いが叶ったあかつきには、住吉神社などにお礼参りをするように。極楽往生も間違いなく叶うだろうから私は山奥に」と書き、妻の尼君には「山奥に入ることにするよ。あなたはこの世でいろいろ見届けておくれ。極楽でまた会おう」とだけ書きました。

受け取った二人は、二度と会えないまま今生の別れとなったことをひどく悲しみます。その後、源氏も入道からの手紙に気づき、入道が山奥に入ったことを知るのでした。

さて、夕霧は、朱雀院から女三の宮のことをほのめかされていたこともあり、他人事に思えず、さりげなく女三の宮の部屋の近くに参上しては様子を聞いており、源氏から大切にされていないことを感じます。

柏木は朱雀院にいつも親しく仕えていたので、女三の宮の婿選抜時にアピールしまくるも落選し、結局「父親ほど年の離れた、アプローチもしていない源氏」に決まったことが、残念で悔しくて、未練たっぷりです。小侍従〈＝女三の宮の乳母子〉から女三の宮の様子を聞くことが慰めでした。世間の「紫の上に圧倒されている」という噂を聞いては、「自分ならそんな思いはさせないのに。源氏が出家をしたら、その時には……」と思い続けます。

六条院に蛍宮、柏木などが参上しました。源氏がおもてなしをして、「夕霧が花散里のところで、たくさんの人に蹴鞠（けまり）をさせているよ」と聞いたので、夕霧たちをこちらへ招き、柏木がお遊び程度で蹴鞠に混じりましたが、とてもうまくて、誰も足元には及びません。夕霧も久しぶりに楽しみます。

その後、二人は座って話すも、柏木は女三の宮の部屋のほうを気にして、どうしても見てしまいます。几帳（きちょう）のところに小さくかわいらしい唐猫（からねこ）がいて、ちょっと大きめの猫が追いかけて来て、突然御簾（みす）の下から走り出したので、女房たちがびっくりします。猫の綱が御簾に絡（から）まって、中がハッキリ見えてしまうほどめくりあがり、すぐに直す人もいません。几帳の少し奥に、普段着で立っている女性がいます。とてもかわいらしい小柄な人――女三の宮でした。女房たちは蹴鞠をしている若者たちを見ていて、こちらの御簾が巻き上がっていることに気づいていません。夕霧は丸見えでハラハラするも、自分が直すわけにもいかず、気づかせるために咳払いをすると、女三の宮はソッと奥へ入りました。

柏木は、慕い続けていた人の姿を思いがけず見て、胸がいっぱいになります。慰めに猫を招き寄せて抱っこすると、女三の宮の移り香がよい匂いで、かわいらしく鳴くその猫が、女三の宮に思えてくる柏木でした（だいぶ危ないですね）。

そこから柏木は放心状態に近く、夕霧は「絶対に女三の宮の姿を見たな」と思います。「あんな部屋の端にいるなんて、なんと軽率な！　紫の上はそんなことはしないだろう。こんなのだから、父も女三の宮の扱いが軽くなってしまうのだ」と納得してしまいます。

その帰り、柏木が「源氏は紫の上のところばかりにいて、女三の宮は蔑ろ（ないがしろ）にされているとか。朱雀院が大切に育ててきたのに気の毒なことよ」と言うので、夕霧は否定しますが、柏木は「知ってるから」と言い、「**どうして、花から花へつたっていく鶯（うぐいす）は、桜をとりわけねぐらにしないのか**」と口ずさみます（「花」は女性、「鶯」は源氏、「桜」は女三の宮を指しており、「女性から女性へと渡り歩いている源氏さん、どうして女三の宮をとりわけ大切にしないのですか？」と言いたいのです。女三の宮のことをずっと好きな柏木には、嫁ぎ先で大切にされていないことが歯がゆくて、諦めるに諦めきれないのでしょうね）。

柏木は独身を貫き、小侍従に「あの日に見た女三の宮の姿が忘れられない」という手紙を送ります。ですが、小侍従は先日の一件を知らないので、「幻を見てしまうほどの恋煩いなのだろう」と思いました。女三の宮にその手紙を見せながら「この人が、こうやってずっと忘れられないと言ってしつこいのよ。もう気の毒で、私、情にほだされて変なことをしてしまわないか、自分でもわからないわ」と笑いながら言います。

女三の宮は「うわ！　この間、見られていたのね。源氏に常日頃から『夕霧に姿を見られないように気をつけなさい』と言われていたのに。夕霧ではなく、他の男性に見られてしまったのだ。このことがバレたら源氏に怒られちゃう……」と、柏木〈＝夫以外の男性〉に姿を見られたことよりも、源氏に叱られることばかりを気にする、幼い女三の宮なのです。

35帖

若菜 下

光源氏41〜47歳

シタ側がサレた側に――
やったことは返ってくる

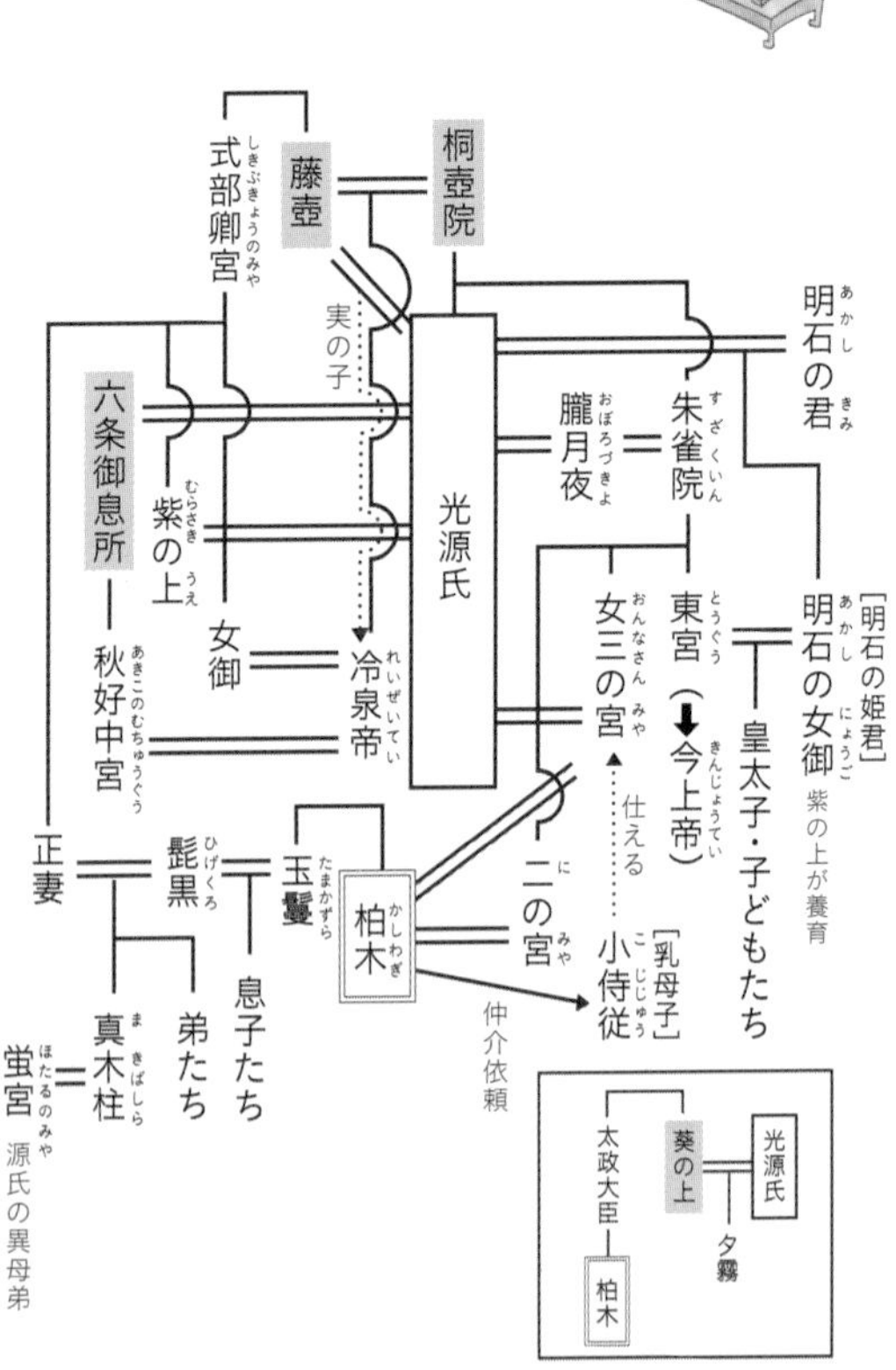

柏木は六条院に参上しました。

愛しい女三の宮がいるので嬉しいはずですが、源氏もいるので気分が沈みました。源氏を直視できず、「あの時の猫だけでも自分のものにしたい。独り寝のさみしさを慰めるためになつけよう」と考えます。

柏木は東宮〈＝女三の宮の異母兄〉に対面した際、東宮が猫好きなので、「女三の宮が飼っている猫を見かけたのですが、珍しい顔でかわいらしかったですよ。唐猫（からねこ）で、こちらの猫とは違った様子でした」と言うと、東宮は興味津々で、後日、女三の宮からこの唐猫をもらいました。

柏木がやって来て、「こちらにはこの猫（コ）よりもよい猫が何匹かいるので、この猫（コ）はボクが預かりますね」と言って、自分のものにしたのです（いやいや、ダメでしょ）。

夜も一緒に寝て、朝も起きれば一番に猫のお世話をします。慣れてくると服の裾にまとわりついたり、体をスリスリしてきたり、ゴロンしたり、かわいくて仕方がありません。自分が寝っ転がっていると、寄ってきて「ニャウニャウ」と甘えて鳴くので、撫でながら「大胆なヤツめ♡」とほほ笑みます。柏木には「ニャウニャウ」が「寝よう寝よう」に聞こえるらしく、「**大好きなあの女（ひと）だと思ってかわいがっているけど、どういうつもりでそんな鳴き方をしているのかい？**」と詠み、「前世からの運命だろうか」と猫の顔をじっくり見ると、ますますかわいく鳴くので、猫を服の中に入れて恍惚（こうこつ）とします（だいぶ危ないですね）。

東宮から「返して」と言われても、返しませんでした。

さて、髭黒は正妻とプッツリ切れたままで、玉鬘をとても大切にしています。真木柱を引き取ることを諦めていませんが、義父の式部卿宮が絶対に許しません。

式部卿宮は、「孫の真木柱だけは素敵な縁談をまとめなければ」と思います。式部卿宮は帝の義父、髭黒は東宮の伯父なので、「真木柱を我が妻に」と言う貴族は多くいるも、式部卿宮は「柏木がいい」と思っていました（柏木は残念ながら猫に夢中ですが）。

玉鬘に熱心にアプローチしていた蛍宮（＝源氏の異母弟）は、今も独身です。真木柱の話を聞いてなんとなく立候補したところ、式部卿宮が「親王の蛍宮なら」とすんなり認めたのです。

あまりにもあっけなく決まったため、これまで障害のある恋に挑み続けてきた蛍宮は拍子抜けをして冷めたのですが、今さら断れずに結婚しました。

式部卿宮は蛍宮を大切にもてなしますが、蛍宮の心は離れていくばかりでしぶしぶ通っており、式部卿宮も正常時の真木柱の母親（＝髭黒の正妻）も落胆します。

髭黒はもともとこの結婚には反対で、「ほ～ら、言わんこっちゃない」と思い、玉鬘は、「あの時、自分が蛍宮に嫁いでいたら、源氏や父がどう思っていたことか」と思ったとか。

四年が経過し、源氏46歳となりました。冷泉帝には子ども（＝後継ぎ）がいないのですが、「ゆっくり過ごしたい」と突然譲位します。太政大臣（＝元頭中将）は辞表を出し、髭黒は右大臣に昇進します。

明石の女御〈＝明石の姫君〉が生んだ第一皇子が皇太子となり、夕霧は大納言になりました。

紫の上は「出家をしたい」と源氏に言いますが、「僕も出家したいけど、君が寂しがるだろうからしないんだよ。するなら、僕が出家をした後に」と言います。

朱雀院は仏道修行に専念するも、女三の宮のことだけが気にかかります。今上帝〈＝今の帝。朱雀院の息子〉に「妹のお世話をきちんとするように」と言い続けているので、女三の宮は源氏からそんなに愛されていなくても、華やかな勢いがあります。

紫の上は「自分は女三の宮と違って、源氏しか頼りにできる人がおらず、源氏からの愛情がなくなればみじめになるだけ」と考え、そうなる前に出家したいと思い続けます。

朱雀院から源氏に、「寿命が近づいているように思うので、その前に女三の宮に一度会いたい」と手紙が届きます。源氏は、来年朱雀院が50歳になるので、そのお祝いを開催して、その時に対面させようと思いつきます。

朱雀院は女三の宮に琴を教えていたので、「会える時、琴の演奏を聴きたいな。さぞかし上達しただろう」と言い、今上帝も「源氏なら格別に教えているだろう」と言っているとか。源氏は「マズイ！」〈＝たいして上達していない⬇自分が大切にしていないことがバレる〉と焦り、急遽、女三の宮への琴集中レッスンが始まります。

最初はひどいレベルでしたが、だんだんコツをつかみ、とても上手になりました。

明石の女御も紫の上も、琴を習ったことがないので聞きたがります。

そこで源氏は「女性の演奏会」を開催し、女三の宮は琴、明石の君は琵琶、紫の上は和琴、明石の女御は箏の琴を演奏します。

（このあたりに、「紫の上は今年37歳」と書かれています。源氏と8歳差という設定なので過ぎているはずですが、37歳は女性の重厄なので、紫式部は間違いに気づきつつも、わざとそうした説があります。）

藤壺が37歳で亡くなったので、源氏は紫の上に「祈禱を例年よりもしっかりするように」と話しますが、紫の上は「行く先長くない気がするので、出家の願いを許してほしい」と頼みます。

断固反対する源氏は、紫の上の気が紛れるように、「過去に関係があった女性たち」の話をします（なぜ、その話題をチョイスした!?）。

「夕霧の母親である**葵の上**は最初の妻で、左大臣の娘という格別な身分の人だし、いいかげんに扱ってはいけないと思っていたんだけど、仲良くなくてさ。心に隔たりがあるまま終わったことが、今から思うと気の毒で後悔もしているんだ。でも、僕だけが悪かったとは思ってないよ。ただ、いつもあまりにも完璧で、くつろげない女だったたな。

秋好中宮の母親である**六条御息所**は、たしなみ深く優雅な女性だったよ。だけど、だからこそ気がひけちゃって、逢うのは苦痛だったな。向こうが僕を恨んでいるのは、そりゃそうだよなって思うけど、ずーっと深く恨み続けられるのは本当につらかったよ。油断できなくて、あまりにも遠慮して接していたからか、そのまま仲が隔たってしまったんだ。関係が世間に知られて、

『若い男に夢中になって捨てられた女』という目で見られるのを思い詰めていたのは、気の毒だったな。僕の責任もあるし、罪滅ぼしのために秋好中宮をしっかり面倒見てきたので、あの世から見直してくれているかな、と思うんだよね。

明石の君は田舎娘で、最初は軽いお遊び程度に考えていたんだけど、すごく思慮深い女性だよね。うわべはおっとりしているけど、とても芯のある人だな」と言うのです。

紫の上は「他の人はお会いしたことがないけど、明石の君は本当に素敵な女性ね」と答えると、源氏は「君こそとても賢く、僕はたくさんの女性と関係を持ってきたけど、君のような女性はいないよ。ま、嫉妬深いけどね」と笑いながら言いました。

夕方、「女三の宮に琴(きん)の演奏をほめてくるよ」と出て行きました。翌日明け方から、紫の上は胸痛に苦しみます。それを知った源氏が慌てて帰って来ると、本当に苦しそうです。「厄年なので祈禱をよくするように話したばかりなのに」と思うと、恐ろしくもなります。

この騒ぎで、朱雀院のお祝いの話は立ち消えました。

紫の上はなかなか快方に向かわず、場所変えで二条院に移ります。

多少話ができる時には「お願いだから出家をさせて」と言うも、源氏は引き留めます。

明石の女御もお見舞いにきますが、紫の上は「物の怪(もののけ)がうつると恐ろしいから、早く帰りなさい」と、苦しいながらに言い聞かせます。病気の原因は不明で、加持祈禱をしても名乗り出る物の怪もいないのです。

柏木は中納言になり、女三の宮の姉・二の宮を妻にするも、その母親が身分の低い更衣なので軽視しました。

女三の宮を忘れられず、小侍従（＝女三の宮の乳母子）を呼び出して、「長年の想いをちょっとでも伝えたいので、手引きをしてよ」と頼みます。最初は「冗談じゃない」と断ったのですが、あまりにも熱心でしつこい柏木に、小侍従は根負けして引き受けてしまいます。

ようやくチャンス日が来たので、小侍従が連絡をすると、柏木は喜んでやって来ました。

女三の宮は寝ていましたが、男性の気配がするので「源氏だ」と思っていたところ、抱きかかえられて「!?」となり、勇気を出して目を開けてみると「誰!?」状態です。しかも、その男、わけわからないことをブツブツ言っています。女三の宮はブルブル震えて失神しそうですが、柏木が「昔からずっとずっと好きでした。つらくて、苦しくて、抑えきれなくてこんなことをしてしまいました。これ以上のことはしません」と言うので、「例の！」と思い当たりますが、恐ろしくて何も返事ができません。柏木は「せめて一言『あわれ（＝気の毒）ですね』とだけ言ってくれたら、出て行きます」と言います。

慕い続けた女三の宮を実際に見ると、本当にかわいらしく、異常に興奮してしまい、欲望が爆発しました（「これ以上のことはしない」というセリフはあてになりません）。

女三の宮は茫然自失です。柏木は「僕たちの関係は、逃れられない運命だね」とか言ってます。

一方、女三の宮は「源氏に会わせる顔がない」と思い、子どものように泣いています。夜も明けそうなのに、柏木は帰ろうとせず「どうか一言声を聞かせて」と言いますが、女三の宮はそれどころではありません。「そっか。じゃあ、死ぬしかないか。今まではあなたに未練があって生きてきたけど、これで僕も終わりだね」と言いながら、女三の宮を抱きあげ、「ねえ、『あわれね』って言ってよ」と脅しますが、女三の宮は震え上がって言葉が出ません。夜が明けるので、ようやく柏木は帰りました。

柏木は、自分の犯した罪に今さら恐ろしくなります。犯された女三の宮はふさぎ込みます。体調不良だと聞いた源氏が、二条院から慌てて帰ってきます。病気の感じはなく、恥ずかしそうに目を合わせないので、「紫の上の看病でずっとかまえなかったもんな」と気の毒になり、紫の上の容態がよくないことなどを丁寧に説明します。女三の宮は、自分が他の男性に犯されたとは思いもしていない源氏を気の毒に思い、涙ぐみました。

二の宮は、夫（＝柏木）の様子がおかしいことに気づき、嘆きつつ箏(そう)の琴(こと)を弾きます。柏木は、そんな二の宮が上品で優美だと思うも、「もう一人のほうと結婚したかった」と思い、「**三の宮と二の宮の二人のうち、なぜ落葉を拾ってしまったのだろう**」と書きました（なんという失礼な男でしょう。この和歌から、女二の宮は通称「落葉(おちば)の宮(みや)」と言われています）。

源氏が女三の宮といる時、「紫の上が亡くなりました」と使者が来たので、すぐに二条院に向かい、源氏は「もう一度目を開けてくれ」と取り乱します。あまりの姿に神仏が同情したのか、この数か月、まったく出て来なかった物の怪が、小さい子どもに乗り移って騒いでいる間に、紫の上は次第に息を吹き返したのです。

物の怪が「数か月も加持祈禱をして私を苦しめるから、同じ苦しみを与えようと思ったけど、死にそうなほど取り乱す姿を見ていると、耐えられなくて姿を現してしまったわ」と言って泣く様子は、間違えなく六条御息所です（まだいたの!?）。

「娘（＝秋好中宮）のことは、とても嬉しく感謝しているわ。それはそうと、先日の紫の上にしていた、私（六条御息所）と逢うのが苦痛だったという話は何!? 本当に恨めしいんだけど！ 紫の上が憎いわけじゃないけど、あなたに憑りつくには神仏の加護が強過ぎて無理だったの」とのことでした。

紫の上の体調がマシになってきました。紫の上は源氏の嘆きようを見て、「自分が死んだら立ち直れないだろう」と思い、薬も頑張って飲み、一か月後には時々起き上がれるようになりました。源氏はつきっきりで看病して数か月、六条院にはまったく帰りません。

その頃、六条院の女三の宮は、重病ではないのに食べられません（これはもしや……）。

柏木は、源氏が六条院にいないのをいいことに、女三の宮のもとへ通っています。女三の宮は、柏木の気持ちを受け入れたわけではなく、つらいと思いつつそういう関係なのです。女三の宮はやはり妊娠しており、乳母たちが気づきました。

女三の宮のお見舞いに戻った源氏が、実はおめでただと聞いて、「え？　おかしくない？　前来た時からだいぶ経っているんだけど？」と言うも、それ以上はツッコミませんでした。

柏木は、今、源氏が六条院にいると聞くと、（逆恨み？をして）女三の宮に手紙をよこしてきました。女三の宮がちょうど一人だったので、小侍従がこっそりと渡します。「そんな不快なもの、見るのも嫌よ」と言うも、小侍従が手紙を広げていると、源氏が来たので小侍従は退散します。女三の宮は手紙をうまく隠せず、敷物の下に挟みました。

翌朝早く、源氏は敷物に手紙が挟まっているのを発見します。紛れもなく柏木の字です！　小侍従がその様子を見ており、源氏が出た後、女三の宮に見たことを話すと、女三の宮は驚いて号泣します（これはマズイことになりましたね）。

源氏は事の真相に気づき、「女三の宮を大切に扱ってなかったものの、寝取られて、妊娠までさせられるのはおもしろくない」と思うも、「顔色に出すべきではないか」と思い乱れます。さらに、「桐壺院は知らないふりをしてくれたのだろうか。藤壺とのことは、あるまじき過ちだった」と考え、「柏木を非難できる立場ではないな」と思うのでした（まさに因果応報）。

相変わらず手紙を送ってくる柏木に、小侍従は源氏にバレたことを伝えます。衝撃の事実に、柏木は愕然とし、宮中にも行けなくなります。源氏は、妊娠中の女三の宮を見捨てられずお世話をしつつ、内心は、女三の宮が柏木を拒みきらなかったことが不満でした。そして、玉鬘は自分が口説いても、うまく流していたことを思い出して、あらためて「賢い女性だ」と感じ、また、「朧月夜も流されやすいタイプだったな」と思います。そんな朧月夜が出家したと聞いた源氏は、残念に思いました。

朱雀院の50歳のお祝いは、紫の上の体調不良などで度重なる延期が続き、ようやく十月に決まりかけるも、女三の宮が妊娠八ヶ月でつらそうなため、また延期となりました。柏木も女三の宮も罪の意識で体調がボロボロです。朱雀院は、女三の宮の懐妊を聞いて喜ぶも、娘のところには長い間、源氏の訪れがないと聞いていたので不審にも思います。

柏木は、何かあれば必ず源氏に招かれていたのに、最近呼ばれていません。柏木の体調も悪く、六条院で催しものがないため、世間の人は怪しんでいませんが、夕霧だけは「おかしい」と感じます。とはいえ、まさか密通＋懐妊などとは思ってもいませんでした。

十二月、朱雀院のお祝いの試楽（しがく）が六条院で開催され、音楽の才能に長（た）けている柏木がいないのは不審がられるので招待するも、病気を理由に参上しません。源氏は「気を遣っているのだろう」と気の毒に思い、手紙を届けたので、柏木は行かざるを得ません。

源氏はいつも通りに接しつつも、柏木をガン見し、酔ったフリをして柏木に絡み続けます。

柏木は動悸が激しくなり、杯がまわってきても飲むフリをしようとしましたが、源氏が強引に飲ませたため、気分が悪くなり、試楽の途中で退出しました。

そのまま重病となり、両親も取り乱します。どんどん悪化して、まったく食べられなくなりました。

朱雀院の50歳のお祝いは、十二月二十五日に開催されました。柏木が重病で、親兄弟やたくさんの人々が嘆き悲しんでいる時ですが、ここまで延期しまくっていたので、今回ばかりは延期ができません。源氏は女三の宮の心中を考えると、気の毒に思うのでした。

36帖

柏木（かしわぎ）

光源氏48歳

柏木が懇願したセリフ

「あわれ」と言ってくれたのは誰？

桐壺院

朱雀院（すざくいん）　母

六条御息所

光源氏

今上帝（きんじょうてい）

父大臣

女三の宮（おんなさんのみや）

柏木（かしわぎ）

女二の宮（おんなにのみや）（落葉の宮（おちばのみや））

葵の上

夕霧（ゆうぎり）

薫（かおる）　実際は柏木と女三の宮の子

仕える

小侍従（こじじゅう）［乳母子］

柏木は体調が良くならないまま、新年を迎えました。「親より先に死ぬのは苦しいけれど、今死んだら女三の宮も少しはあわれだと思ってくれるよね。このまま生き長らえれば、自分にも女三の宮にも大変なことが起こるだろうし、死んだほうが源氏も許してくれるはず」と柏木は思います。そして、少し具合がマシになると、性懲り（しょうこ）もなく女三の宮に手紙を書きます。「**もうきっとお別れです。私の具合を気にもしないのは当然ですが、本当につらいよ**」と和歌を書き、「せめて『あわれ（＝気の毒）ね』とだけ言ってください」と、またこのセリフを書きます。

小侍従は女三の宮に「本当にこれが最後かと。やはりお返事を書いてあげて」と言うも、「私も今日か明日かの気持ちでいっぱいいっぱいなの。たしかにかわいそうだけど、もう懲り懲りよ。無理」と一切書こうとしません。それでも小侍従がしつこく迫り、ようやく書いてもらった手紙を持って、柏木のもとへ行きました。

柏木は小侍従に「あの六条院での試楽の日、源氏と目を合わせてから、そのまま気持ちが乱れて、さまよい出た魂が体に戻ってこなくなったのだ」と弱々しく話します。

小侍従から女三の宮の様子を聞くも、「今はもう何も言うつもりはないよ。ただ、無事に出産したことだけは聞きたい」と思い詰めているので、小侍従ももらい泣きをします。

女三の宮からの返事には、「**あなたと一緒に私も消えてしまえないかな。私だってつらくて思い乱れているの**」と書かれていました。柏木は「**行方もわからない空の煙になったとしても、あなたの側（そば）を離れないよ**」と書き、どんどん体調が悪化していきました。

この夜、女三の宮の陣痛が始まり、翌朝男の子が無事誕生しました。女三の宮は「このままお産が原因で死んでしまいたい」とすら思い、源氏に「尼になりたい」と言います。源氏は「なんと不吉な」と言うも、内心「本人がそう思うなら、そのほうがよいのかも」と思います。

山にいる朱雀院は、娘の無事出産の知らせにホッとしますが、娘が情緒不安定だと聞き、夜にこっそりと山を出ました。突然の訪問に源氏はびっくりしますが、丁重に迎えます。

朱雀院が女三の宮に対面すると、女三の宮は「今来てくれたついでに、私を尼にして」と泣いてお願いします。源氏が「数日前からこんなことを言い出して。物の怪がさせているのかと」と朱雀院に話すと、「そうだとしても、弱っている人が言うことをちゃんと聞いてあげないと、後悔するのでは」と言われます。

源氏に任せるのが一番よいと思って決めた結婚でしたが、そんなに大切にされていないことを朱雀院は耳にしてきたので、尼になることに賛成しました。

源氏が必死に止めるも、女三の宮の決意は固く、とうとう髪の毛を削ぎました。源氏も朱雀院も涙が止まりません。朱雀院はずっと「女三の宮が幸せに生きていけるように」と願っていたのに、自分の手で尼にすることになり、無念でなりませんでした。

物の怪が現れ、「紫の上を取り戻したと思って安心しているのが本当に妬ましくて、女三の宮に数日間とり憑いていたの。フフフ」と笑っているのです（物の怪の正体は、書かなくてもわかりますね）。源氏は驚愕し、「物の怪のせいだったのか」と悔やみます。

柏木はこれらを聞いて、消えてしまいそうになります。

夕霧はいつもお見舞いに来ていました。二人きりになった時に、柏木が「心残りがある」とのこと。「親孝行や、今上帝へのお仕えも十分にできなかったことと、源氏に対して意に反することをしでかしてしまい、数か月間、恐縮で不本意で、この世に生きているのも心細くなって病気になったと思う。朱雀院のお祝いの試楽で、源氏と目が合った時、生きていけないと思ったんだ。いつか機会があれば、君がとりなしておくれ。死後でも、もし許してもらえたなら、君のおかげだよ」と苦しそうなので、夕霧は思い当たることはあるけれど、密通とまでは思っていません。

さらに柏木は、「落葉の宮のことも頼む」と言うと、具合が悪くなってきた様子だったので、夕霧は泣く泣く退出しました。

その後、柏木は泡が消えてなくなるように息を引き取りました。

出家した女三の宮は、柏木の愛情を疎ましく思っており、「病気がよくなりますように」ともまったく思わなかったのですが、亡くなったと聞くと、さすがにあわれに思いました。

若君の五十日（いか）のお祝いの頃。女三の宮が出家した今になって、源氏は、以前よりも女三の宮を大切に扱います。若君を見ると柏木にとてもよく似ており、源氏は思わず涙が出ます。

若君は「かをりをかしき顔ざま」だと書かれており、「においたつような美しさ」のことで、この若君は「薫（かおる）」と呼ばれます。

夕霧は、柏木が死ぬ間際に打ち明けた話をずっと考えています。いつか源氏にそのことを言って、様子を見ようと思うのでした。

落葉の宮は死に目に会えず、深く嘆いています。邸内は人も少なく心細くなりますが、夕霧がお見舞いに来てくれました。夕霧が落葉の宮の母に、「柏木の遺言もあるので、僕がお世話をします」と伝えると、母は「つらい中にも嬉しいことがあった」と泣きました。

帰り道、夕霧は柏木の家に寄ります。父大臣は痩せ衰えて、髭も剃らずに伸び放題で、憔悴（しょうすい）しきっていました。父大臣は、柏木は夕霧と仲が良かったことなどを思うと、涙が止められませんでした。

夕霧は柏木の遺言を守って、落葉の宮のところにいつもお見舞いに行きます。

最近、落葉の宮の母は体調がすぐれず臥（ふ）しています。夕霧は落葉の宮に、「**同じことなら親しく慣れた関係になってほしいな。『柏木が託してくれた』と思って**」と和歌を詠み、「御簾（みす）越しなのが恨めしいよ」と、直接対面したいことをほのめかします。

落葉の宮からは「**夫は亡くなりましたが、『他の男性を近づけてよい』などと言うかしら。いえ、ありえないわ**」と「あなたが浅薄な方だとわかりました」と言われたので、夕霧は苦笑いをします。落葉の宮に興味を持ちつつ、「今は僕を柏木だと考えて、疎ましく思わずに接してください」と、口説き文句ではなく、親切心アピールをして言いました。

今上帝も、世間の人も悲しみ、「あわれな柏木よ」と皆が言いました（「あわれ」は、柏木が女三の宮に何度も言ってくれと頼んだ言葉です。あの時には言ってもらえませんでしたが、今、皆に言われます。ただ、柏木は世界中の人に言われるよりも、たった一人、女三の宮に言ってほしかったのでしょうが……)。

源氏は、薫を「柏木の形見だ」と見ます。ですが、他の人は、まさか薫が柏木の子だとは思いもよらないことなのでした。

37帖

横笛（よこぶえ）

光源氏49歳

笛の正当な持ち主は誰？

夕霧VS源氏　静かなる闘い

父大臣
葵の上
光源氏
朱雀院（すざくいん）
母
夕霧（ゆうぎり）
雲居雁（くもいのかり）
子どもたち
今上帝（きんじょうてい）
明石の女御（あかしのにょうご）
女三の宮（おんなさんのみや）
柏木
実の子
薫（かおる）
女二の宮（おんなにのみや）（落葉の宮（おちばのみや））
紫の上が養育
三の宮（さんのみや）（匂宮（におうのみや））・子どもたち

柏木がこの世を去り、今もたくさんの人が恋い偲(しの)んでいます。源氏も常にかわいがっていたので、ありえないこともされましたが、事あるごとに偲びます。

夕霧も一周忌の供養を熱心に行い、今も落葉の宮のお世話をし続けています。

朱雀院は、二の宮（＝落葉(おちば)の宮(みや)）がこのように夫に先立たれて嘆いており、女三の宮も尼となってしまい、いろいろと不本意なことばかりですが、俗世の未練を絶とうと必死に耐えています。ただし、女三の宮とは同じ出家の身として、ちょっとしたことでも手紙をあげていました。

薫(かおる)はスクスクと成長して、ゾッとするほどかわいいので、源氏は「この子が生まれてくるために、あれは避けられないことだったのかもしれないな」とすら思います。

秋。人恋しい季節の夕方、夕霧は落葉の宮がどうしているか気になり、邸に行きました。

いつものように落葉の宮の母が対応して、柏木の思い出話などをします。先ほどまで落葉の宮が弾いていた和琴(わごん)を引き寄せると、宮の移り香が染みついていたので、夕霧は「こういう場合に、好色な男は我慢できなくなり、豹変(ひょうへん)するんだろうな」などと思いながら和琴を弾きます。

その後、琵琶を弾いたりしていると、落葉の宮の母から贈り物と一緒に笛を渡されます。見てみると、それは柏木がいつも肌身離さず持っていた笛でした。柏木が生前、「うまく吹きこなせなくて、理想的な持ち主にどうにかして伝えたい」と言っていたことを思い出すのです。

夕霧が三条邸に帰ると、妻（＝雲居雁）も子どもたちもみんな寝てしまっていました。

誰かが雲居雁に「夕霧は落葉の宮に夢中みたいよ」などと言ったらしく、夕霧が夜更けに帰ってくることが雲居雁は憎らしくて、わかっていて気づかないフリをしています。

同じ部屋で寝ている子どもたちの寝言があちこちでしていて、女房たちも混じって寝ているのでとにかく賑やかで、とても幸せな家族の風景ですが、夕霧は先ほどの落ち着いた、どことなく寂しい落葉の宮の邸との違いをより一層感じるのでした。

夕霧は「僕が帰ってしまって、落葉の宮はもの思いにふけっているだろうか。どうして柏木は、落葉の宮のことを深く愛していなかったのだろう。実際は期待外れなのか？」などと、横になりながらいろいろ考えます（これはハマっちゃっていますね）。

そのまま少し寝入った夢に、柏木が出てきたのです！　生前と同じ姿で傍に座って、例の笛を見ています。**「笛を吹き伝えてくれるなら、同じことならば、末長く私の子孫に伝えてほしいな」**と詠み、「この笛を渡したい人が別にいる」と言うのです。「それは誰なんだ!?」と聞こうとすると、子どもの夜泣きの声で目が覚めてしまいました。夕霧は、この笛をどうしようと悩み、ひとまず六条院に参上しました。

源氏は明石の女御の部屋にいます。女御が生んだ、かわいい三の宮（3歳の皇子）を紫の上が引き取って、自分の部屋に住まわせています。この子は「匂宮（におうのみや）」と呼ばれています。走り出てきた匂宮を、夕霧が明石の女御のもとへ抱っこして連れて行くと、女御の子たちや薫も一緒に遊んでいます。子どもたちが夕霧の取り合いを始め、そんな様子を源氏は微笑みながら見ています。

夕霧は、「これまで薫をきちんと見たことがないな」と思い、走って寄ってきた薫をまじまじと見ると、明石の女御たちの子よりも、きめ細やかな美しさがあります。そして、柏木よりもちょっと目力は強いけれど、目尻がそっくりです。口元のはなやかな感じや、笑った様子も柏木そのものです。「え？　これは……。源氏も気づいているだろ……」と思います。

マジか――事実に気づいた夕霧は愕然とします。柏木の父大臣が廃人のようにやつれて、「柏木の子だと名乗り出てくる人さえいないことが悲しい。形見だけでも残してくれていたら」と泣き崩れていたので、「これを言わないのは罪だろう」と思うも、まだ半信半疑でもあるのです。

夕霧から落葉の宮の様子を聞いた源氏は、息子がこの女性に心ひかれていることを感じ取り（さすがこういうことには鋭いですね）、「柏木が親友だったことを忘れないように。そなたが親切でしていることだと先方は思っているのだから、そのまま清い関係で、あれこれ厄介なことが出てこないように。そのほうが誰のためにもいいのだ」と言うので、夕霧は「ごもっとも」と思うも、「人のことはそう言えるんだな。ほんっと棚上げだな。どの口が言っているのだろう」と思うのでした。そして、「この機会に」と、例の柏木の夢の話をします。やはり思い当たることがあるようで、「その笛は、こちらで預かるべき物だね」と言うのです。源氏は、「柏木は薫に笛を伝えたいと思っているのだろう」と、「夕霧は思慮深いので、おそらくあのことに気づいているのだろう」などと考えます。夕霧は、柏木の遺言もここで伝え、「どういうことなのかよくわからず、気がかりで」と言います。真実を話すわけにはいかない源氏は、「何のことだか、よく思い出せないなぁ……」ととぼけます。はっきりした返事をもらえない夕霧は、自分がこんなことを言い出したことに、源氏が何を考えているのかと気になります（お互い腹の探り合いのような感じですね。静かなバチバチ。こんな場面でこの帖は終わります）。

38帖

鈴虫（すずむし）

光源氏50歳

今さら口説いてももう遅い！

そして、秋好中宮の苦悩

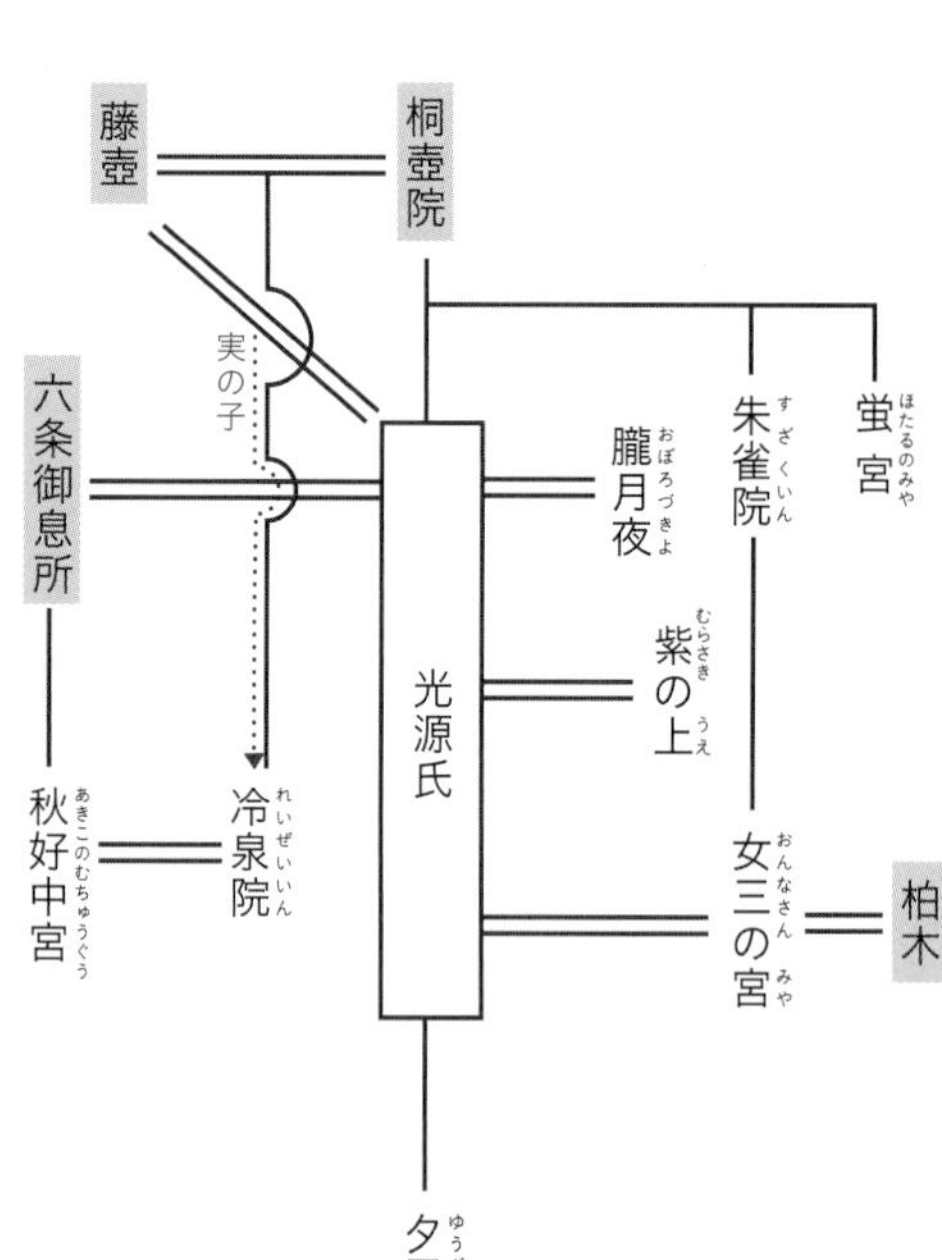

夏に、出家した女三の宮の持仏開眼供養が行われます。

源氏や紫の上が細やかに準備をして、盛大に行われました。

源氏は「**来世では同じ蓮の台（＝極楽往生した者が座る蓮華の台座）で一緒になると約束しよう。現世では、別れて暮らすのが悲しいけれど**」と女三の宮の扇に書きます。

返事には「**来世は隔てなく同じ蓮の台でと約束しても、あなたは私と一緒に住もうとはしないでしょうね**」と書かれており、源氏は笑いながらもしんみりするのでした。

朱雀院は、桐壺院から伝領した三条宮を女三の宮の住処として、源氏と別居することを勧めます。出家の身なのでいつかは別居すべきですが、源氏は「離れて暮らすのはまだ何かと心配だ。自分が生きている限りは、お世話をする機会を失いたくない」と反対します。

一方で、三条宮をきれいにリフォームしたり、相続した宝物などをそこへ移したり、いろいろと準備もしました。

源氏は今になって、女三の宮を大切に扱い、細かいお世話などをしっかりとするのでした。

秋。女三の宮の部屋の前庭を一面野原にして、源氏はそこに鈴虫や松虫などを放ち、夕暮れになると虫の声を聞きにやって来ますが、虫の声は口実で、女三の宮に会いたくて来ており、尼になった今でも、口説き文句のようなことを言ってくるのです（本当に今さら過ぎますよね）。

女三の宮は「いつもの源氏の変な性癖（＝障害があるほど燃える）が出たら大変だ」と、ひたすらうっとうしく思います（それにしても、あの幼いと思われていた女三の宮にこんなふうに思われるとは。「成長したのだなぁ」と感慨深いですね）。

女三の宮は、今は夫婦の夜の営みもなく気楽なのに、こんなことをされると心苦しいので、離れて住みたいと思うのでした。

八月十五夜、源氏がいつものように虫の声を聞きに訪れ、琴を弾きます。蛍宮が、「今夜も例年通りに管絃の催しがあるか」と六条院にやって来ました。夕霧も、殿上人などを連れて来ます。琴の合奏を楽しんでいる時に、源氏は「柏木が亡くなり、映えが失せてしまった気持ちがするよ。風流なことがわかる気が利いた男だったのに」と言って涙を流し、「女三の宮は、御簾の中で聞いているだろうな」と思いながら話します。

しんみりしてしまったので、源氏は「今夜は鈴虫の宴に遊び明かそう！」と言い、場を盛り上げました。宴会の途中で冷泉院から「同じことならこちらで月を」と手紙が届きます。源氏も六条院に来ていた人々も参上して、和歌や漢詩などを楽しみ、明け方に退出しました。

源氏は秋好中宮のもとへ行きました。「自分よりも若い柏木が亡くなったり、朧月夜や女三の宮が出家したりで、取り残される気持ちがするよ。無常な世の心細さもどうしようもないし、もう出家したいんだ」と話し、「出家後、後に残される夕霧や紫の上たちの面倒をどうか見ておくれ」と真面目に伝えますが、秋好中宮からも「みんな出家するし、私も出家したいと考えていまして……」と言われてしまいます。

源氏は「なぜ出家なんて。たいして嫌なこともないのにダメだぞ！『人がするから自分も』なんていう仏道心はかえってよくないし、あるまじきことだ」と大反対。

中宮は、「私の気持ちなんてわかっていない」と悲しくなります。亡くなった母・六条御息所があんなふうに物の怪となって、人から恨まれて、源氏はそのことを隠していますが、こういう話は自然となぜか漏れてしまうもので、それを耳にしてから中宮は悲しくてたまらず、もう何もかもが嫌になったのです。

本当は、母がどんなことを言っていたのかなど詳しく聞きたいけれど、そんなことは言えないので、「母の噂は聞きました。亡くなったことだけを忘れないでいましたが、まさか母が今も苦しんでいるなんて……気づいてあげられなかった自分が情けないのです。私が母の無念や未練をなんとかしてあげたくて、出家したいのです」と言ったところ、源氏はそんなことを考えている中宮に感動します。

ですが、それでもやはり出家を賛成するわけにはいきません。

中宮は母の苦しみを思うと、出家を望む気持ちを捨てきれませんが、源氏だけではなく冷泉院も許してくれないでしょうから、ひたすら母の供養をして過ごしました。

39帖

夕霧（ゆうぎり）

光源氏50歳

真面目系クズ炸裂

～クズを通り越してホラーです～

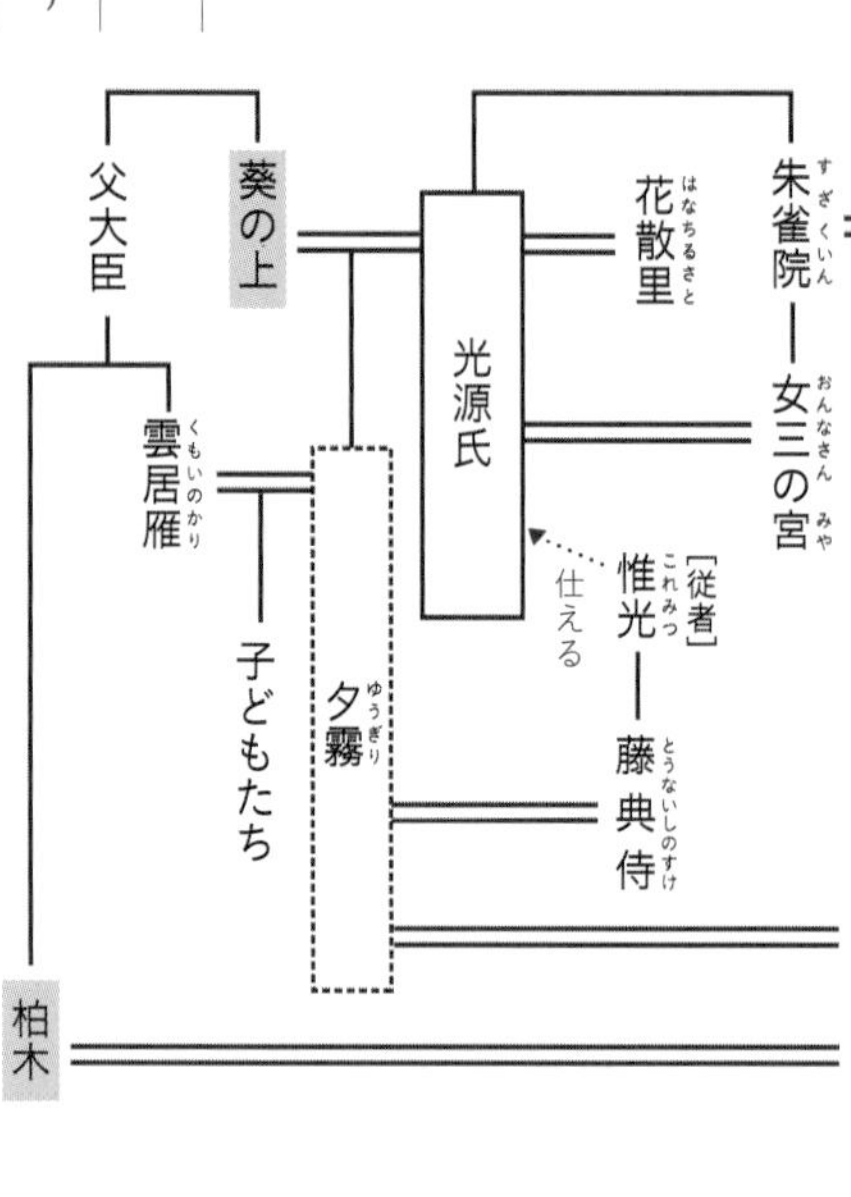

「真面目」で有名な夕霧ですが、落葉の宮への気持ちがどんどん募っていきます。柏木から託されてのお世話なので、一転して口説きだすのはカッコ悪いと気にしますが、「親切にし続ければ、いつか心を開いてくれるのでは」とも期待します。

いつも宮の母が対応するので、どうにか宮に自分の気持ちを伝えたいと思っている時、宮の母が物の怪に取り憑かれて体調を崩し、小野という山里（現・修学院離宮付近。比叡山麓）の別荘へ移動します。夕霧はその準備をいろいろと丁寧にしたので、宮から直筆のお礼の手紙がきます。

その後、ひっきりなしに文通をしているので、雲居雁は「このままだと絶対まずい」と感じます。夕霧は雲居雁がピリピリしているので、なかなか落葉の宮へお世話に行けない状況でしたが、「とある法師が久しぶりに比叡山から下りてきたらしく、相談すべきことがあるんだ。落葉の宮の母上が体調を崩していて、お見舞いがてら行ってくるよ」と雲居雁に言って出かけました。

宮の母は物の怪がうつらないように、落葉の宮を自分のもとに近づけません。客人も入れられないため、夕霧には宮の部屋の前に御簾越しで座ってもらい、女房が取り次ぎをします。夕霧は宮の気配を感じるので、気が気ではありません。

取り次ぎが行き来している間に、夕霧は宮の女房の小少将に「何年もお世話をしているのに、いつまでも隔てがあるのが恨めしいよ。若い頃から恋愛に慣れていれば、こんな思いもしなかったのかな。こんなに真面目に生きてきた男なんて、僕の他にはいないよ」と言います。

女房は落葉の宮に「返事をしないと、人情がわからない人間だと思われてしまう」と言うと、「私も具合がよくないの。直接のお話はできないわ」と言いますが、夕霧は御簾越しに直接宮に話しかけます（暴走しだしました）。夕霧は今日を逃すわけにはいかず、帰る気ゼロです。

宮の母が本当に苦しんでいるので、女房たちはそちらに行き、落葉の宮のあたりには人が少なくなりました。霧が立ちこめてきたので、「**夕霧**（＝夕方の霧）**が出てきて道がわからず、僕もどちらに出て行けばよいかわかりません**」と夕霧が詠むと、「**霧も心が浮ついている人をとどめないでしょう**」と、かすかに宮から返歌があります。夕霧は抑えきれずに想いを打ち明けます。

宮は、面倒くさいことになったと返事もしません。夕霧は「霧で帰れないので、このあたりに宿を借りますね。この御簾の前で待たせてもらいます」と言って居座り、取り次ぎで中に入る女房の後ろから一緒に御簾の中に入ったのです。

びっくりした落葉の宮は、襖の向こうに逃げようとするも、夕霧に着物の裾をガシっと掴まれてしまいました。ただ、夕霧は「それ以上のことは許しがないのならばしない」と言います（そこは紳士のままの夕霧です）。

落葉の宮は襖を押さえていますが、男性の力のほうが強いわけで、簡単に開けることはできるのです。ですが、夕霧は開けることはせず、「こんな仕切りを頼みに思っているのが、かわいいこと」と笑います（これはこれで恐怖です）。

その後も「男を知らないわけじゃないのに」とか超絶失礼なことを言うも、宮に「夜が明けないうちに帰ってください」と言われて、夕霧はしぶしぶ帰りました。

朝露に濡れた姿で雲居雁のもとへは帰れず、六条院に戻ります。花散里が常に服を準備しており、それに着替えました。落葉の宮に手紙を出すも、宮は不快で開きもしません。女房たちが返事を催促するので、『見る気が起こらない』と書いて」と言いました。

宮の母が加持担当の僧から、「夕霧はいつから通っているのか」と聞かれます。宮の母が「そんな関係ではないわ。柏木の遺言を守って長年親切にお世話をしてくれて、昨日もお見舞いに来てくれたのよ」と答えると、「今朝、夕霧が明け方に帰るのを見たけど、本妻（＝雲居雁）が栄えていて、子どもも八人くらいいるし、叶わないからやめておくべき」と言うのです。

母は「あんな真面目な人が、そんなわけないけど、もしかしたら……」と思い、僧が帰った後、小少将を呼んで確かめると、本当に朝までいたことがわかり、娘と深い仲になったと思い込んだ母は、「娘は皇女なのに、僧や女房たちから噂され、浮名（うきな）を流すことになるのか」と思うと残念で、涙を流します。母は宮から直接話を聞こうと呼び出しますが、宮はつらくて行けません。夕方にやっと対面できると、宮の様子が気の毒で、母は問いただすことができません。

そこにタイミング悪く、夕霧からの手紙が届きます。母が見ると「あなたがあきれるほど薄情なのをはっきりと見たので、かえって無鉄砲になっちゃいそうだよ」とあり、「**僕の気持ちをせき止めようとすると、浅はかだとわかるでしょうね。浮名が流れて隠し通せないので**」と和歌が書かれていました。事情を知っているものから見れば、フラれたのに諦めの悪い迷惑な内容ですが、男女の仲になったと思い込んでいる母からすると、どうしてこんな娘をなじるような文面なのか、しかも手紙のみで訪れがないことが、無責任極まりない男だと思います。あまりのショックに、母自らが夕霧に「**女郎花（おみなえし）がしおれている**（＝落葉の宮が泣いている）**野原を、どこだと思って一夜限りの夜を過ごしたのか**」と手紙を書いた後、一気に体調が悪化します。

宵（よい）が過ぎる頃、三条宮に帰った夕霧のもとに小野から使者が来ます。いつもと違う筆跡で弱々しくて読めないので、灯火を寄せて見ようとしたところ、雲居雁がそっと近づいて、後ろから手紙を奪い取りました。夕霧が「なんと、はしたない！　これは花散里からの手紙だよ。今朝、風邪をひいていたので具合を尋ねた返事なのに。その弱々しい字がラブレターに見えるか？」と取り返そうともしないので、雲居雁は中を読むことまではしません。

夕霧は手紙が気になりつつも、興味がないふりをします。雲居雁が手紙を隠しましたが、夕霧は探さずにそのまま寝ました。夜中に起きて探すも見つかりません。

朝になっても手紙のありかはわからず、返事を書くこともできず、夕霧はやきもきします。雲居雁に手紙を出すように言っても返してもらえず、その日も暮れました。

どうしようか悩んでいると、御座（おまし）の下が少し盛り上がっているので見てみると、そこに手紙はありました。「やっと見つけた！」と嬉しく思うも、中を読んで顔面蒼白。

宮の母が二人の仲を誤解している、とすぐに察知します。昨夜も訪れず、返事も来ないので、どれほどいいかげんな男だと恨んでいることか。今さらどうしようもできないものの、雲居雁がしたことを恨めしく思います。すぐに出かけようと思うも、今日は凶日なので、「もし結婚を許してくれても、初めての日が凶なんて縁起が悪いな」と真面目に考えて（緊急時にこれは真面目とは言えない）、ひとまず返事だけ出すことにしました。

「おそらく誤解なさっているような気が」と「**秋の野原の草の茂みをかき分けて訪れましたが、仮寝（かりね）の一夜など結んでいませんよ**」と書きます。

使者には言い訳として、「これまで六条院にいて、今退出してきた」と言うように伝えます。

宮の母は返事すら来ないので、「どういう神経しているの!?」と呆（あき）れかえっており、体調は悪くなる一方です。落葉の宮は、母が嘆いていることを心苦しく思うも、思い込んでいる母に何を言っても通じないと考え、泣いてばかりいます。そんな娘を見て、さらに弱っていきます。

物の怪は弱っているところを見逃しません。宮の母は突然失神して体温も一気に下がっていき、落葉の宮は取り乱します。と、そこへ、夕霧からの手紙が届きます。かろうじて意識があった宮の母は、それをかすかに聞き取ります（良かった！　間に合った、と思いますよね？　違うんです）。「手紙が来た」ということは、「今夜も本人は来ない」ということなので、宮の母は「とんだ世間の笑い者となってしまうようね。私まで手紙なんて出しちゃって」といろいろと思いながら、そのまま息を引き取りました。

落葉の宮は母のもとを離れません。すべてがかみ合わず、こんな結果になってしまったのです。知らせを聞いた夕霧は驚愕して、すぐにお悔やみを届けます。源氏や柏木の父大臣からも手紙が届きます。父・朱雀院からの手紙で、ようやく落葉の宮は頭を上げることができました。

夕霧は弔問に訪れ、「少しよくなっていると伺っていたので、本当に驚いて……」と女房を介して伝えますが、「母がこうなったのは夕霧のせい」と思っている宮は返事をしません。女房に急かされても、「勝手にして。私は何も思いつかない」と横になります。女房から「今は亡き人と同じような感じでして……」と言われた夕霧が、「また落ち着いた頃に来ましょう。どうして突然こんなことに」と言うので、女房は経緯を話しました。そして、こうした事情で落葉の宮は取り乱しており、今日のところはお引き取りを……とのことで、夕霧はさすがに帰りました。

月日が流れても落葉の宮は立ち直れず、夕霧からお見舞いがひっきりなしに届くも、見る気もしません。「夕霧」と聞くだけで、ますますつらく恨めしくなってしまうのです。

夕霧は最初、「返事がなくても仕方がない」と思っていましたが、あまりにも返事がないので、「悲しむのにも限度があるだろう。こんなに無視するなんて、人の気持ちがわからないのかな」と恨めしく思います。

雲居雁は、夫と落葉の宮の関係がいったいどうなっているのかよくわからず、夕霧に手紙を渡します。「**悲しんでいるあなたをどうやって慰めればよいの？　落葉の宮が恋しいの？　亡くなった人のことが悲しいの？**」と。

夕霧は「**どちらでもないよ**」という返歌と、「無常の世が悲しいんだ」と返事をしました。

思い詰めた夕霧は「こうなったら、世間の男並みに強引に思いを遂げよう」と考えて小野に行きますが（怖いですね）、あっけなく退散しました。

家に着いた夕霧は、月を見ながら上の空です。雲居雁は「やっぱり落葉の宮に夢中なんだ」と胸を痛め、「源氏のように浮気癖がある人なら慣れているかもしれないけど、夕霧がこんなに思い詰めるのは見たことがないし、このままではきっとつらい目を見ることになるな」と嘆きます（たしかに、こういう人の浮気は、浮気癖がある人よりも厄介でしょうね）。

源氏はこの噂を耳にして、夕霧は自慢の息子でしたが、「これは落葉の宮にも雲居雁にも気の毒だな。柏木の父大臣もどう思うだろうか。娘の婿が、亡き息子の嫁に夢中なんてつらいだろう。宿縁というものは逃れられないので、口出しはできないが……」と思います。

落葉の宮の母の四十九日の法事は、夕霧がとりしきりました。

このことが柏木の父大臣にも伝わり、落葉の宮の舅（しゅうと）である自分がとりしきるつもりだったので、面目をつぶされてイラっとします。しかも、関係のない夕霧がとりしきるということは、落葉の宮を妻としたことを示すものともとれるため、落葉の宮を浅はかな女だとも思うのです。

落葉の宮は、「出家してこのまま小野で暮らそう」と決心していたのですが、朱雀院が「あるまじきことだ。いろんな男に身をゆだねるのはどうかと思うけど、尼になって浮名を流すほうがよくない」と大反対。

宮は、「父親にも夕霧とのゴタゴタを知られているのだ」と恥ずかしく思います。

夕霧は落葉の宮が一条宮（＝小野の前の住まい）に戻れるように、掃除やリフォームなどを指示します。準備が整い、夕霧は小野へお迎えに行きます。宮は「絶対に戻らない」と言いはるのですが、女房や親戚からも説得されました。一条宮に到着すると人がたくさんおり、前に住んでいた家とも思えず、疎(うと)ましくて牛車からすぐには降りられません。

夕霧は自分の仮の部屋まで準備していて、主のように居座っています（究極の恐怖です）。夕霧の本邸（＝三条宮）の女房たちは、「突然こんなあきれた人間になるなんて」とビックリですが、恋愛経験が少ないからこそ、おかしなことをしてしまうのでしょう。

喪中なので初めての日とするには不吉ですが、夕霧は皆が寝静まってから落葉の宮のほうに来て、小少将に「早く宮に逢わせておくれ」と責めます。小少将は「さすがに今日明日はゆっくりさせてあげてください」と言います。夕霧は「本当によくわからないよ。想像と違って子どもみたいな人だね」と言います（私はあなたがわかりません）。**「今はダメです。どうか強引なことはしないで」と小少将が手を合わせて頼むにもかかわらず、勝手に部屋に入り込みました。**

宮は本当につらくて、夕霧がこんな人間だったのかと妬ましく、塗籠(ぬりごめ)（＝周囲が壁になっている納戸）に籠り、中から鍵をかけて寝ました。夕霧はひどい仕打ちだと思うも、「これくらいのことで諦めないぞ」と粘り、明け方に「ちょっとだけすき間を開けて」と言いますが、完全にスルーされます（当たり前ですよね）。

明るくなってきて、邸内の女房たちに顔を見られるのは恥なので、泣く泣く帰りました。

夕霧はいつものごとく六条院に帰り、花散里から落葉の宮とのことを穏やかに問われます。

夕霧は「宮の母から、自分の死後、後見にとお願いされたのです。宮の母の遺言を守らなければとお世話をしているだけです」とスラスラ嘘をつきます。「そういう事情なのね。それにしても三条宮の姫君（＝雲居雁）が気の毒ね」と言うので、夕霧は「姫君!? かわいらしい呼び方だな。鬼のように恐ろしいのに」（ひどい！）と言うのでした。

お昼に三条宮に帰ると、雲居雁は横になっており、夕霧が入っても目も合わせません。機嫌を取るために抱き寄せようとすると、「誰と間違えているの？ 私はもう死んだわ。いつも鬼とか言うから、鬼になろうと思って」と言います（本人にも「鬼」って言ってたのですね）。「かわいらしく怒っちゃって。この鬼は怖くもないですよ」などと冗談を言うので「あんたなんか死んじゃえ！ 私も死ぬわ」という姿がますますかわいらしいので、夕霧は笑います。「落葉の宮のところへ途絶えなく通わなければいけない」と勝手に思っている夕霧は、きちんとめかしこんで、夜、出かけます。見送る雲居雁はつらくて、「尼になろうか」と独り言を言うも、それを聞いた夕霧に「なんて情けない」と言われます。

落葉の宮は、本日も塗籠に逃げて鍵をかけています。夕霧は「考えられないよ」と恨み事を言いますが、落葉の宮にしたら「こっちのセリフ」状態です。落葉の宮は「喪の期間にも関わらずこんなこと……本当に恨めしい」と言い返します。

夕霧は、邸内の女房たちに変な目で見られることを気にして、小少将に「しばらくは、表向きだけでも夫婦のようにするよ。僕の訪れが途絶えたら『宮が捨てられた』とか、また余計な噂が立って気の毒だから」と言います。

そんな夕霧を見ていて気の毒になった小少将は、女房たちの出入り口である裏口から、夕霧を塗籠の中に入れてしまったのです!

落葉の宮は驚き、本当に嫌で、服を頭からかぶって体も髪も見えないようにして、声をあげて泣きます。あまりの様子に夕霧も情けなくなりますが、出て行かずにこのまま塗籠で過ごし、明け方に「ここで引いたらどうしようもない」と思ったのでしょうか、かぶっている服をのけて、夕霧はついに思いを果たしました。

柏木から深くは愛されなかった落葉の宮は劣等感を持っており、「当時よりも衰えた私を、夕霧は夫婦として我慢できるのだろうか」と恥ずかしく思うのでした。

こうして夕霧は、強引に夫婦のように一条宮にいるので、噂を聞いた雲居雁は「終わりだわ。『真面目な人間が心変わりすると、狂ったように別人になる』と聞いたことがあるけど本当ね」と思い、女の子たちと小さい子どもを連れて実家に帰りました。

それを聞いた夕霧は「短気だな」と思います。家に戻ると、残された男の子たちが夕霧を見つけて喜んだり、母親が恋しくて泣いていたりで、心苦しく思いました。手紙を出してもまったく返事がないので、妻の実家へ迎えに行きます。

夕霧は「子どもたちを放っておいて、よく実家でゆっくりできるね。君は僕にはふさわしくない性格だと長年わかっていたけど、昔から心が離れず、今は子どもたちもたくさんいるし、お互いに見捨てられないはずだよね。ちょっとしたことでこんな家出なんかして、何を考えているんだ」と逆ギレ全開です。雲居雁は「私に飽きたみたいだし、別に家にいなくても問題ないでしょ。子どもたちを見捨てないのは嬉しいわ」と言い返します。

結局その夜、夕霧は妻の実家に泊めさせてもらい、一人で寝ながら「新婚早々、俺が通ってこないことを、落葉の宮はどれほど悩んでいるだろう」と考えました（たぶんまったく悩んでないどころか、喜んでいるでしょうね）。

夜が明けると夕霧は、「どうしてもこれっきりと言うならば、そうしよう。三条宮に残した子どもたちも僕は見捨てないから、こっちで世話するね」と脅します。

雲居雁は、夕霧が思い込んだら一直線な性格なのは理解しているので、「自分が連れてきた子どもたちまで、落葉の宮のところで引き取るつもりでは」と心配になります。

雲居雁の嘆きは日に日に増していきます。夕霧の愛人の一人・藤典侍（とうないしのすけ）がこのことを聞いて、雲居雁が自分のことを許せないと言っているのは知りつつも、「**私は人並みの人間ではないので、そのつらさはわからないけれど、あなたのために涙を流しています**」と、手紙を届けました。身分が低い藤典侍のことを軽視していた雲居雁も、同情するようになります。「**人様の夫婦仲を気の毒に思っていたけれど、自分自身のことのように思ったことはなかったわ**」という返事を見て、藤典侍は気の毒に思いました（共通の敵？の出現によってグンと距離が縮まるのは、今も昔も同じですね）。

40帖

御法（みのり）

光源氏51歳

皆から好かれた格別の女性

ついに旅立つ

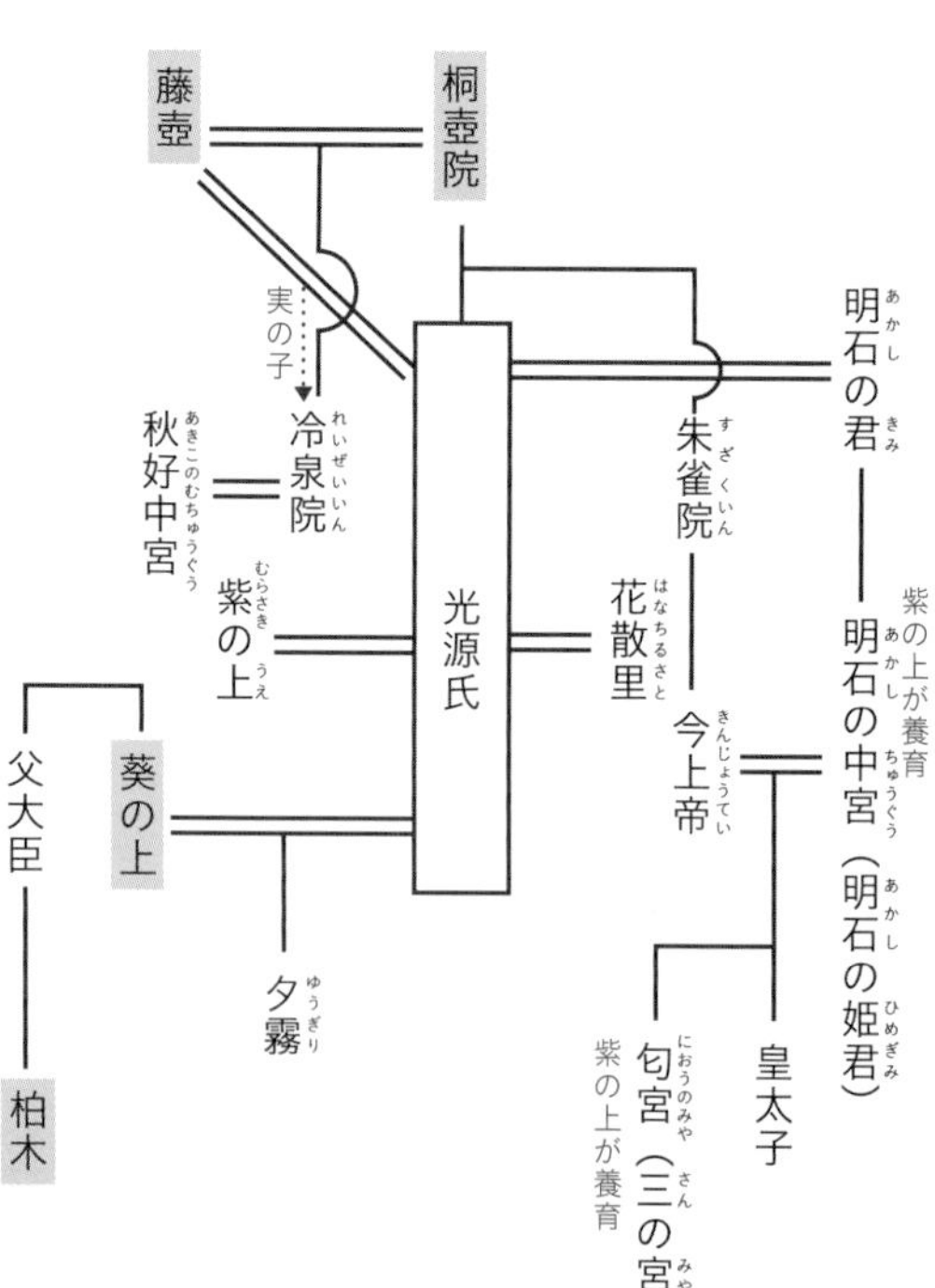

紫の上は、四年前の朱雀院のお祝いの試楽の後に体調を崩してから、ずっと病気がちです。どんどん弱々しくなるので、源氏は嘆きます。紫の上は、この世に思い残すことはないのですが、「自分が死んだら源氏がどれだけ悲しむか」と思うと、そのことだけ心苦しく思っています。あとは、前から思っている「出家をしたい」という望みだけなのですが、源氏が絶対に許してくれません。源氏は「一緒に仏門に入ろうか」とも思ったようですが、修行する間は別々になるし、体調がよくない紫の上を見捨てるようなこともできません。そして、源氏は「こんなに未練があるのに出家するのも、かえってよくない」とためらっていました。

紫の上が、二条院で法会（ほうえ）をおごそかに営みました。今上帝（きんじょうてい）や皇太子、秋好中宮、そして、中宮となった明石の姫君など、たくさんの人からお経やお供え物などが届きます。花散里や、明石の君も六条院からかけつけました。一晩中、尊い読経に合わせて音楽や舞などがにぎやかにされていて、みなが楽しんでいます。紫の上は自分の寿命がもうあまり長くないと感じているので、すべてにしみじみとしてしまうのでした。

夏。明石の中宮が、ますます弱っていく紫の上のお見舞いに訪れます。久しぶりの対面に、たくさん話をします。源氏は、二人の話の邪魔をしないよう途中退席しますが、紫の上が起きて座っていたことを、とても嬉しく思いました。明石の中宮に付き添っている明石の君もこちらに来て、女性三人で心につのる話をしました。

紫の上が5歳の匂宮（におうのみや）と二人の時に、「私がいなくなったら思い出してくれる?」と聞くと、匂宮が「すごく恋しいよ。ボクは、父帝よりも、母中宮よりも、ばあば〔=紫の上のこと〕が大好きだから、いなくなったらイヤだよ」と目に浮かんだ涙をこすっている様子がかわいくて、微笑みながら紫の上も泣いてしまいます。「大人になったらここに住んで、この紅梅と桜の木を大切にして、花の季節にお花見してね。その時に、仏様にも供えてね」と言うと、うなずいてくれる素直でかわいい匂宮です。

秋。少し涼しくなり、過ごしやすい季節になりました。明石の中宮がお見舞いに来ると、紫の上はだいぶ痩せていました。風が吹き出した夕暮れに、庭の植え込みを見ようと肘掛けに寄りかかっていると、源氏がそこにやって来て、「今日は起き上がれるんだね。明石の中宮が来てくれると元気になるようだね」と嬉しそうに言います。紫の上は喜ぶ源氏を見るのがつらくて、「**起き上がっていると見ていても、ほんの少しのことなので、萩の葉の上の露が風が吹けばすぐに消えてしまうように、私もすぐに消えてしまうでしょう**」と和歌を詠みます。源氏は「**どうかすると争って消える露のように、死に後れたり、先立つ間がなければいいな**（＝一緒に死にたい）」と涙を流します。明石の中宮は「**秋風に、少しの間も止まらずに散る露のような命を、誰が草葉の上のことだけだと見るでしょうか、いえ、みんな同じです**」と詠みます。源氏は、「こんなふうに千年みんなで過ごせたらいいな」と思いますが、叶わない望みです。紫の上が「気分が悪くなってきたので、もうこれにて」と横になるのが、いつもより頼りなく見えて、中宮は手を取って泣きます。本当に消えて行く露のように見えるので、加持祈禱も大騒ぎです。また物の怪かと疑い、一晩中いろいろと手を尽くすも、明け方近くに紫の上は息を引き取りました。

中宮は臨終に立ちあえて、深い縁があったのだと考えます。女房たちは正気を失っています。

源氏は夕霧を側に呼び、「出家を願っていたのに、最後まで許さなかったことが申し訳ない。まだ残っている僧もいるだろ？　剃髪するよう頼んでおくれ」と言いながらボロボロ泣いているので、夕霧は悲しく思うも、「死後に剃髪しても、あの世での功徳にはならないし、残された者の悲しみがまさってしまうのでどうでしょうか」とやんわり反対します。夕霧は、あの台風の時、チラっと見かけてから心から離れず、亡骸となってしまった今も、「もう一度顔を見られるチャンスは今しかもう二度とない」と思うと、覗いてしまいます。とてもかわいらしく美しい紫の上。源氏は夕霧が覗いていることに気づきましたが、もはや隠そうともしません。

　源氏は気持ちを無理やり静めて、葬儀に関することをとりしきり、亡くなった当日に葬儀を行いました。翌日の明け方が葬送で、太陽が上がってくると、野原の露がキラキラしています。この露のようにはかない命だと思うとむなしくなり、源氏は「出家をしよう」と決心します。

　亡き柏木の父大臣から、何度もお見舞いの手紙が届きます。「昔、葵の上が亡くなったのもこの頃だったな」と思い出し、お互いに悲しみの和歌を交わすも、源氏は心弱いところを昔からの友に咎められないように、「何度も格別な弔問をくださり」と毅然とお礼も伝えます。

　紫の上の人柄は素晴らしく、すべてにおいて褒められていた人なので、それほど知り合いでもない人までもがみな、泣いて悲しみました。秋好中宮からも絶えずお見舞いの手紙が届きます。源氏は気を紛らわすために、女房たちの部屋で過ごします。四十九日の法事の指示を源氏が出さなかったので、夕霧がとりしきりました。月日が過ぎて行くも、ただ夢のような気持ちで気力を失ってしまう源氏なのでした。

41帖

幻（まぼろし）

光源氏52歳

紫の上の桜を守る匂宮。

源氏は終活もして準備万端!

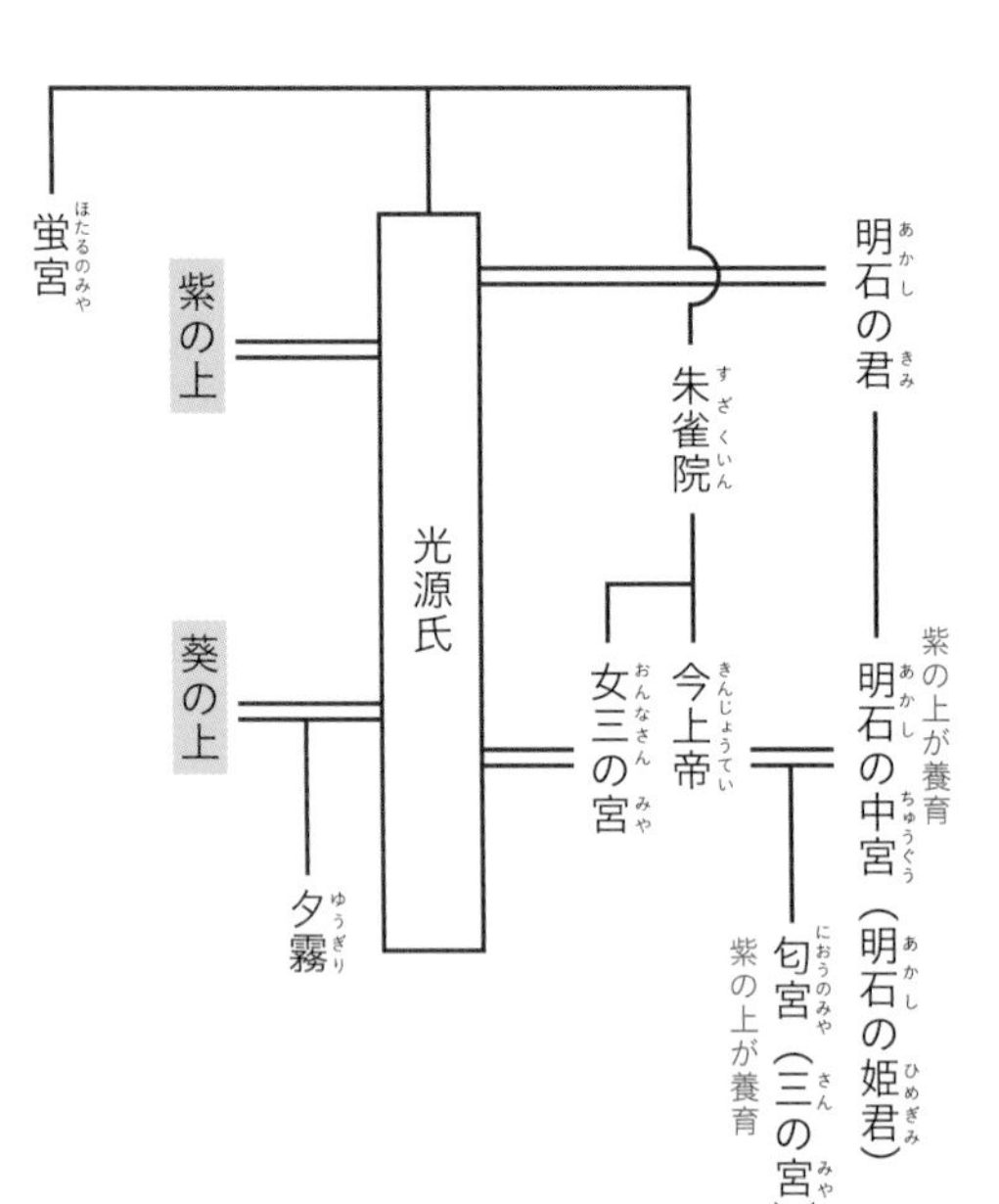

源氏52歳の新年。例年のように人々が年賀に参上するも、悲しみに打ちひしがれる源氏は御簾（みす）の中で引き籠（こも）っています。

蛍宮も年賀に来ており、源氏は「気心の知れる蛍宮なら対面しよう」と、部屋に招きました。源氏が「**私の邸では、花を愛でる人もいないよ。なのに、どうして春に尋ねてきたのだろう**」と詠むと、蛍宮は涙ぐんで「**梅の香を尋ねて来たのだよ。普通の花見ついでと言うのかい？**」と返歌をしました（「梅」は源氏を指しており、「兄さんに会いに来たんだよ」と言いたいのです）。

源氏は、親しくない人とは一切会わなくなりました。傷心でボロボロの姿を人に見せることができず、夕霧とでさえ御簾越しで対面しました。

匂宮（におうのみや）が「ばあば（＝紫の上）が言ってたから」と、庭の紅梅を大切にお世話をする様子を、源氏はいとおしく見ています。形見の紅梅に鶯が遊びに来ているので、源氏は「**植えて見ていたこの花の主もいないのに、それを知らずに来ている鶯よ**」と口ずさみます。

春が深まり、紫の上が植えていた桜が満開になると、匂宮は「ボクの桜を散らさないようにしたいな。木のまわりに几帳（きちょう）を立てて、布を垂らしたら風も吹きつくことはできないよね！」と、いいことを思いついたように言うのがとてもかわいらしくて、源氏はニッコリします。

「昔、『大空に覆うくらいの袖があればなあ』と言ったとかいう人よりも、賢い思いつきだね」と源氏は遊び相手になるも、「こうして遊ぶのもあと少しで、もうすぐ会えなくなるだろうね」と涙ぐむので、匂宮は「ばあばも言ってたようなイヤなことを言う」と、泣きそうです。

源氏は庭や部屋などを見渡して、「**出家するとすっかり荒れ果ててしまうのだろうか。亡くなった紫の上が心を込めて作ったこの春の庭は**」と、悲しく思うのでした。

源氏は気持ちを紛らわすために、女三の宮や明石の君のもとを訪問し、そのまま明石の君の所に泊まろうかとも思うも、やはり自分の部屋に帰ることにします。

そんな源氏に明石の君も寂しく思うでしょうし、源氏自身も自分が変わってしまったことを実感しました。紫の上の旅立ちは、それほど源氏の気力を奪い去ったのです。

梅雨の時期。ますます物思いにふける源氏のもとに、夕霧が来ました。源氏が「一人に慣れておくと、出家した時、心が澄みきっていいだろうね」と言うも、内心は紫の上を忘れられず苦しんでいるので、夕霧は「こんな状態では仏道修行はできないだろうな」と思います。

ただ、夕霧も一瞬しか見ていない紫の上の面影を忘れられないので、「当然だろうな」とも思います。夕霧はそのまま泊まりました。以降も、時々源氏のもとへ通います。紫の上がいた頃は出禁で近づけなかったことや、様々なことを思い出すのでした。

秋。紫の上の一周忌です。源氏は「よくここまで生きてこれたな」と思います。十月、時雨(しぐれ)の季節で、源氏もますますしめっぽくなります。空を飛ぶ雁(かり)は、あの世の使者といわれており、「紫の上に会えるのかな」とうらやましく、月日が流れても紫の上への気持ちは薄れません。

今年一年、悲しみをこらえながら過ごしてきたので、そろそろ出家をしようと決心します。

その前に生前整理として、しかるべきことをいろいろ考え、女房たちに形見分けなどをするので、女房たちも「いよいよ出家するつもりなのか」と勘づき、とても心細くなります。

後に残ってしまうと見苦しいであろう数々の女性たちからのラブレターで、「破るのは惜しいな」と少しずつ残していたのを見つけたので、この機会に破らせました。

あの須磨で過ごした時期にもらった手紙の中で、紫の上からのものはまとめていました。今書いたかのような墨つきなどは、千年の形見にすべきですが、「出家後は見ることもないだろう」と、信頼している女房たちに、目の前で破らせます。

それほど想っていない人でさえ、亡くなった人の筆跡にはしみじみとするので、まして紫の上の筆跡ですから、源氏は涙で見えなくなるほどです。女房たちは、「紫の上からのものなのだろう」とわかるので、心が乱れました。こうして源氏は、すべての手紙を焼かせたのでした。

毎年十二月十九日から三夜連続で営む法事があり、いつものように蛍宮などの皇族や上達部（かんだちめ）が参上します。この日はじめて、源氏は人々の前に姿を現しました。昔のままの光のような美貌で、素晴らしい容姿だったとか。

大晦日（おおみそか）。匂宮が鬼退治の行事に走りまわっていますが、「もうこのかわいい様子を見ることもないのだ」と思うと、源氏は胸が詰まりました。

「物思いをして過ぎ行く月日もわからない間に、今年も我が人生も今日で終わりだな」

新年の行事のことを、「いつもよりも格別に」と指示出ししておきます。皇族や大臣などへの贈り物や、それぞれの身分への俸禄なども、このうえなく準備をして――。

＊　＊

これが光源氏の一生です。「第二部」と光源氏の人生は、ここで幕を閉じます。

平安時代あるある豆知識

「位階」とは

「位階」とは「身分・地位の等級」のことです。

一位は太政大臣·摂政·関白、二位は左大臣·右大臣·内大臣、三位は大納言·中納言などです。

一位～三位の人たちのことを「上達部」といいます。

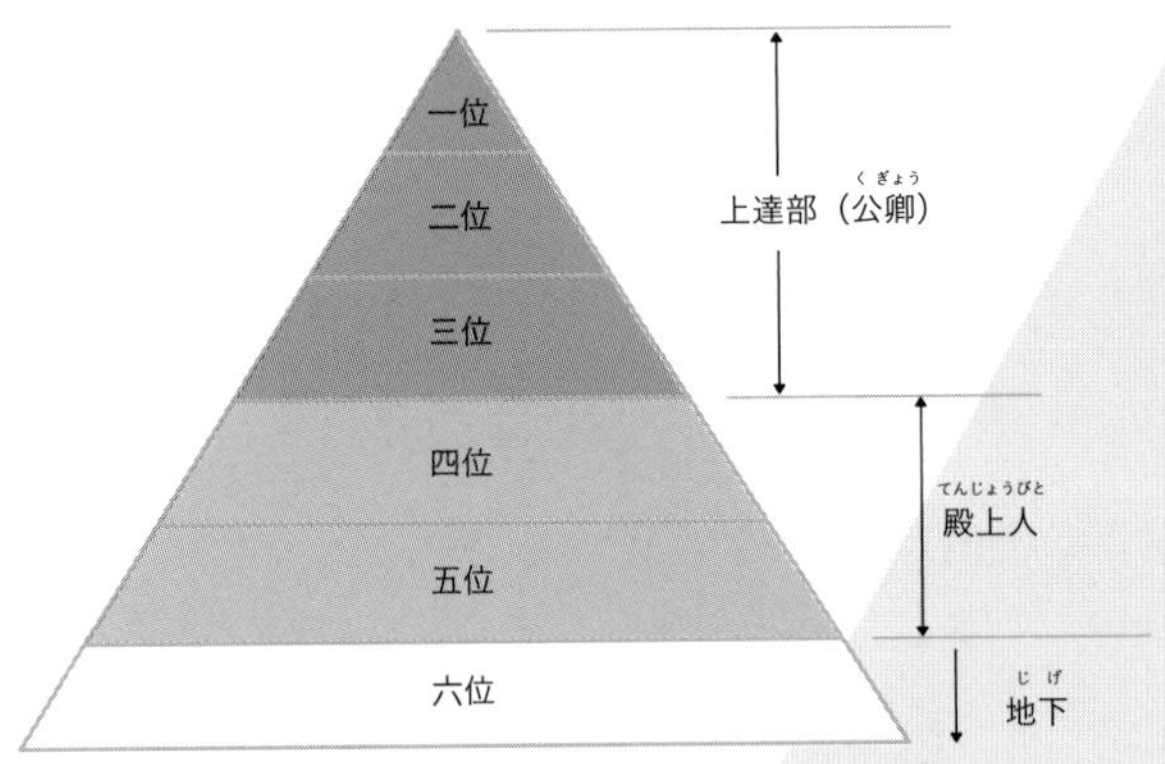

「殿上人」とは、殿上の間（＝天皇が昼間にいる部屋の隣室）に昇殿（＝入ること）が許された人たちのことです。基本的には「五位以上」が昇殿できますが、一位～三位は「上達部」と言われているので、「殿上人」といえば通常、四位・五位（と六位の蔵人）を指します（蔵人は天皇のお世話係なので六位でも昇殿できました）。

成人した夕霧が最初六位でしたが、「五位」と「六位」では、このように「昇殿できるかできないか」の大きな違いがあるのです。

第三部

42帖〜54帖

光輝く源氏の子孫たち
それぞれの悩みと恋愛事情

42帖

匂兵部卿

におうひょうぶきょう

薫14～20歳

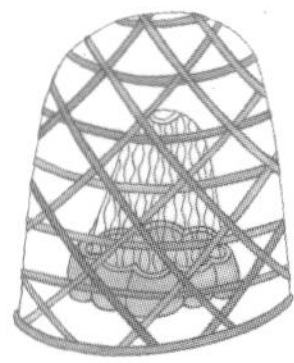

光り輝く新たな主人公たち

香りは生まれつき？　薫物？

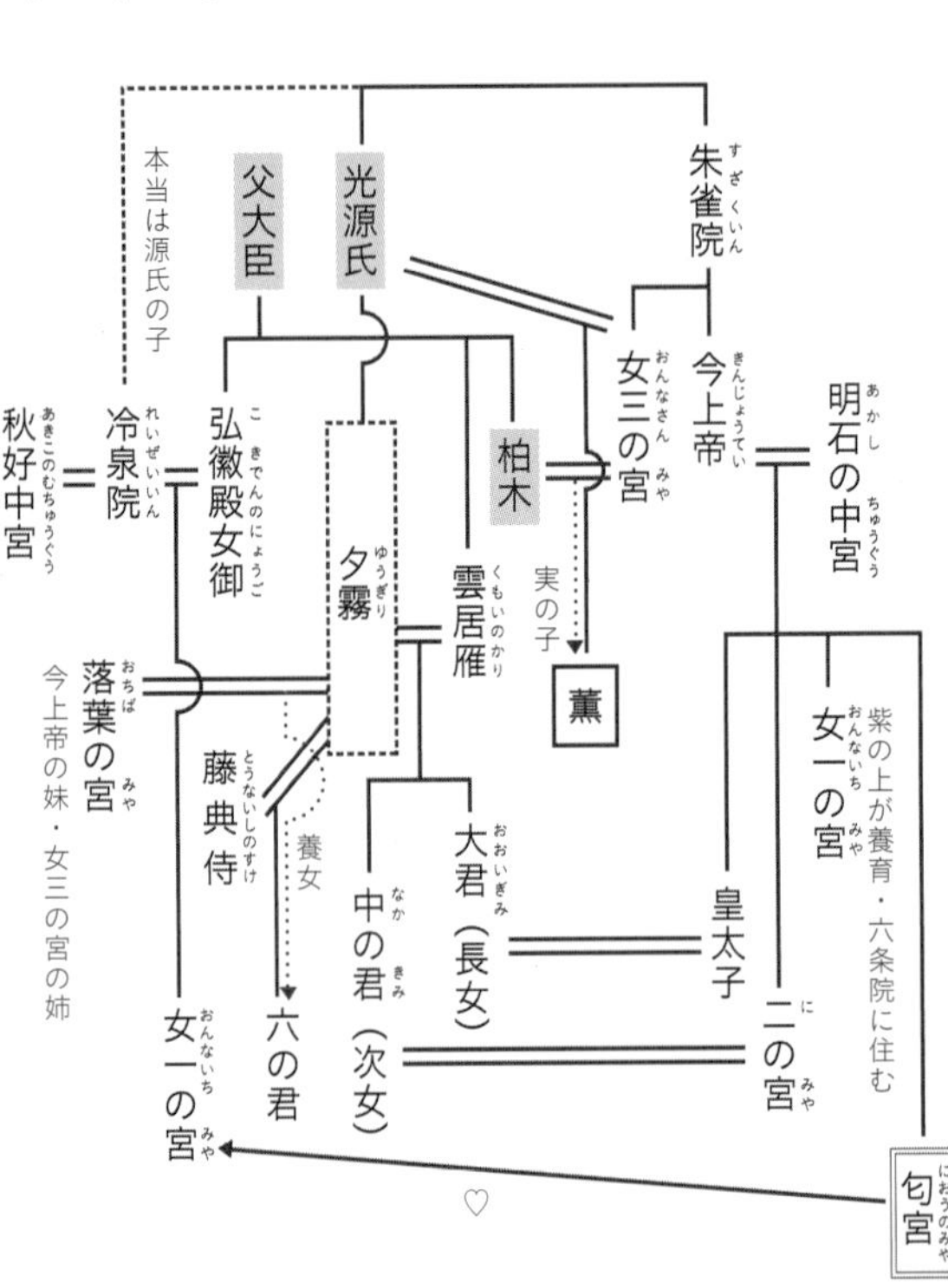

源氏の死後、光り輝く存在を引き継ぐ人として、今上帝と明石の中宮の子である「匂宮」か、女三の宮と（世間的には源氏の子ですが、本当は）柏木との子である「薫」が候補にあがります（この後は、この二人がメインで話が進んで行きます）。

薫は生まれつき体からこうばしい香りがすることから「薫る中将」と言われています。薫をライバル視している匂宮は、負けじとあらゆる薫物をたきしめており、「匂ふ兵部卿」と言われていました。

薫のことを源氏から託されていた冷泉院と、子どもができなかった秋好中宮は、薫のことを大切にします。夕霧も異母弟（↑本当は違いますが）の薫をとてもかわいがりました。

夕霧の長女（＝大君）は皇太子に入内しており、次女（＝中の君）も皇太子の弟（＝二の宮）と結婚しています。夕霧は、藤典侍との子である六の君が容姿端麗で性格もよいので、母親の身分が低いことをもったいなく思い、今上帝の妹である落葉の宮の養女としました。そして、薫か匂宮のどちらかと結婚させようと考えています。

ですが、薫は、母（＝女三の宮）が自分が赤ちゃんの時に出家していたり、女房たちの噂話で、本当は源氏の子ではないことをなんとなく感じたりしており、人知れず悩みを抱えながら育ちました。そのためか、薫にはどこか暗い影があり、恋愛にもあまり興味がありません。

匂宮は、冷泉院と弘徽殿女御の子である女一の宮に俄然興味があり、六の君は眼中にありませんでした。

43帖

紅梅（こうばい）

薫24歳

遊び人・匂宮の恋愛事情

興味があるのはこっちの娘（コ）♡

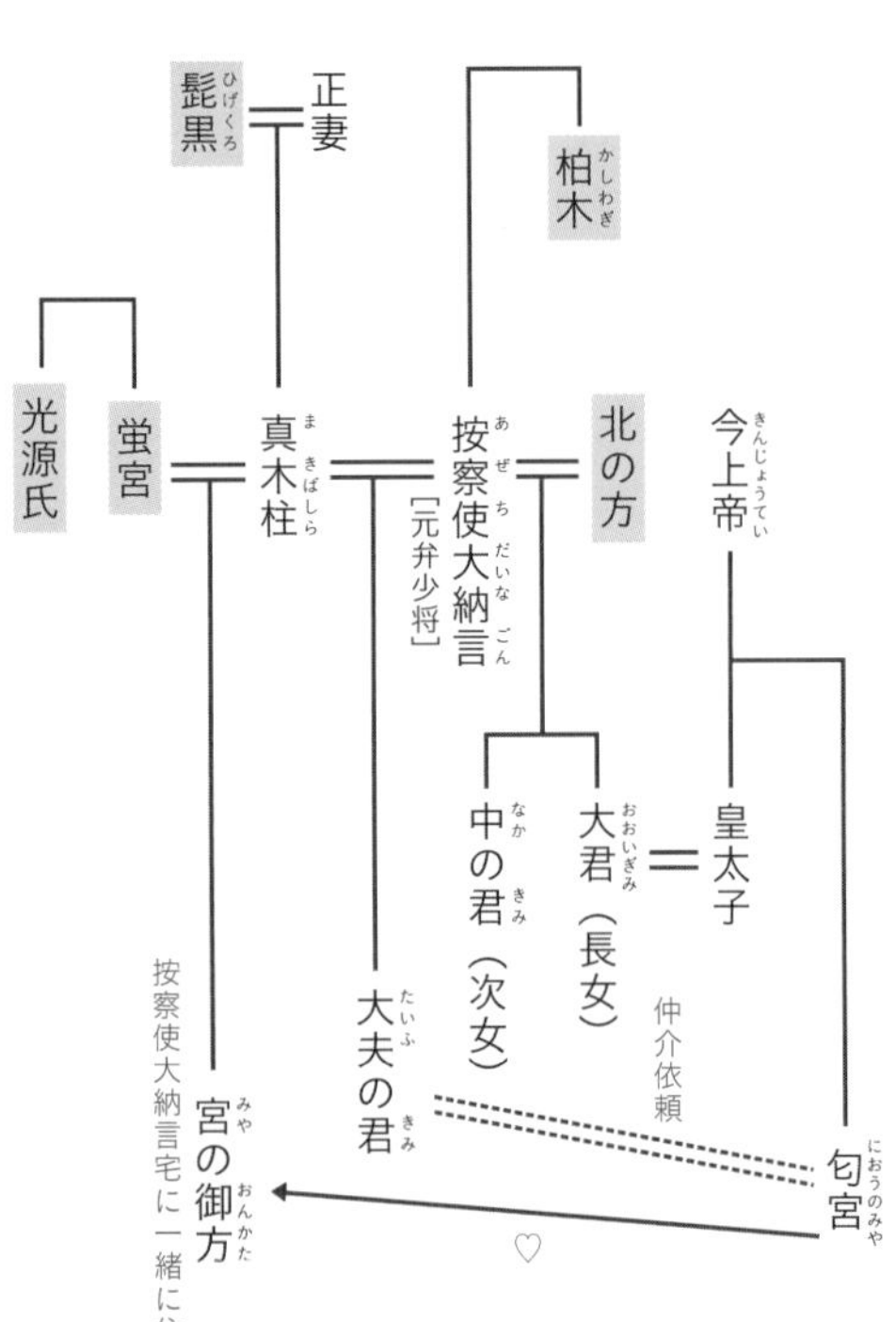

真木柱（＝髭黒の娘）と蛍宮は、あまりうまくいっていない結婚生活でしたが、宮の御方という娘が一人いました。

蛍宮の死後、真木柱は按察使大納言（＝柏木の弟・元弁少将）と再婚して、二人の間には大夫の君という男の子がいます。按察使大納言と亡き北の方との間にも長女（＝大君）と次女（＝中の君）がおり、長女は皇太子に入内していました。

按察使大納言は次女を匂宮に嫁がせたいと考えており、その旨を手紙に書いて紅梅の枝につけ、大夫の君を使者として届けますが、よい反応は得られません。匂宮は、宮の御方のほうに興味があったからです（匂宮が、違う女の子に興味があるパターンです）。

匂宮は大夫の君に泊まっていくように伝え、大夫の君は幼いながらも匂宮の側に寝ることができて（男色を暗示しています）、嬉しく慕わしく思います。匂宮は、大夫の君に異父姉（＝宮の御方）との仲介役を頼み、宮の御方に手紙を何度も届けてもらいます（源氏と空蝉の弟（＝小君）との関係とまるで同じですね）。ですが、宮の御方は結婚そのものに興味がありません。返事がまったくないので、匂宮はより夢中になります。

真木柱は、匂宮が娘へアプローチしていることを知り、按察使大納言の思惑に反してしまうことになるので気が引けるも、「皇族の匂宮なら将来安泰なので、娘の結婚相手としていいな」と思います。ただし、匂宮の女性関係が派手で、彼女が多い遊び人であることが気がかりで、賛成しかねるのでした。

44帖

竹河（たけかわ）

薫14～23歳

あの玉鬘も五人の母に！

娘の嫁ぎ先はどこにする？

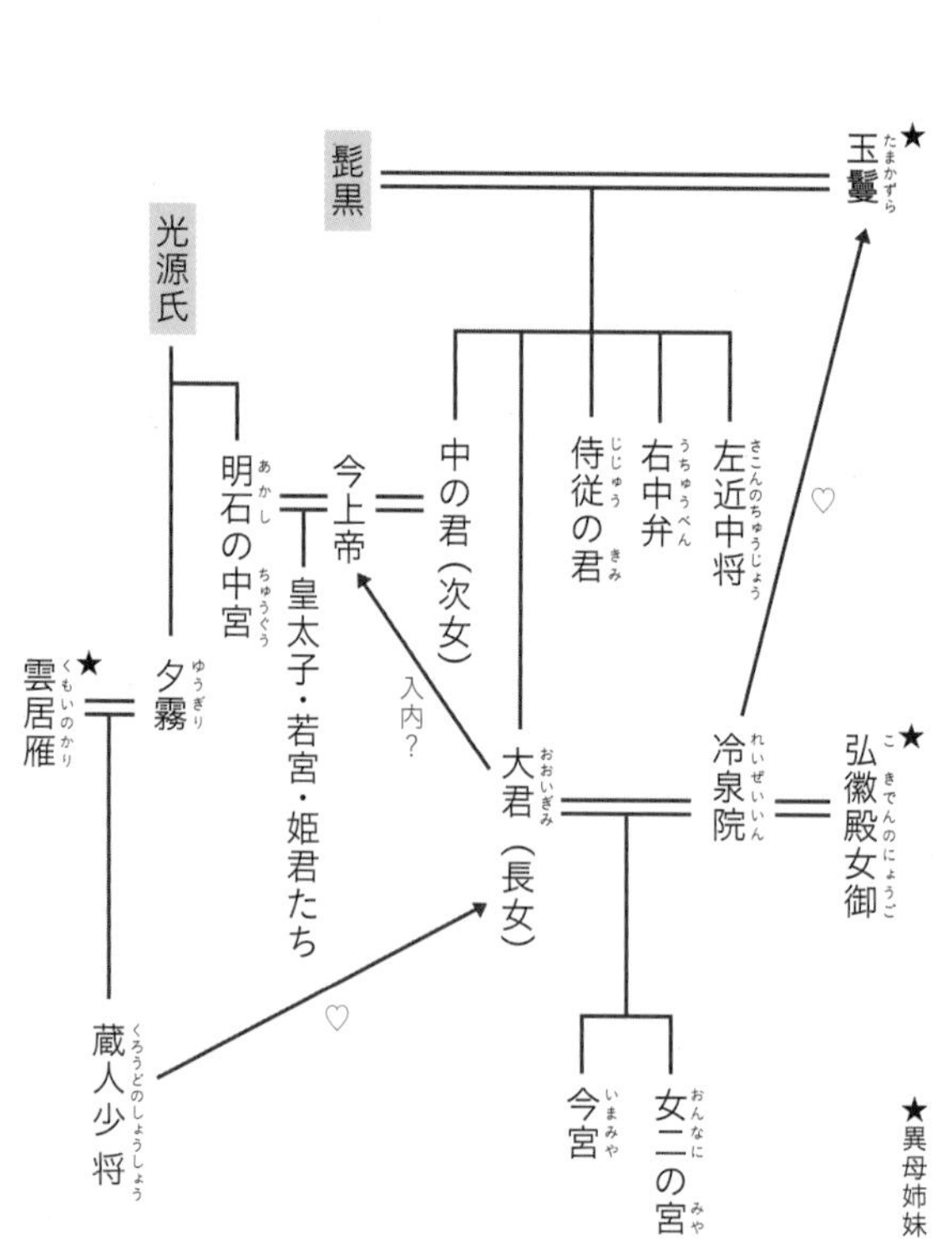

髭黒に仕えていた年配の女房が語った話です。

髭黒と玉鬘には三男二女が生まれました。髭黒が亡くなってから玉鬘はどんどん落ちぶれるも、最初、姉と弟の関係で出会った夕霧は、しかるべき時にはお見舞いに訪れました。

髭黒は生前、今上帝に「長女（＝大君）をぜひ」と言っていたようですが、明石の中宮がとても寵愛されて子どももたくさんいるので、玉鬘は迷います。

冷泉院からも長女に熱心にアプローチがあります。昔、玉鬘は冷泉院の後宮に入る予定が、髭黒の妻となり破談となった負い目があるので、無下にできません。夕霧の子・蔵人少将も長女に求婚します。

迷っている玉鬘のもとに、異母妹の弘徽殿女御から「私が邪魔しているように思われるから、早く大君を冷泉院へ！」と手紙が来たので、玉鬘は冷泉院へ長女を嫁がせることにしました。

蔵人少将は大ショック！　ママ（＝雲居雁）に愚痴を言い続け、ママ困惑です。

もともと約束されていた今上帝もご立腹で、玉鬘の息子たちは今上帝から責められます。そこで、玉鬘は次女（＝中の君）を今上帝に入内させることにしました。

冷泉院がいまだに玉鬘に気持ちがあるようなので、玉鬘は長女のもとに行かなくなります。

その長女は、既に女二の宮を出産しており、数年後に男宮（＝今宮）も産みました。蔵人少将は、それでも長女が忘れられなかったとか（ストーカーチックなのは父親（＝夕霧）譲りでしょうか……）。

45帖 橋姫
46帖 椎本
47帖 総角
48帖 早蕨

父からの遺言を守れるか？
どうなる!? 四角関係

葵の上
光源氏
夕霧
落葉の宮（女二の宮）
藤典侍
養女
六の君
明石の中宮
今上帝
匂宮
桐壺院
八の宮
光源氏
北の方
女三の宮
柏木
実の子
薫
大君（長女）
中の君（次女）
乳母子
弁
老女房

45帖　橋姫（はしひめ）

薫20～22歳

八の宮は源氏の異母弟で、亡き北の方との間に二人の姫君〈＝大君・中の君〉がいました。時勢に合わず落ちぶれた上に、都の宮邸が火事になり、宇治に移住しました。出家したいのですが、娘がいるのでできず、在俗（ざいぞく）のまま仏道修行をして暮らしています。

薫は宇治へ行って八の宮と対面し、薫も仏道に興味があるので何度も訪れ、慕うようになりました。八の宮が留守の時、琴（きん）を弾いている姫君たちを覗き見した薫は、心を掴まれます。

薫が挨拶に伺うと、若い女房たちは慣れておらず、年配の女房は寝ているので、大君が御簾（みす）越しで対応します。薫が、「文通する親しい友人になってほしい」と言うもスルーされます。

年配の女房・弁が起きてきて大君と交代するも、薫を見て泣き出しました。弁は柏木の乳母子だったのです。弁が「柏木の遺言をいつか伝えたい」と言うので、また会う約束をして薫は帰りました。

帰京後、薫と大君は恋文ではない文通をします。薫が匂宮に姫君たちの話をすると、匂宮は興味津々です。また、八の宮は薫に姫君たちの後見役を依頼し、薫は引き受けました。

ある日、宇治で薫は、弁から柏木の遺書を渡されました。帰京後、すぐに遺書を読みます。そして、自分の出生の秘密を知るのでした。薫は、「自分が真実を知ったことを、母上〈＝女三の宮〉には知られないようにしよう」と決心しました。

46帖　椎本

薫23〜24歳

匂宮が長谷寺（現奈良県桜井市）に参詣し、途中、宇治にある夕霧の別邸で宿泊しました。八の宮の姫君たちに興味があるからです。薫が京から宇治へ、匂宮のお迎えに来ました。

夕方から音楽や宴会が開かれ、対岸に住む八の宮は、昔を思い出して聞いていました。

翌朝、八の宮から薫へ手紙が届きました。匂宮が「その返事は僕がしよう」と言い、薫は匂宮が書いた返事を持って八の宮邸に行きます。その間も、匂宮から姫君宛に手紙が届くので、八の宮は中の君に返事を書かせました。

八の宮は今年重厄なので、静かな山寺で修行をしたいと考え、姫君たちに「いいかげんな男に騙されて、この山里から出て行くなよ。世間と同じ結婚生活はできないと諦めて、ここで生き抜くように」と伝えます。

その後、八の宮は山寺で亡くなり、匂宮が弔問するも、姫君たちは返事をする気になれません。年末、薫は想いを寄せている大君に、都にある自分の邸に移るよう言います。女房たちは宇治から脱出できるので喜びますが、中の君は反対しました。

春、匂宮は中の君と文通しますが、中の君が冷たいので、「薫の仲介が下手だからだ」と薫に文句を言います。匂宮は夕霧の娘・六の君との縁談には興味がないままでした。

この年、薫と女三の宮の家が火事になり、女三の宮は六条院へ移ります。薫はバタバタして、なかなか姫君たちに会いに行けず、夏、ようやく宇治へ訪れました。

47帖 総角(あげまき)

薫24歳

薫は大君にまたアプローチするも、大君は拒みます。大君は「薫を妹(=中の君)の相手に」と考えているのです。薫が弁に相談すると、弁から大君の思惑を聞きました。薫は大君と話している際に、屏風を押しのけて御簾の中に入るも、おもいっきり拒絶され、何もせずに終わります。後日、弁の手引きで姫君たちの寝所にも忍び込むも、気づいた大君に逃げられましたが、中の君には手を出さず過ごしました(かつて、源氏が空蟬(うつせみ)の部屋に忍び込むも逃げられ、人違いをした軒端荻(のきばのおぎ)と最後までしたのとは違いますね)。

薫は「こうなれば、中の君と匂宮をくっつけよう」と策略を巡らせます。匂宮は、中の君の部屋に忍び込むことに成功し、中の君と深い関係になりました。

薫は大君にその事実を伝え、自分に振り向かせようとするも、大君は「大事な妹になんてことを…」と薫を恨み、完全拒絶。後戻りはできず、大君は、匂宮を中の君の婿として迎える準備をします。匂宮は、三夜連続で宇治に通ってくれましたが、母(=明石中宮)からフラフラ出歩いていることを怒られます。そのことを中の君に話し、「なかなか来られなくなるかもしれないけれど、いいかげんに思っているわけではないよ」と伝えます。

その後、匂宮は本当に出かけにくくなり、手紙は出すも宇治に行くことができません。そこで匂宮は、中の君を京に迎えることを考えます。一方、薫も、「三条宮の建て直しが終われば、大君を迎えよう」と思っています。

匂宮は紅葉（もみじ）狩りを宇治で行い、中の君のもとへ行こうとしますが、明石の中宮からの使者がたくさん来て、どうにも行けません。そのまま帰京した匂宮に、大君や中の君はショックを受けます。大君は恨めしい気持ちでいっぱいになりました。

一方、明石の中宮は匂宮を宮中に住ませて（監視強化）、六の君（＝夕霧の娘）との結婚も無理やり決めてしまいました。

大君は、匂宮が妹に会わずに帰京したショックで、体調を崩してしまいます。薫は宇治へお見舞いに行きました。夜、さらに悪化していき、翌朝、死を覚悟している大君は、薫を近くに呼んで話をします。あまりの弱々しい姿に薫はとても心配しますが、京に帰らなければいけません。

その後、匂宮と六の君との結婚の噂を聞いた大君はますます絶望し、父・八の宮の遺言（＝いいかげんな男に騙されるな）を守れなかったことを悔やみます。匂宮からは相変わらず手紙だけで、本人の訪れはありません。

薫は、病状が悪化する大君の看病をします。大君は出家を望むも女房たちに反対され、絶望したまま息を引き取りました。中の君の悲痛は計り知れません。また、薫も出家を望むも、母（＝女三の宮）がどう思うか、また、中の君も放っておけないので、思い乱れます。「こんなことなら、大君が言っていた通り、自分が中の君と一緒になればよかった」とも思い、帰京もできずにそのまま宇治に籠り、四十九日が過ぎた頃にようやく帰京しました。

匂宮は、やはり中の君を京の二条院へ迎えることにして、明石の中宮も事情が事情だけに、さすがに許しました。

48帖 早蕨

薫25歳

中の君の京への引っ越しが決まって、宇治でもいろいろ準備をします。「都でどれほど人から笑われることか」と考えると、中の君はブルーになります。

薫は、中の君の引っ越しの前日、宇治を訪れました。襖の出入り口で、中の君と対面して話します。とても素晴らしく成長していて、大君のことまでふと思い浮かべてしまう中の君の容貌に、匂宮のものにさせてしまったことを、しみじみと後悔する薫でした。

弁は宇治に残るので、中の君は弁との別れを、子どものように泣いて惜しみました。

夕霧は、いよいよ六の君を匂宮に嫁がせようとしていた時に、匂宮が突然他の女（＝中の君）を迎えたことに苛立ちます。

後日、薫は二条院を訪れます。中の君は薫の気持ちになんとなく気づいており、直接応対することに警戒しています。そして、それは匂宮も同じでした。

49帖 宿木（やどりぎ）

50帖 東屋（あずまや）

51帖 浮舟（うきふね）

新たなる女性の登場

またもや三角関係に！

49帖 宿木（やどりぎ）

薫24～26歳

女二の宮を大切に育てていた藤壺女御が、病気で亡くなりました。今上帝は「女二の宮を薫に」と考え、話はまとまりますが、薫の心には今も亡き大君がいます。

夕霧が、六の君と匂宮の結婚を急いで確定させたので、中の君は亡き姉同様、父の遺言（＝男に騙されて、宇治から出るな）に背いたことを後悔し、将来を不安視します。

薫も中の君を気の毒に思い、訪問します。大君の血縁者である中の君のことを、恋愛対象として気になる薫。中の君は体調がよくなさそうな時もあり、「宇治に籠ってしまいたい」とほのめかしますが、薫は引き留めます。

匂宮はしぶしぶ六の君の婿となるも、一夜を過ごすと意外といい感じでした。さらに、昼間にとても美しい六の君を見て、匂宮は一気に夢中になり、中の君は嘆き苦しみます。

薫が中の君を慰め、恋心を訴えて御簾（みす）の中に入ってくるので、中の君はわずらわしく思います。薫は添い寝だけで諦めました。中の君は妊娠していたのです！（体調不良はつわりですね）。

匂宮が久しぶりに中の君のもとに来ると、薫の匂いがするので、妻と薫の仲を疑い、「薫にとられたくない！」と、また中の君を大切にするようになりました。

中の君は薫に、亡き大君に似ている異母妹〈＝浮舟〉のことを教えます。薫は宇治を訪れ、弁(べん)に浮舟の詳細を尋ね、仲介を依頼しました。

中の君は無事男の子を出産し、匂宮も喜びます。

女二の宮〈＝今上帝の娘〉の裳着(もぎ)も行われ、薫は約束通り婿になりました。ですが、まだ大君のことが忘れられません。

薫が宇治に行くと、偶然浮舟が来ているとのことで、弁に仲介をお願いします。弁は、奥の浮舟がいるところへ入っていきました。

50帖 東屋(あずまや)

薫26歳

浮舟の母・中将の君は、弁から「薫が浮舟に興味がある」と聞くも、自分は八の宮の妾で、浮舟の認知もしてもらえなかったため、「身分が釣り合わない」と思い、気がひけます。

中将の君の現夫・常陸介(ひたちのすけ)との間にも娘〈＝妹〉がいて、現夫には亡くなった正妻との間に子供がたくさんいました。中将の君は、自分の連れ子である浮舟が不憫なことにならないように、他の娘よりも大切に育てていました。

常陸介の財産狙いで、娘たちへの求婚者がたくさんいます。その中から、母〈＝中将の君〉は浮舟の婿に左近少将を選びました。ですが、「常陸介の後見」を目当てにしていた左近少将は、浮舟が常陸介の実の娘ではないことを知ると、怒って婚約破棄をして、実の娘である妹にのりかえます。不憫に思った母は、浮舟を中の君に預けました。

中の君の邸で匂宮を覗き見た母は、あまりの美しさにびっくりします。左近少将とは比べ物にならず、「あんなたいしたことない男を、浮舟の婿にしなくて良かった」とすら思いました。そこに薫も来たので覗くと、とっても素敵な男性で「ぜひ、浮舟の婿に」と心底願います。

匂宮が偶然邸内の浮舟を見て「美女がいる！」となり、「あなたは誰？」と言い寄ります。そこへ「明石の中宮が体調不良」との使者が来ました。匂宮は急いで宮中に行き、浮舟は襲われずにすみます。中将の君はそのことを聞いて浮舟を引き取り、三条あたりにある小さな家に移動させました。

薫は、弁から浮舟が三条あたりにいることを聞き、仲介を依頼し、浮舟と一晩明かします。朝になると、薫は浮舟を連れて家を出て、そのまま宇治へ行きます。大好きだった大君がいたあの場所へ、そっくりな浮舟をかくまうことにしたのです。この先どうするかもきちんと決めないままで——。

匂宮は邸内で見かけた美女（＝浮舟）を忘れられず、中の君に正体を問うも、中の君は口を割りません。

薫は浮舟を宇治に隠したことに安心しきり、熱心に通うでもなく放置気味でした。

51帖　浮舟（うきふね）　薫27歳

新年。中の君宛に宇治から手紙が届き、匂宮は「薫からでは」と疑います。そこで、中を確認すると女性の筆跡でした。誰からなのか不審に思うも、臣下からの情報で、薫に囲っている女がいることを知り、ピンと来ます。

匂宮は宇治に行き、覗き見をすると、やはり邸内で見かけたあの美女が！　このまま帰るわけにはいかず、薫のフリをして訪れると、浮舟の女房・右近はすっかりだまされ寝所に入れます。浮舟も薫と思い込んでいましたが、途中で別人だと気づきます。ですが、もうどうしようもありませ ん。薫に顔向けができないと思ったり、よりによって姉（＝中の君）の夫で、姉にも申し訳がなく、浮舟は号泣します。夜が明けても匂宮は帰ろうとせず、浮舟に夢中です。最初は戸惑った浮舟も、情熱的な匂宮に惹かれていきます。

後日、薫が久しぶりに宇治を訪れます。浮舟は後ろめたく恐ろしく、気がとがめて言葉も少なくなります。浮舟のそんな様子を見て、薫はてっきり自分があまり来なかったことに対しての不満や悲しみの気持ちだと思い、いじらしく感じました。

匂宮がまた宇治に訪れます。邸内の人の目も邪魔で、対岸のとある人の別荘に浮舟を連れ出し（源氏が夕顔を連れ出した時のようですね）、思う存分ラブラブの二日間を過ごします。浮舟は、「情熱的な匂宮」と「思慮深い薫」の間で揺れます。匂宮は遊び人との噂もあり、薫は真面目。将来を考えるなら薫のほうがいいのでしょうが、心は匂宮に惹かれてしまうのです。

薫が浮舟を京へ迎えようとしていることを聞いた匂宮は、先に自分が引き取ろうと隠れ家を用意します。

浮舟のもとには、連日、二人の男性から手紙が届くのですが、ある日、薫と匂宮の使者が鉢合わせしてしまったのです。そして、薫は、匂宮と浮舟の密通を知り、最近の浮舟の態度に合点がいきました。匂宮の立場や自分の面目を考えると、大ごとにしないほうがよく、浮舟にだけ浮気をなじるような手紙を届けます。

浮舟は精神的に追い詰められ、宇治川に入水して自死しようと決意します。

匂宮からの手紙を、証拠隠滅のために全部処分して、匂宮と母（＝中将の君）の二人へ、最後の手紙を書きました（え？　薫は？　まあ、やはり、最終的に匂宮に惹かれたってことですね）。

52帖

蜻蛉（かげろう）

薫27歳

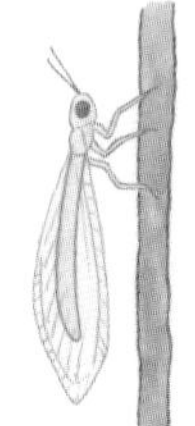

愛する人の悲しい知らせ

対照的な匂宮と薫

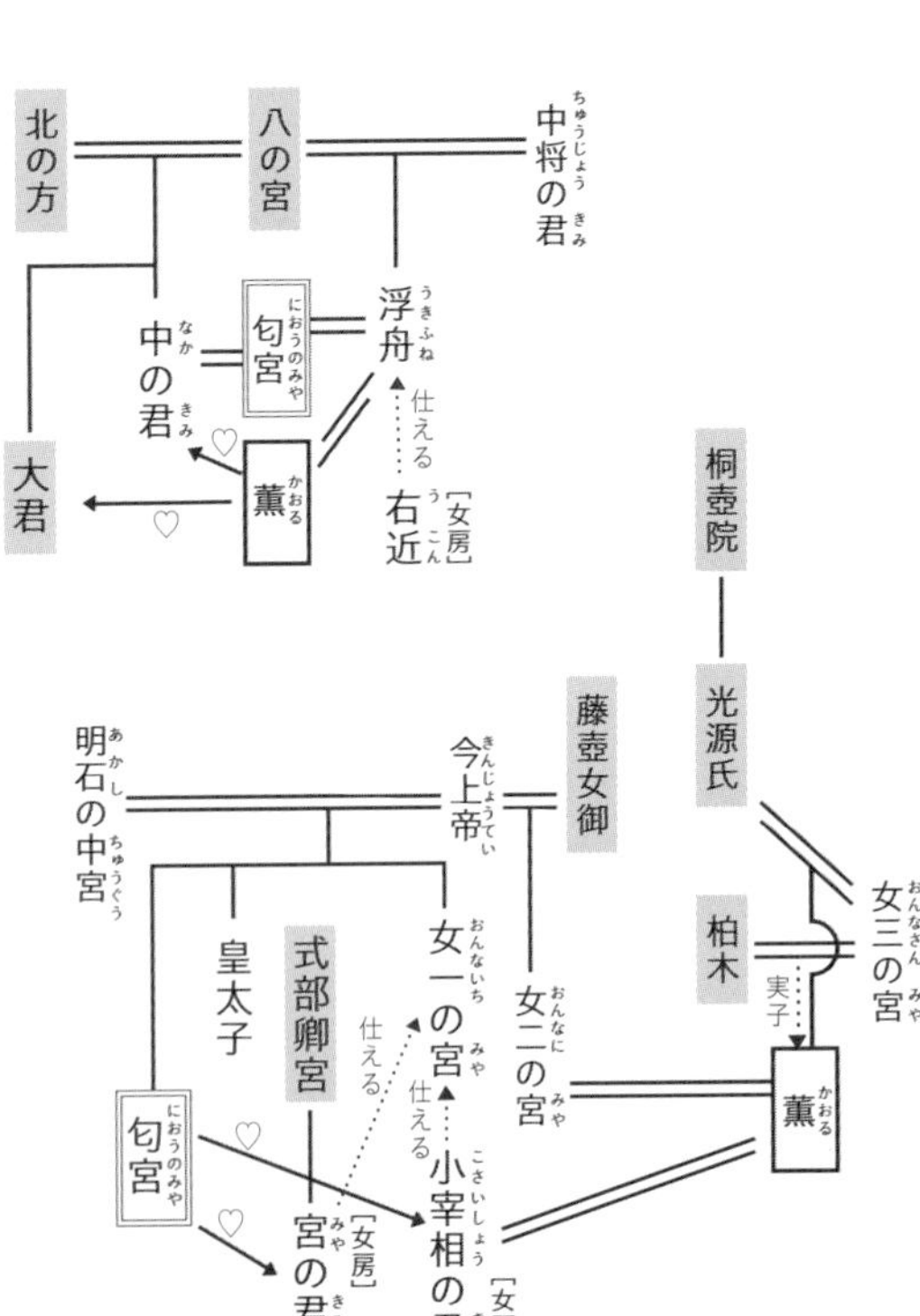

浮舟が失踪し、邸内は大騒ぎです。浮舟が最後に母〈＝中将の君〉宛に書いた手紙を読んだ右近は、浮舟の自死を確信し、号泣します。知らせを聞いた匂宮は、すぐに使者を派遣するも、結局、亡骸もないまま葬儀が行われました。薫はその頃、母〈＝女三の宮〉の体調がよくなく、使者から宇治のことを聞くと、「母が体調不良で行けないな。宇治の地は不吉だな。それか匂宮が何かしたか」などと考えます。

匂宮はショックのあまり体調不良に陥り、薫は匂宮のやつれ具合から、浮舟との関係を確信します。薫は中将の君のもとを訪れ、「浮舟の異父弟たちの面倒を今後も見る」と約束します。

薫は、女一の宮付きの女房・小宰相（こさいしょう）の君と付き合っています。容姿端麗で性格もよく、匂宮も前々から気になっていますが、小宰相の君にその気はありません。

ある日、明石の中宮が法会を主催します。小宰相の君に逢いに来た薫は、女一の宮を見かけて、その美しさに釘付けになります。異母妹の我が妻〈＝女二の宮〉とは似ていません。

明石の中宮は、ある女房から「匂宮が亡くした妻〈＝浮舟〉は中の君の異母妹で、匂宮・薫との三角関係の果てに入水（じゅすい）自殺をしたと噂になっている」と聞いて、驚愕します。

また、春に亡くなった式部卿宮には姫君がおり、不幸な境遇を耳にした明石の中宮が引き取って、女一の宮の女房とし、「宮の君」と呼ばれました。匂宮は、さっそくこの宮の君に目をつけます。宮の君は、かつて皇太子や薫とも縁談が持ち上がるも、父親が死んで女房となりました。薫は、宇治の八の宮の娘たちも八の宮の死後、不幸になったことを思い、同情します。

そんな夕暮れに、短命の蜻蛉（かげろう）がはかなく飛び交っているのでした。

53帖 手習（てならい）

54帖 夢浮橋（ゆめのうきはし）

もう恋なんてごめんだわ
私のことは忘れてください

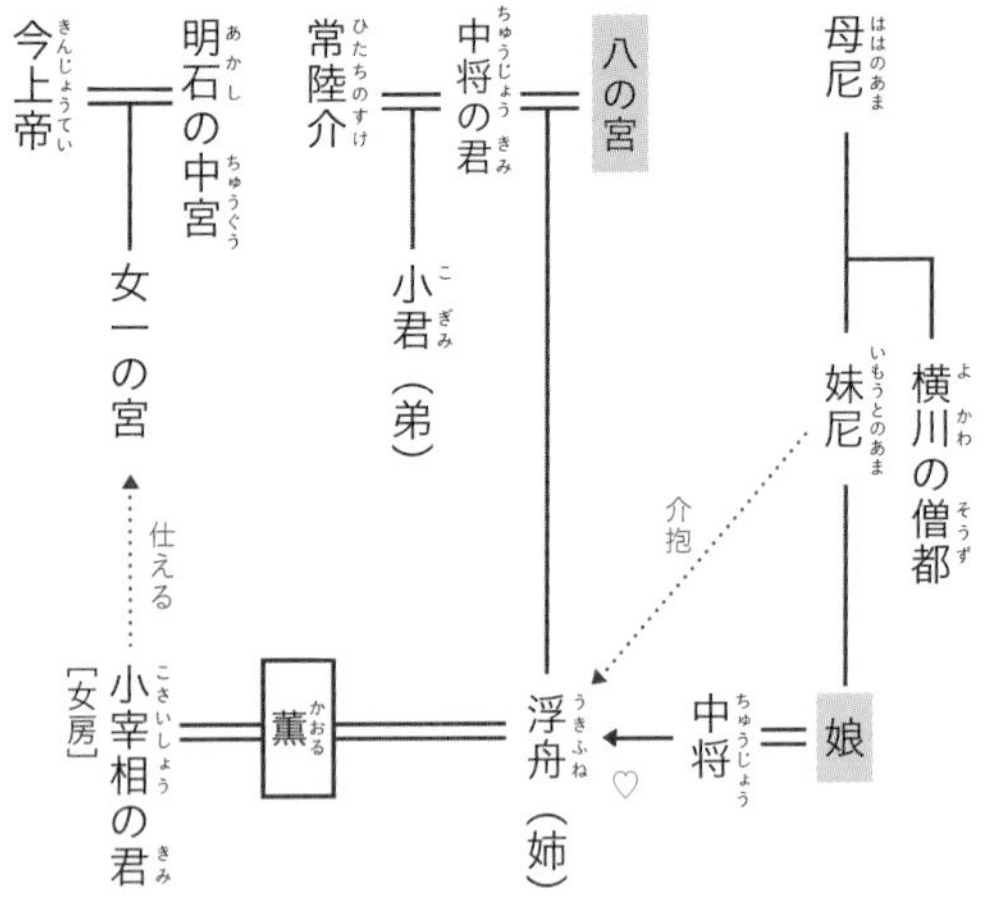

53帖　手習　薫27〜28歳

横川〔＝比叡山の三塔の一つ〕に僧都というとても尊い僧がおり、80歳くらいの母尼と50歳くらいの妹尼がいました。少し前、母と妹が長谷寺（奈良県）に参詣した帰り道に、母が体調不良で、宇治の知人の家に泊めてもらうことになり、知らせを聞いた僧都が急いで駆けつけます。

幸い母もよくなってきて、宇治院に移ることとなりました。まず、僧都が宇治院に行くと、森のような気味の悪い木の陰に、白い何かがうずくまっています。近寄ると髪が長い若い女が泣いており、狐が化けたものだと思うも、放置しておくと死んでしまいそうなので連れ帰り、人が少ないところに寝かせておきました。母と妹も来たので、僧都はこの謎の女のことを話すと、妹が長谷寺でお告げの夢を見たとかで会いたがりました。妹は娘を亡くしており、娘が生き返ってきたのだとも言い、必死で謎の女を介抱します。正気を失っている感じですが、とても美しい女性です。ようやく口を開いたと思うと、「生きていても仕方のない人間なので、夜に宇治川に投げ入れてください」と言い、そこから何も話さなくなりました。

以前、僧都に仕えていた下人が挨拶に来て、「昨日、薫が通っていた八の宮の娘〔＝浮舟〕が、病気でもないのに突然亡くなったとかで、葬儀の準備があって来られずで」とのこと。

母の体調もよくなり、僧都たちは比叡山の麓の小野の家に戻ります。謎の女も一緒に連れて帰るも、正気がなく正体不明のままです。妹は僧都に加持祈禱を依頼し、ようやく物の怪が姿を現して、調伏されました。正気に戻った女は、身投げをしたことや、死に損なったことなどを思い出していきます。この女こそ浮舟でした。

妹尼の亡き娘の婿であった中将が、横川に行くついでに小野に立ち寄り、たまたま浮舟の姿を見て心にとまります。横川で浮舟発見の経緯を聞き、さらに興味を持ちました。帰り道にも小野に寄り、浮舟に和歌を贈りました。「二人に結婚してほしい」と考えていた妹尼が、「**今はまだ返事ができそうにない**」という返歌をします。その後、中将はまた小野を訪れます。恋愛なんて懲り懲りな浮舟は、うっとうしくて仕方がありません。応対は妹尼にすべて任せて完全スルーです。妹尼が長谷寺に参詣し、人が少ない時に中将がまたやって来ました。危険を察知した浮舟は、奥の母尼のもとへ避難し、無事に朝を迎えてホッとします。その日、横川の僧都が女一の宮〈＝明石の中宮の娘〉の加持祈禱へ行くついでに小野に立ち寄ったので、浮舟は必死に懇願し、僧都の手で出家しました。長谷寺から帰ってきた妹尼が嘆き悲しんだのは、言うまでもありません。

女一の宮の様子を見に来た明石の中宮に、僧都は浮舟の話をします。そこに小宰相の君もいました。

薫は浮舟の一周忌を営みました。明石の中宮のもとへ参上した薫は、宇治での悲しみを話します。中宮はいたたまれず、小宰相に「先日の僧都の話を薫にするように」と伝えました。

薫は「浮舟が生きている」という事実に驚き、「横川の僧都のもとを訪れよう」と、何も知らない浮舟の異母弟・小君を一緒に連れて行くのでした。

54帖　夢浮橋（ゆめのうきはし）

薫28歳

横川に着いた薫は、僧都から浮舟のことを聞きます。薫は僧都に、自分のことを浮舟にそれとなく伝える手紙を書いて、小君に託すようにお願いし、僧都はその通りにしました。

翌日、薫は小君を小野の家に遣わせます。小君は、この上なく美しかった姉は死んだと聞かされていて、悲しく思い続けていたので、嬉しくて泣いてしまいます。小君には、「浮舟が生きているらしいので、様子を見に行ってほしい」と頼みます。

小君が小野の家を訪れ、妹尼に僧都からの手紙を渡します。奥から小君の姿を見た浮舟は、夢のように思います。「母（＝中将の君）の様子を小君に聞いてみたい」と思い、涙がポロポロこぼれます。浮舟は、妹尼から小君と対面するように言われますが、「既に尼になった身で、しかも、自分は死んだと思われていただろうし、今さら生きていると知られないで終わりたいから、人違いだと伝えてほしい」と頼みます。小君は几帳（きちょう）の側（そば）に近寄って、薫からの手紙を渡し、返事を急かします。妹尼から返事を書くように言われても、浮舟は頑なに拒み、人違いということにします。結局、小君は姉の姿を見ることもできないまま帰りました。

待ちかねていた薫は、返事も持たずに帰ってきた小君にガッカリして、「どこぞの男が隠し住まわせているのではないか」など、かつての自分の経験談から邪推（じゃすい）するのでした。

〜終〜

あとがき

最後まで読んでくださった皆様が、『源氏物語』の結末にどう思われたか、個人的にとても興味があります。私が初めて『源氏物語』を読んだ時は、「え!? これで終わり?」と軽いショックを受け、長い長い『源氏物語』の最後が、あんな中途半端な終わり方で、とても気持ちが悪くモヤモヤが残りました。

そう感じる読者は昔からいたようで、続編を勝手に書く人も現れるくらいですが、今のところ、紫式部が書いた『源氏物語』は、「続きはご想像にお任せします」的な幕の下ろし方をします。光源氏が死ぬ場面も書かれていませんし、実は『紫式部日記』も同じように、「ここで終わるの!?」という内容でプツっと途切れます。紫式部はハッキリとした結末はあえて書かずに、読者に委ねる書き方を好んだのかもしれませんね。

「ここまで読んできたのに、オチがハッキリしないなんて!」と、不満に思われた方もいらっしゃると思われますが、54帖の流れを知った上で、ご自身の好きなように続きに思いを馳せていただけたならば嬉しく思います。

何はともあれ、最後まで読んでくださり、本当にありがとうございました。

岡本　梨奈

参考文献

『新編日本古典文学全集⑳〜㉕　源氏物語1〜6』阿部秋生／秋山虔／今井源衛／鈴木日出夫校注・訳（小学館）

『人と思想174　紫式部』沢田正子著（清水書院）

『21世紀　少年少女古典文学館5〜6　源氏物語　上・下』瀬戸内寂聴著（講談社）

『源氏物語図典』秋山虔／小町谷照彦編著

装丁・本文デザイン　斉藤いづみ（rhyme inc.）
装画・挿絵　藤本 巧
編集協力　入澤宣幸
DTP　美創

一気に読める

2024年6月30日　第1刷発行

著　者　岡本梨奈
発行人　見城 徹
編集人　中村晃一
編集者　金本麻友子　相馬裕子　福島栄子

発行所　株式会社 幻冬舎
〒151-0051　東京都渋谷区千駄ヶ谷4-9-7
電　話　03(5411)6215（編集）　03(5411)6222（営業）
https://www.gentosha-edu.co.jp/

印刷・製本所　株式会社 光邦

検印廃止

岡本梨奈（おかもと・りな）

大阪府出身。リクルート運営のオンライン予備校「スタディサプリ」古文・漢文講師。同予備校にて高校・大学受験講座の古典のすべての講座を担当。著書に『眠れないほど面白い「伊勢物語」』『眠れないほど面白い「枕草子」』（以上、三笠書房）、『世界一楽しい！万葉集キャラ図鑑』（新星出版社）、『ざんねんな万葉集』（飛鳥新社）、『面白すぎて誰かに話したくなる 紫式部日記』（リベラル社）などがある。

　ISBN978-4-344-79191-6　C0095

この本に関するご意見・ご感想は、右記アンケートフォームからお寄せください。https://www.gentosha.co.jp/e/edu

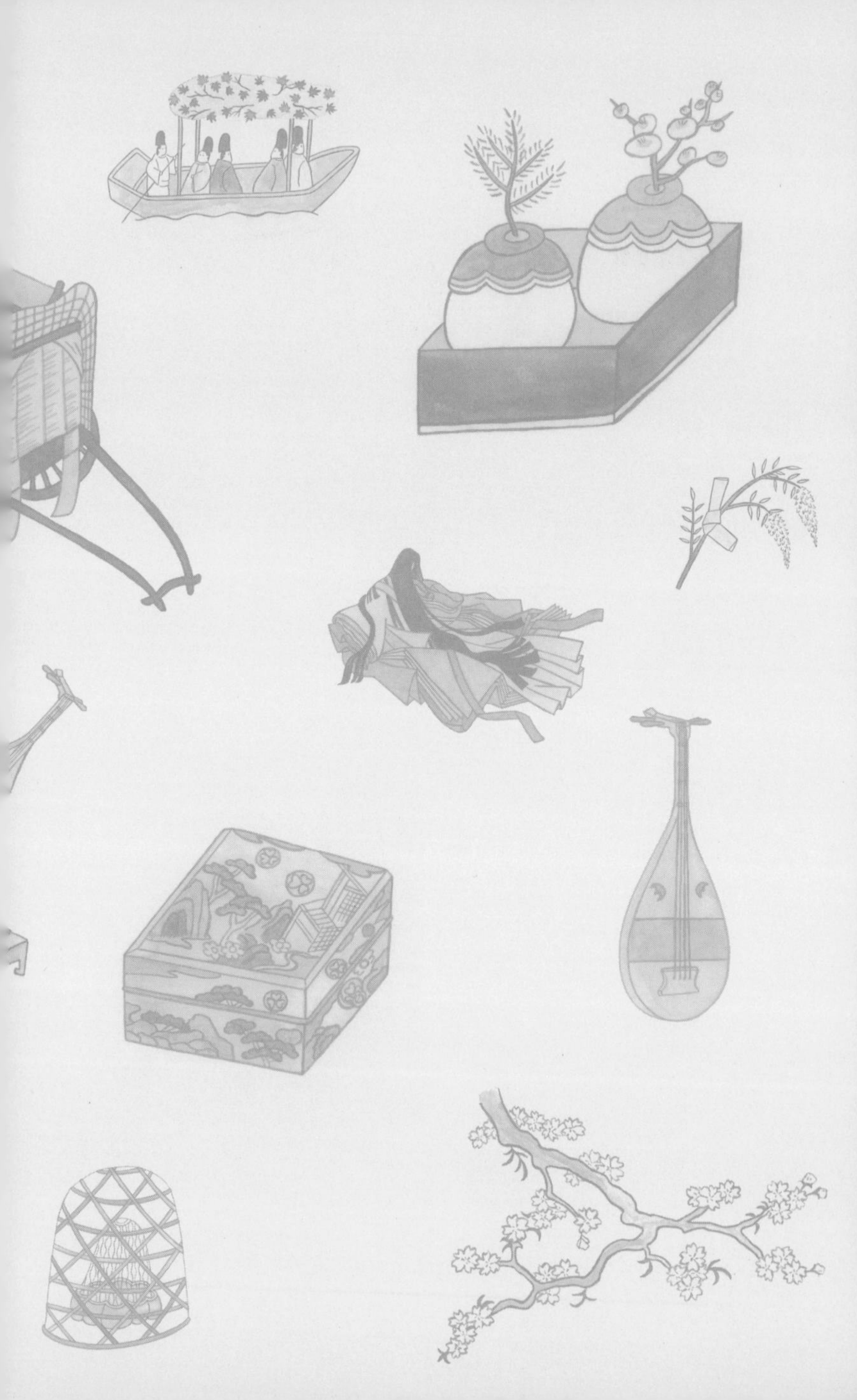